Jochen Bender

TÖDLICHES CANNSTATTER ZUCKERLE

Ein Schwabenkrimi

Oertel+Spörer

»A Zuckerle, a Zuckerle,
des gibt mer doch koim Kend,
denn kriagt des Kend a Zuckerle,
ka's sei, dass es verschwend.«

Stuttgarter Kinderspruch

Ich spüre seine Anwesenheit. Nach einer langen, nervenaufreibenden Jagd erfüllt mich seine Nähe mit Befriedigung. Bianca schlägt vor, das SEK zu rufen. Ich schüttele heftig den Kopf, woraufhin sie erneut den Mund öffnet. Um jegliche Diskussion zu stoppen, ziehe ich meine Waffe und entsichere sie. Die Wirtin bekommt große Augen, sackt in sich zusammen und kippt nach hinten. Mit beiden Händen klammert sie sich an der Theke der winzigen Rezeption fest. Ich nehme den Ersatzschlüssel und steige die Treppe hinauf. Um jeden Preis will ich eine Diskussion vermeiden, die ihn nur warnen würde.

Bianca flucht leise, zieht dann aber ebenfalls ihre Waffe und folgt mir. Ihre Hände zittern so stark, dass es sich auf ihre Pistole überträgt. Hoffentlich benötige ich keine Rückendeckung von ihr. Ohne den Vorfall wenige Stunden zuvor und ihre daraus resultierende Wut würde sie mir bestimmt nicht folgen. Ich schätze unser Risiko als gering ein, sind er und seine Begleitung doch die einzigen Gäste im Haus. Außerdem will ich die Sache hier und jetzt zu Ende bringen.

Die Stiege ist eng und dunkel. Ich versuche erst gar nicht, ein Knarzen der Stufen zu vermeiden, steige stattdessen lieber, als habe ich nichts zu verbergen, empor. Das Haus ist stilecht, die Zimmertüren sind uralt und besitzen keine Sicherheitsschlösser. Durch das Schlüsselloch spähe ich in den Raum. Nichts rührt sich. Vorsichtig stecke ich den Ersatzschlüssel hinein und drehe ihn behutsam um. Unwillkürlich halte ich die Luft an, aber das Schloss ist gut geölt und macht kaum ein Geräusch. Erst im letzten Moment ertönt ein leises Klicken. Sofort reiße ich die Tür auf. Mit der Waffe im Anschlag stürme ich in den Raum.

»Polizei! Sie sind verhaftet!«

Bianca folgt mir. Als ich unvermittelt stoppe, prallt sie auf meinen Rücken.

»Hey, warum …«, beginnt sie, ehe es ihr die Sprache verschlägt.

Im Bett liegt Händchen haltend ein Pärchen, ein Bär von einem Mann mit schwarzgrauem Bart, neben ihm eine schmale, deutlich jüngere Frau mit verhärmten Gesichtszügen. Er trägt einen schlichten, grob gewebten Kittel, sie ein grünes Samtkleid. In Kombination mit ihren altertümlich geflochtenen Haaren wirkt sie wie eine Zeitreisende aus einem anderen Jahrhundert. Bereits die Aufmachung der beiden ist auffällig, passt so gar nicht in unsere hektische Zeit. Noch viel weniger passen die in ihnen steckenden Pfeile. Aus beiden Körpern ragt auf Höhe des Herzens ein schwarzer Pfeil mit schwarz glänzenden Federn an den Schäften aus der Brust, gleichartige Pfeile sind durch ihre Augen in den Kopf eingedrungen.

»Was zum Teufel ist hier passiert!«

Bianca legt den Finger an die Lippen, zeigt mit den Augen auf eine nur angelehnte Tür, die vermutlich ins Bad führt. Mit der Pistole in ihrer Rechten zielt sie in Richtung der Tür. Vermutet sie, der Mörder versteckt sich dort?

Bianca steht näher an der Tür, ich bin der Mann. Also schreite ich an ihr vorbei in Richtung Badezimmer. Mit dem Fuß stoße ich die Tür auf, werfe einen raschen Blick in den Raum und gehe sofort wieder in Deckung. Kein schwarzer Pfeil zischt an mir vorbei, auch wenn ich eine schwarze, am Boden kauernde Gestalt gesehen habe. Erneut zeige ich mich, die Waffe im Anschlag.

»Polizei! Keine Bewegung!«, brülle ich.

Ich brauche einige Momente, um die Sinnlosigkeit meiner Worte zu begreifen. Dann stecke ich die Pistole in den Holster.

»Niemand drin?«, fragt Bianca, der ich den Blick ins Innere versperre.

»Doch.«

»Ist es …«

Ich höre ihre Stimme zittern, während sie es nicht übers Herz bringt, die Frage zu stellen.

»Nein!«

Sie schiebt mich beiseite, blickt an mir vorbei, reißt dann die Hände vor den Mund und stürmt Würggeräusche ausstoßend davon. Im Badezimmer kauert eine junge Frau, fast noch ein Kind, an die Wand gelehnt auf dem Boden. Ein schwarzer Pfeil drang zwischen Hals und Kinn in sie ein, aus ihrem Hinterkopf ragt die Spitze.

Begonnen hatte alles drei Wochen zuvor. Bianca und ich standen im Gewann Cannstatter Zuckerle in einem alten Weinberghäusle mit einem herrlichen Blick über rot und gelb gesprenkelte Reihen herbstlicher Rebstöcke auf steilen, mit Trockenmauern gebauten Terrassen, hinab auf den Neckar und den nur durch einen schmalen Damm von ihm getrennten Max-Eyth-See. Einzig der wenig erbauliche Anblick eines Toten hielt mich davon ab, die Aussicht zu genießen und mich fernab der Großstadt zu fühlen.

Im Inneren des historischen Gemäuers stand ein länglicher Tisch, rechts und links davon schmale Bänke, im Eck ein gusseiserner Ofen. Auch innen war das Fachwerk des Häusles sichtbar. Dunkelgrün gestrichene Balken unterteilten die weiß getünchten Wände in Rechtecke. In einem der Rechtecke, unter dem der Tote in sich zusammengesunken an der Wand lehnte, hatte jemand mit blauer Kreide »Cannstatter Zuckerle Wein ist ganz gewiss der Vorgeschmack zum

Paradies« geschrieben. Ich wünschte der Seele des Toten, dass sie dort verweilte. Vor ihm auf dem Tisch standen eine halb leere Bierflasche und ein Becher.

»Klarer Fall von Selbstmord, lass uns gehen.«

»Ich weiß nicht«, entgegnete meine Kollegin, »etwas passt hier ganz und gar nicht.«

Ich seufzte still, hielt mich aber zurück. Bei unserem letzten Fall hatte ich ebenfalls den durch einen Wolf gerissenen Wanderer als klare Sache angesehen. Dank Biancas Beharrlichkeit hatten wir gründlich ermittelt und waren einer Riesenschweinerei auf die Spur gekommen.

»Was stört dich dieses Mal?«

»Warum hat er das Gift mit Bier getrunken und nicht mit Wein?«

Fassungslos starrte ich sie an.

»Das ist jetzt nicht dein Ernst!«

»Doch!«

»Vielleicht, weil er lieber Bier mochte?«

»Aber warum suchte er sich dann zum Sterben ausgerechnet diesen Ort hier aus, ein historisches Weinberghäusle in einer der besten Weinlagen Stuttgarts?«

»Er kritzelte eine Abschiedsbotschaft über sich an die Wand ...«

»Die könnte auch sein Mörder verfasst haben!«

»... und die Gerichtsmedizinerin fand bei ihrer ersten Leichenschau nichts, was auf einen Kampf oder Gewalteinwirkung hinweist!«

Bianca beachtete mich nicht. In die Betrachtung der Situation vertieft murmelte sie leise vor sich hin.

»Auch der Becher und die Flasche passen überhaupt nicht zueinander!«

»Der Becher passt nicht zur Flasche? Jetzt mach aber mal halblang! Im Angesicht es eigenen Todes verlieren Stilfragen schon einmal an Relevanz!«

»Der Becher ist handgetöpfert, dazu Bier aus einer Plastikflasche vom Discounter? Das ist keine Stilfrage, da prallen unterschiedliche Lebenswelten aufeinander! Der Becher passt zu ihm und zu seiner Kleidung, die Flasche hingegen ganz eindeutig nicht!«

Mir lag eine Erwiderung auf der Zunge, die ich jedoch hinunterschluckte. Sie drehte die halb leere Bierflasche auf, schnupperte mit geschlossenen Augen daran, nahm den Becher, der einen letzten Rest Bier enthielt, und schnupperte ebenfalls.

»Vorsicht, da ist höchstwahrscheinlich Gift drin!«

Ein triumphierendes Lächeln erschien auf ihrem Gesicht. Erneut schnupperte sie erst an der Flasche, dann am Becher, ehe sie mir beides entgegenstreckte.

»Riech selbst, das Bier im Becher stammt nicht aus der Flasche!«

»Was …«

»Riech einfach!«

Sie würde keine Ruhe geben. Also schnupperte ich mehrmals an beidem und kam mir dabei ziemlich blöd vor.

»Zugegeben riecht beides leicht unterschiedlich …«

»Siehst du! Da will uns jemand glauben machen, es handele sich um einen Selbstmord!«

»… was aber auch an den unterschiedlichen Behältnissen liegen kann oder daran, dass sich nur im Becher Gift befindet!«

»Quatsch! Das Bier vom Discounter riecht hopfig und leicht säuerlich, im Becher befindet sich hingegen ein satt nach Malz duftendes Bier. Jede Wette, dass es sich um zwei verschiedene Biersorten handelt!«

Ich starrte sie an. Das konnte jetzt eine ziemlich lange und fruchtlose Diskussion werden.

»Okay, bringen wir beides zu Karl-Heinz in die Kriminaltechnik. Er wird die Frage klären.«

Jedes Wort, das Kiara auf dem Bildschirm las, stürzte sie in tiefere Verzweiflung. Wie konnte sich ein Mann nur so sehr für eine Frau interessieren? Der Typ hatte ja nichts außer der Angebeteten im Kopf! Eifersucht flammte heiß in ihr auf. Sie tat alles, um älter auszusehen, um von Männern endlich als Frau und nicht länger als Mädchen wahrgenommen zu werden. Leider funktionierte es nicht ganz wie gewünscht. Die interessanten Typen sahen über sie hinweg oder durch sie hindurch. Einzig… allein beim Gedanken an ihn schüttelte sie sich. Andererseits war er immerhin ein Mann, sogar einer, der sich für sie interessierte, ihr beinahe täglich Nachrichten aufs Handy schickte. Nur entsprach er so gar nicht ihren Vorstellungen eines süßen Typen, in den sie sich voll und ganz verknallen könnte. Alle Influencerinnen, denen sie bei Instagram folgte, besaßen einen Typen, der sie verwöhnte und beschützte. Erst mit einem Freund würde sie ernst genommen werden, also brauchte sie dringend einen. Was, wenn eine andere aus der Klasse vor ihr, … automatisch kam ihr Annika in den Sinn. Ob die schon einen hatte? Erneut kochte ihre Eifersucht auf. Egal, Annika war sie los, wenigstens etwas. An ihrer Mutter sah sie täglich, dass eine Frau ohne einen Mann eine Loserin war.

Ihre Mutter! Es tat so weh, ihren Eltern völlig egal zu sein. Beide interessierten sich einen Scheiß für sie. Nein, so ganz stimmte das nicht. Ihr Vater war halt, wie er war, der konnte nichts dafür. Umso bitterer brannte die Enttäuschung über ihre Mutter. Hier, im Chat, schleimte sie, bei ihr kam kein liebevolles Wort über die Lippen, nur hohle Phrasen, damit ihr einziges Kind sich selbst beschäftigte und seiner Mutter keine Sekunde ihrer ach so wertvollen Zeit stahl.

»Bist du online?«

Als die Nachricht im Chat aufpoppte, zuckte Kiara vor Schreck zusammen. Sie verspürte den Drang wegzulaufen, rang diesen jedoch nieder.

»Nicht mehr lange«, tippte sie ein.

»Schade, Lust auf ein Konzert?«

»Kommt darauf an.«

Kiara tippte ihre Antworten ein, er reagierte immer sofort, bemühte sich sichtlich, witzig und schlagfertig rüberzukommen. Er wollte ihr gefallen. Das sprach sie an, obwohl er nicht wirklich ihr gefallen wollte, sondern sie für eine andere hielt. Erneut kochte es bitter in ihr auf. Eine Welle aus Eifersucht und Verzweiflung schwappte so heftig über sie hinweg, dass sie ihr den Atem raubte. Kiara hasste ihn, hasste ihre Mutter, hasste die ganze verlogene Bagage! Das heftige Verlangen, ihm einen Denkzettel zu verpassen, einen, den er nicht so schnell vergessen würde, erfasste sie. Nicht nur ihm, auch ihren Eltern gehörte ein Denkzettel verpasst!

Ohne lange nachzudenken, hackte sie wütend auf die Tastatur ein. In ihrer Klasse war sie die unumstrittene Nummer eins, weil sie sich was traute und gut improvisieren konnte. Es würde auch diesmal klappen. Und falls nicht, was konnte ihr schon passieren? Schließlich war sie noch dreizehn. Als sie fertig war, verabschiedete sie sich aus dem Chat. Ehe sie sich ausloggte, löschte sie die eben geführte Unterhaltung.

Am nächsten Morgen durchforstete ich lange vor dem Erscheinen meiner Kollegin die Vermisstenanzeigen. Der Tote war nach Schätzung der Gerichtsmedizinerin Anfang dreißig und seit drei Tagen tot. Leider gab es in ganz Deutschland keine passende Vermisstenanzeige. Es konnte lange dauern, bis eine solche erstattet wurde.

Die Tür öffnete sich und Bianca steckte ihren Kopf herein. Als sie mich am Computer arbeiten sah, trat sie ein.

»Guten Morgen Jens.«

»Guten Morgen, hat deine Jüngste dich schon gehen lassen?«

Das jüngste ihrer drei Kinder befand sich gerade in der Eingewöhnungsphase des Kindergartens, was sich als langwieriges und zähes Projekt entpuppte.

»So langsam finden wir unser Abschiedsritual. Warst du schon bei Karl-Heinz?«

»Ich wollte ihm nicht das Vergnügen nehmen, dir seine Befunde persönlich mitzuteilen.«

»Dann lass uns gemeinsam hingehen.«

»Glaubst du, er ist schon fertig?«

»Klar, der ist doch genauso neugierig wie wir!«

Bianca trug keine Uhr mehr, die ihre Schritte zählte. Trotzdem hoppelte sie die Treppen hinab. Also verzichtete ich ebenfalls auf den Lift. Auf dem Weg berichtete ich ihr, dass keine zu unserer Leiche passende Vermisstenanzeige vorlag.

Die Labore der Kriminaltechnik befanden sich im Keller. Bei unserem Anblick grinste Karl-Heinz spitzbübisch.

»Man hört, ihr habt eine Wette laufen?«

»Stimmt leider nicht, Jens hat gekniffen.«

»Schlau von ihm, aber du bist eine wahrlich brillante Ermittlerin! Hut ab!«

Er zog einen imaginären Hut, verbeugte sich, trat auf Bianca zu und schüttelte ihr die Hand.

»Es sind also tatsächlich zwei verschiedene Biere?«

Ich gönnte Bianca ihre Freude. Einmal mehr war ich froh darüber, sie an meiner Seite zu haben.

»In der Flasche befand sich billiges Industriebier eines Discounters. Das Bier aus dem Becher ist hingegen vermutlich selbst gebraut.«

»Jaaa!«

Sie beugte den Arm und ballte ihre Rechte zur Faust. Eine derart männertypische Geste hatte ich noch nie zuvor an ihr beobachtet.

»Was kannst du uns über das Gift sagen?«

»Wie von Bianca vermutet, befand es sich nur im Becher.«

»Ich meine ...«

»Es handelt sich um einen ganzen Cocktail toxischer Alkaloide. Als Quelle tippe ich auf eine Knolle des Blauen Eisenhutes. Ist die entsprechende Dosis erst einmal erreicht, hilft nichts mehr. Man stirbt qualvoll an Atemlähmung und Herzversagen. Das selbst gebraute Bier enthält viele Bitterstoffe, unter denen das Gift nicht zu schmecken war. Zum Ausgleich wurde extra viel Malz beigemischt, um das Gebräu trinkbar zu machen.«

»Also wurde der Mann vergiftet?«

»Zumindest, wenn wir ausschließen, dass er das selbst gebraute Bier in einem offenen Becher eine enge, unregelmäßige Weinbergtreppe hinauftrug, um dann eine halb leere Plastikflasche vom Discounter daneben zu platzieren.«

»Er müsste es, sollte es sich tatsächlich um einen Suizid handeln, viel weiter als nur die Treppe hinaufgetragen haben. Schließlich haben wir kein ihm gehörendes Fahrzeug gefunden und die nächsten U-Bahn-Haltestellen liegen weit entfernt.«

»Das zu ermitteln ist euer Job, auf mich wartet ein Berg Arbeit.«

»Was ist mit Fingerabdrücken?«

»Sowohl auf dem Becher als auch auf der Flasche sind nur welche vom Toten. Ich habe eine Kollegin noch einmal zum Weinberghäusle geschickt. Sie soll in Wurfweite rings ums Häuschen gründlich nach Gefäßen suchen, die sich für den Transport von Bier oder Gift eignen. Nicht, dass uns ein findiger Anwalt noch die Mordanklage versaut.«

»Und die Fingerabdrücke des Toten ...«

»... sind in keiner Datenbank erfasst.«

»Was ist mit der Inschrift »Ich kann nicht mehr!« an der Wand oberhalb der Leiche?«

»Die stammt wahrscheinlich tatsächlich vom Toten. Zumindest haben wir in seiner Jackentasche ein handgeschriebenes Gedicht gefunden, dessen Schriftbild dem der Inschrift ähnelt und einen blauen Edding, mit dem sie an die Wand geschrieben wurde. An seinem linken Zeigefinger ist ein kleiner Strich des Eddings, wie er typischerweise entsteht, wenn man beim Aufsetzen der Kappe nicht aufpasst. Ach ja, außerdem haben wir zahlreiche Haare und Hautschuppen sichergestellt.«

Wir verabschiedeten uns und stiegen die Treppen wieder hoch. Wortlos folgte Bianca mir in mein Büro.

»Wo fangen wir an?«

»Solange wir die Identität des Toten nicht kennen, tappen wir im Dunkeln. Aber genau das will der Mörder ...«

»Oder die Mörderin! Gift wird bevorzugt von Frauen benutzt.«

»Und vom russischen Geheimdienst!«

Bianca verdrehte die Augen.

»Schon gut, dann reden wir halt jetzt von der Mörderin und schließen einen Mann mit ein. Jedenfalls hat die Mörderin verdammt viel davon, uns möglichst lange im Dunkeln tappen zu lassen. Wir können weder das Umfeld des Toten durchleuchten, noch nach Motiven suchen, solange wir seine Identität nicht kennen.«

»Warum verscharrte sie ihn dann nicht? In diesem Fall würden wir noch viel länger im Dunkeln tappen.«

»Weil sie versuchte, den Mord als Suizid zu tarnen, was nur geht, wenn man sein Opfer nicht vergräbt. Außerdem ist es verdammt schwer und anstrengend, eine Leiche die enge, schiefe Treppe hinab in ein Fahrzeug zu schleppen und irgendwo zu vergraben. Mal ganz abgesehen vom Risiko, ertappt zu werden. Die Straße ist nur für Anlieger. Einige Wengerter wohnen bestimmt in der Nähe und beäugen kritisch jedes fremde Fahrzeug. Dazu kommt der Umstand, dass man ein Fahrzeug braucht und eine Leiche darin leicht Spuren hinterlässt.«

»Einverstanden! Alles was wir bisher haben, ist also das Weinberghäusle. Es muss eine Verbindung zwischen dem Toten, seiner Mörderin und dem Häuschen geben. Wem gehört es eigentlich?«

»Herrn Kempf, er fand auch die Leiche.«

»Wurde er schon befragt?«

»Nein, er kollabierte, während er mit seinem Handy den Notruf über den Leichenfund informierte. Die Kollegin schickte geistesgegenwärtig gleich einen Notarzt los, sonst hätte es in dem Häuschen möglicherweise zwei Tote gegeben.«

»Ob er jetzt wieder fit genug für eine Befragung ist?«

Am Telefon erfuhr ich, dass Herr Kempf nicht nur aus dem Gröbsten heraus war, sondern von sich aus dringend mit der Polizei sprechen wollte. Also machten wir uns auf den Weg. Durch die Sicherheitsschleuse verließen wir das Gebäude. Entgegen meinen bisherigen Gewohnheiten bog ich nicht nach links zum Parkplatz ab, sondern stapfte geradeaus Richtung U-Bahn.

»Was ist mit dir los?«

»Bis zum Klinikum sind es nur ein paar Haltestellen. Bei dem Verkehr und bis wir dort einen Parkplatz finden, sind wir mit der Bahn schneller.«

»Man höre und staune.« Sie schmunzelte süffisant. »Der Flurfunk munkelt, dass du endlich zur Vernunft gekommen bist und deine alte Dreckschleuder verkauft hast?«

Seit Tagen wartete ich darauf, dass sie es ansprach. Ich hatte mir fest vorgenommen ruhig und souverän zu bleiben, wenn es so weit war. Jetzt wallte Ärger in mir auf. Also schwieg ich vorsichtshalber.

»Pardon, ich meine natürlich deinen Oldtimer. Hast du viel Geld für ihn bekommen?«

»Ich bin zufrieden.«

»Was für ein Auto hast du dir gekauft?«

»Ein Elektroauto.«

»Du?«

Fassungslos glotzte sie mich an.

»Überrascht?«

»Allerdings, natürlich positiv! Hätte ich dir gar nicht zugetraut!«

Es handelte sich um kein reines Elektroauto, sondern einen Hybrid. Die Kleinigkeit erwähnte ich nicht und war froh, dass sie nicht genauer nachfragte.

»Wieso wirst du plötzlich zum Grünen? Ich denke, du magst uns nicht?«

»Nur, weil man ab und zu mit der U-Bahn fährt und sich ein neues Auto kauft, ist man noch lange kein Grüner. Außerdem bin ich nicht so platt und undifferenziert, wie deine Worte suggerieren. Auch bei euch gibt es Menschen, die ich mag, dich zum Beispiel.«

Sie errötete tatsächlich. Dabei war ihre Stichelei nichts, verglichen mit dem, was sie sich von mir schon alles hatte anhören müssen. Ich überlegte, mich zu entschuldigen, beließ es aber bei der Überlegung.

Der Rest der Fahrt verlief schweigend. Am Hauptbahnhof, an dem die zukünftige unterirdische Haltestelle langsam Konturen annahm, stiegen wir in den Bus um, der uns bereits bei der nächsten Haltestelle direkt vor dem Klinikum wieder ausspuckte. Noch immer schweigend trottete ich hinter Bianca her. Sie zeigte an der Pforte ihren Dienstausweis und erfuhr, dass Herr Kempf im siebten Stock lag. Ich schloss die Augen, ahnte ich doch, was jetzt kommen würde.

Tatsächlich steuerte sie zielstrebig auf das Treppenhaus zu. Ich schielte sehnsüchtig zum Aufzug, entschied dann aber, die Buße auf mich zu nehmen. Im sechsten Stock war ich schweißgebadet und außer Atem.

»Bevor wir Herrn Kempf befragen, möchte ich mich bei dir entschuldigen. Meine Worte waren unangemessen. Ich war einfach überrascht. Normalerweise bin schließlich ich für die giftigen Sticheleien zuständig.«

Bianca hielt tatsächlich inne, zögerte kurz, drehte sich dann um und meinte:

»Entschuldigung akzeptiert. Es war auch nicht okay von mir, so gegen dich zu sticheln.«

»Vertragen wir uns wieder?«

Sie nickte, machte kehrt und nahm das letzte Stockwerk in Angriff. Herr Kempf erwies sich als ledriges Männlein von schätzungsweise siebzig Jahren. Seine auffallend rote Gesichtsfarbe, die bläulichen Adern in seinen Wangen und seine grobporige Nase wiesen auf einen Hang zum Trinken hin. Ich hoffte bei seinem Anblick inständig, nicht eines Tages wie er für jeden sichtbar ein Säufer zu werden und schwor mir, von einem auf zwei alkoholfreie Tage pro Woche zu erhöhen.

In Anbetracht der Umstände tippte ich bei Herrn Kempf auf einen Winzer, der seinem Trollinger zu sehr zugetan war, was sich als Treffer erwies.

»Kannten Sie den Toten?«

»I? Ha noi, wo denked se na!«

»Haben Sie ihn auch nie zuvor gesehen?«

»Noi, han i nedde! Halded Sie mi jetzt no glei für soin Mörder?«

»Bisher fragen wir uns nur, wieso er in Ihrem Weinberghäusle zu Tode kam. Haben Sie eine Erklärung hierfür?«

»Noi, han i nedde!«

»Wer außer Ihnen benutzt das Häusle?«

»Koiner nutzt mei Woiberghäusle!«

»Wer besitzt noch einen Schlüssel? Immerhin war die Tür nicht aufgebrochen!«

»S'isch hald a billigs Schloss. Des ka jeder mit ama Diedrich uffkriaga!«

»Aber wieso ausgerechnet Ihr Häusle?«

»Koi Ahnung!«

»Ihr Sohn …«

»Den könned se selber froga. Bisher hot der sich aber net für's Häusle interessiert.«

»Gibt es Führungen durchs Cannstatter Zuckerle oder Feste, von denen her jemand ihr Häusle kennt?«

Er schwieg. Offensichtlich überlegte er, was er uns sagen sollte.

»Bitte seien Sie ehrlich, jede Kleinigkeit kann uns helfen!«

»Di geits nemme!«

»Nicht mehr heißt, früher gab es welche?«

Mit zusammengepressten Lippen nickte er.

»Was? Führungen oder Feste?«

»Feschdla isch ned so mois.«

»Also Führungen?«

»Dr Wengert isch doch a Schtick von onserer Tradition, von onserer Gschicht! Do han i hald denkt, des willsch de Loid zoiga ond mi in Weinsberg zom Woi-Erlebnis-Führer ausbilda lassa.«

»Und? Interessierten sich Leute für unsere Geschichte und Traditionen?«

»Ha freili! D' Führunga sen emmer guad bsucht gwäh! Bsonders d'Woibsbilder hen gern ihren Jonggsellina-Abschied in moim Wengert gfeiert!«

Er lächelte stolz, in den Erinnerungen an jene Zeiten schwelgend.

»War Ihr Häusle ein Teil der Führungen durchs Zuckerle?«

»Freili! Dort han i de Leit moin Trollinger ausgschenkt. Den hen elle gern dronka.«

Ein weiteres stolzes Lächeln.

»Kann es sein, dass der Tote an einer dieser Führungen teilgenommen hat?«

»Ha scho, des send jedes Jahr honderte Leit gwäh!«

»Aber erinnern können Sie sich an ihn nicht?«

»Noi, des hett i doch scho gsait!«

»Wenn die Führungen so erfolgreich waren«, mischte ich mich in Biancas Befragung ein, »warum haben Sie dann damit aufgehört?«

Er zuckte zusammen und errötete noch mehr, was ich nicht für möglich gehalten hätte. Beide starrten wir gebannt auf ihn, waren wir doch sicher, dass er uns etwas verschweigen wollte.

»Warum …«

»I han Ihr Frog scho verschdande! Wissed se, d' Leit send net emmer so, wia mer se sich wünschd.«

»Es ist also etwas vorgefallen?«

Er nickte.

»Im Zusammenhang mit dem Weinberghäusle?«

Erneutes Kopfnicken.

»Was?«

Er holte tief Luft, setzte an und brach wieder ab.

»Bitte! Jede Kleinigkeit kann wichtig für uns sein!«

Bianca griff nach seiner Hand und tätschelte sie leicht.

»I will aber nix von dem, was i ehna jetzt erzähla dua in dr Zeitung läsa!«

»Keine Sorge, wir werden ganz sicher mit niemandem von der Presse darüber reden!«

»Also guad! Im Sommer hot mi nachts der Raimund agrufa ond gmoind, vor moim Häusla dät a Fuir brenna. I ben sofort na. Da hot et bloß a Fuir brennt, sondern au no a paar Fackla. Da han i mir denkd, goats no ond ben de Staffla ruffgschdürmd. Was i dann doa vorgfonda han, war zom Gruasla. Rengs ums Fuir send Menner en schwarze Kudda gschdanda ond mittadren …«, er schluckte, Tränen traten in seine Augen, er räusperte sich, »… a naggeds Mädla. I han des zuerschd ned glauba wella. Des Woibsbild war richtig vom Deifel bsessa, hot eddamoal gmerkt, wia i komma ben. Oiner von denne en de Kudda hot mi g'säh ond uff mi zoigt. Da isch dr Deifel von mir wiadr abgfalla ond i han losbrülld, se solled sich schloinigst davonmacha!«

Er beendete seinen Bericht. Tränen rannen seine Wangen hinunter.

»Könnte der Tote einer der Männer unter der Kutte gewesen sein?«

»I woiß et, i han von dene do niamand richtig gseha. Nur des Woib, des däd i wiader erkenna. A richtigs Satansweib war di!«

»Wie alt war die Frau?«

»Jong, oigendlich no a Kend.«

»Haben die Männer damals etwas getrunken?«

»Dronka?«

Ratlos starrte er mich an.

»Ja, ich meine, standen irgendwo Flaschen, Gläser oder sonstige Trinkbehältnisse herum?«

»Jedzd erinner i mi wiedr. Di hen Krüag ond so Becher ghet, so Dinger us Ton. Ond obwohl se en moim Wengert waret, hend se Biar gsoffa!«

Seine Empörung war deutlich, während mich die Erregung des Jägers beim Anblick der Fährte erfasste.

»War es so ein Becher?«

Ich streckte ihm das Foto des Tonbechers auf meinem Handy hin. Er fummelte eine Lesebrille aus seiner Jackentasche, setzte diese umständlich auf, nahm mein Handy, suchte die richtige Entfernung zum Bildschirm und rief:

»Genau so oiner wars!«

Stolz lächelnd reichte er mir mein Telefon zurück.

»Wie können Sie sich da so sicher sein?«, warf Bianca ein. »Immerhin war es dunkel und …«

»Die hen oin liega lassa, den i am nächschda Morga gfunda han!«

»Haben Sie den Becher zufällig noch?«

»Ha freili!«

»Warum das denn?«

Bianca sah ihn entgeistert an. Er zuckte nur mit den Schultern. Obwohl Bianca in Stuttgart geboren war, verstand sie einfach die schwäbische Mentalität nicht.

»Welled se den Becher han? I ka moi Woib arufa.«

Er hatte nie nach Stuttgart gewollt. Gesichtslose, von Industrie und Kommerz geprägte Städte interessierten ihn nicht. Überhaupt, die Neuzeit! Er schnaubte. Die Aufklärung verachtete er, die Industrialisierung ekelte ihn an und die Moderne stieß ihn ab. Seine Welt war das Mittelalter, als Männer noch richtige Kerle waren und keine verweichlichten Jammerlappen und die Welt noch voller Mysterien. Wobei sich für ihn persönlich das Mittelalter in abgelegenen Landstrichen bis ins neunzehnte Jahrhundert erstreckte, so lange waren jene noch vom Teufelswerk der Neuzeit verschont worden. Alles danach war nur noch Schrott.

Eines Tages hatte er gegen seinen Willen nach Stuttgart gemusst. Ausgerechnet in diesem seelenlosen Moloch war er ihr begegnet. Beim ersten Blick in ihre Augen hatte er sich hoffnungslos in sie verliebt. Ehe er ihren Namen erfuhr, hatte er sie spontan Cannstatter Zuckerle getauft, nach dem Riesling, den er in jenem denkwürdigen Augenblick trank, war sie doch genauso hell und lecker wie der Wein. Leider war es seinem

Zuckerle nicht wie ihm ergangen. Seit er älter wurde, brauchte es zunehmend Zeit und Geduld, einem Weib seine Bestimmung aufzuzeigen. Wobei sich bei seinem Cannstatter Zuckerle ungeahnte Schwierigkeiten auftaten. Aber das zeigte nur, dass sie besonders war.

Heute war er nur wegen ihr nach Stuttgart gekommen. Sie wollte ihm etwas sagen, persönlich und unter vier Augen. Beim Lesen ihrer Nachricht hatte sein Herz vor Freude und Hoffnung einen Sprung gemacht. Sehnsüchtig sah er in alle Richtungen. Seit einer Viertelstunde wartete er im Arkadenhof des Alten Schlosses auf sie. Es ärgerte ihn, dass sie ihn wieder einmal warten ließ. Aber auch das zeigte ihm nur, wie besonders sie war. Außerdem steigerte es seine Erregung. Die Vorstellung, eines Tages mit seinen Händen ihre nackte Haut zu streicheln, während sie sich genüsslich rekelte und sich ihm entgegenstreckte, machte ihn schier wahnsinnig.

»Gegrüßet seid Ihr, Graf«, ertönte es hinter ihm.

Er zuckte zusammen, drehte sich um und stand ihr gegenüber. Blass und mager stand sie vor ihm, ihr hübsches Gesicht hinter ihren Haaren und der Kapuze ihres Hoodies verborgen. Wie eine Trauernde war sie von oben bis unten in Schwarz gekleidet.

»Der Graf erwidert euren Gruß. Es ist schön, euch zu sehen, auch wenn ihr kränklich wirkt.«

»Nun, ist das nicht angemessen? Schließlich logiere ich derzeit in einem Spital.«

»Wollt Ihr von dort flüchten? Ihr könnt sofort mit mir kommen! Meine Kutsche steht für euch bereit!«

»Das ist lieb von euch!«

Ihre zarten Finger tätschelten kurz seine Pranke. Elektrische Stöße fuhren durch seinen Körper, strömten in seinen Unterleib.

»Aber sie würden nach mir suchen. Ich will euch keine Unannehmlichkeiten bereiten.«

»Für euch nehme ich alle Unannehmlichkeiten dieser Welt auf mich! Auf meinem Gut seid ihr sicher vor ihren Schergen!«

»Vielen Dank, eines nicht fernen Tages greife ich vielleicht auf euer großzügiges Angebot zurück. Zuvor muss jedoch noch etwas getan werden.«

Er hielt inne, fürchtete er sich doch vor dem, was jetzt kommen würde.

»Wolltet Ihr mich deshalb treffen?«

Sie nickte.

»Was ist euer Begehr?«

»Mein Herz.«

Sie sah ihm tief in die Augen.

»Wie Ihr wisst, ist es nicht frei.«

»Wollt Ihr freundschaftlichen Rat?«

»Rat ist es nicht, den ich benötige. Seid Ihr nicht ein Mann der Tat?«

Schweiß trat ihm aus allen Poren, hatte er doch befürchtet, jene Worte zu hören. Sein Zögern entging ihr nicht. Sie griff nach seiner Hand, legte diese auf ihre linke Brust.

»Mir ist euer Werben nicht entgangen, nur muss ich hier drinnen frei sein, um euch erhören zu können.«

Bianca fuhr vom Klinikum direkt zur Kita, um ihre Tochter abzuholen. Sollte ich zurück ans Präsidium? Solange der Tote nicht identifiziert war, gab es dort nichts zu tun. Frühestens morgen würde die Staatsanwaltschaft erlauben, ein Bild von ihm zu veröffentlichen. Auch das nur, falls es keine neue, passende Vermisstenanzeige gab. Also machte ich mich auf den Heimweg.

Bei den Mineralbädern streifte die U-Bahn den Schlossgarten. Es wimmelte von Joggern, die ihren Körpern Gutes taten. Sobald ich zu Hause war, würde ich ebenfalls meine Sportklamotten anziehen und loslaufen. Wann hatte ich zum letzten Mal so früh Feierabend gemacht? Keine Ahnung, es musste lange her sein. Es tat mir gut, bei einer Ermittlung ausnahmsweise mal nicht unter dem Druck zu stehen, rasch Ergebnisse liefern zu müssen.

Meine Bude lag im Dachgeschoss eines Gewerbebaus am Cannstatter Wasen. Beim Betreten blieb mein Blick an der samstags auf dem Flohmarkt gekauften CD von Leonard Cohen hängen. Mühselig fummelte ich die Folie ab, legte sie in den CD-Player ein und drehte die Lautstärke auf.

Der Klang der Boxen beamte mich weg. Ich schloss meine Augen und sank tief in die Polster zurück. Es fühlte sich an, als säße ich direkt dem Altmeister gegenüber, wie er lässig Gitarre schrammelnd Suzannes perfekten Körper besang. Leider weilte Cohen nicht mehr unter uns Lebenden.

Unwillkürlich kam mir der Tote vom Rosenstein in den Sinn. Viele meiner Anschaffungen standen mit Mordfällen in Verbindung. Auf der Rückfahrt vom Rosenstein war ich in Schwäbisch Gmünd unerwartet vor dem Werk eines Hi-Fi-Bastlers von Weltruf gelandet. Die Gelegenheit beim Schopfe greifend hatte ich mir die schlanken, eleganten Lautsprecher gegönnt. So werden diese für mich immer mit dem Albwolf verbunden sein.

Warum eigentlich nicht erst die CD zu Ende hören? Anschließend blieb immer noch reichlich Zeit für Sport. Für die Boxen hatte ich viel Geld ausgegeben, sie aber bisher noch nicht so richtig ausgekostet. Cohen besang Honiglicht. Die Herbstsonne warf genau jenes auf meine selbst verlegten Eichendielen. Ich lächelte, war das doch ein eindeutiges Zeichen. Samstags hatte ich nicht nur die CD, sondern auch einen neuen Rioja erstanden, einen Club Privado vom Baron de Ley. Der passte exzellent zur momentanen Stimmung. Also holte ich die Flasche und entfernte geübt den

Korken. Eine herrliche, rubinrote Flüssigkeit gluckerte in die Weintulpe. Das leicht blumige Bouquet des edlen Spaniers kitzelte meinen Gaumen. Kurz darauf verbreitete sich ein warmes, behagliches Gefühl in meinem Bauch. Konnte man einen Arbeitstag besser ausklingen lassen? Gelöst lehnte ich mich zurück, nahm einen weiteren Schluck und schloss die Augen. Zufrieden und entspannt spürte ich ein seliges Lächeln auf meinen Lippen.

Plötzlich stand der Tod im Türrahmen und grinste gehässig auf mich hinab. Erschreckt fuhr ich hoch.

»Was willst du?«

»Dich holen.«

»Jetzt schon?«

Er grinste noch gehässiger, sein Totenkopf verzog sich zu einer schaurigen Grimasse. Wie war das überhaupt möglich?

»Wie kannst du grinsen, wenn du keine Muskeln mehr für deine Mimik hast?«

Über diese Frage erwachte ich. Ein weiteres Mal lag ich auf dem Sofa, vor mir eine halb leere Rotweinflasche, im Mund einen schalen Geschmack. Wollte ich das? Besoffen auf meiner gammeligen Couch liegend vom Tod geholt werden? Was würde Lena denken, wenn sie davon erfuhr?

Der Gedanke an meine Tochter weckte eine diffuse Sehnsucht in mir. Ich wollte leben, mit ihr möglichst viel Zeit verbringen, schöne Erlebnisse mit ihr teilen. Es stimmte, Versäumtes ließ sich nicht nachholen, aber irgendwie entschädigen schon.

Ich rollte vom Sofa, warf einen Blick auf die Uhr. Mitternacht war lange durch und ich hellwach. Wenn ich jetzt ins Bett ginge, würde ich mich schlaflos darin herumwälzen. Warum hatte ich nach Dienstschluss nichts Besseres getan, als mich zu besaufen? Weil der Wein mir so gut schmeckte? Nein, die Lüge ließ ich mir dieses Mal nicht durchgehen.

Ich ging ins Schlafzimmer, zog mich aus und Sportklamotten an. War es so weit? War ich endgültig zum Säufer geworden? Jedenfalls hatte ich heute auch getrunken, um den schaurigen Anblick des Toten im Weinberghäusle zu vergessen. Sein vor Entsetzen verzerrtes Gesicht mit getrockneten Schaumresten um den Mund sah ich überdeutlich vor meinem inneren Auge.

Auf der König-Karls-Brücke trabte ich über den Neckar. In seinen dunklen Fluten spiegelte sich die silbrige Scheibe des Vollmondes. Auch das noch! In Vollmondnächten schlief ich besonders schlecht. Vorbei am Mineralbad Leuze erreichte ich bei den Berger Sprudlern die Ausläufer des Rosensteinparks. Ein einsamer Radfahrer kam mir entgegen, schlug vorsichtshalber einen weiten Bogen um mich. Ich lächelte, war ich doch offensichtlich immer noch ein gefährliches Raubtier. Hinter dem Schwanensee ging es steil aufwärts zum Schloss Rosenstein. Das Seitenstechen setzte ein. Ich hörte auf zu traben, lief stattdessen. Sollte ich umkehren? Nein! Ich würde die Runde bis zum Löwentor durchziehen, erst kehrtmachen, wenn ich an dessen schmiedeeisernem Gitter abgeschlagen hatte! Außerdem würde ich in den nächsten Tagen etwas Schönes mit meiner Tochter Lena unternehmen!

Als ich spät am nächsten Morgen die Sicherheitsschleuse des Präsidiums passierte, signalisierte mir der Diensthabende, ich solle kurz in seinen Kabuff kommen. Seinem feisten Grinsen nach hatte sich etwas Unterhaltsames ereignet.

»Rekrutierst du deine Hilfssheriffs jetzt im Altersheim?«

»Man muss sehen, wo man bleibt.«

»Das hier wurde in aller Herrgottsfrühe für dich abgegeben. Dabei hat mir die Seniorin mindestens dreimal eingeschärft, es dir nur persönlich auszuhändigen!«

Er hielt mir einen sauber in einen wiederverschließbaren Gefrierbeutel eingetüteten Tonbecher entgegen. Auf einem pinken Zettel war in akkurater Handschrift vermerkt, dass der Becher nie gespült und auch nicht mit bloßen Händen angefasst worden sei. Mithin müssten alle nicht von ihrem Mann stammenden Fingerabdrücke von den Satanisten sein.

Die Lektüre der Nachricht entlockte auch mir ein Schmunzeln. Offensichtlich war Frau Kempf eine versierte Krimileserin. Mit dem Beweisstück in der Hand stieg ich die Treppe in die Kriminaltechnik hinab. Karl-Heinz saß hinter seinem Computer.

»Hast du einen Augenblick Zeit?«

»Eigentlich nicht, aber für dich nehme ich ihn mir. Worum geht's?«

»Um den hier.«

Ich stellte den Becher vor ihm ab. Er reagierte mit einem Stirnrunzeln.

»Der wurde aber nicht ordnungsgemäß sichergestellt!«

»Sei nicht so streng, die Kriminalistin ist über siebzig Jahre …«

»Warum genießt sie dann nicht schon längst ihren Ruhestand?«

»Mensch Karl-Heinz, das war ein Spaß!«

Ich erklärte ihm, was es mit dem Becher auf sich hatte. Er hörte aufmerksam zu. Als ich geendet hatte, schüttelte er seinen Kopf.

»Satanisten im Cannstatter Zuckerle! In was für einer Welt leben wir?«

»Die Beantwortung dieser Frage überlasse ich dir. Mich interessiert, ob unser Toter etwas mit den Satanisten zu tun hatte.«

»Und das willst du mithilfe dieses Bechers herausbekommen?«

Ich nickte.

»Indem wir ihn mit dem beim Toten gefundenen Becher vergleichen?«

»Genau, und indem ihr den hier auf Fingerabdrücke und Genspuren untersucht.«

Karl-Heinz erhob sich, nahm den Becher und ging in sein Labor. Ich folgte ihm. Er zog sich Einweghandschuhe über, nahm den Becher aus dem Beutel und betrachtete ihn von allen Seiten. Dann holte er den anderen Becher aus einem Regal und stellte sie nebeneinander. Beide waren aus dem gleichen, braunen Material gefertigt, innen durchsichtig lasiert, außen brauner Ton. Der bei dem Toten gefundene Becher war jedoch niedriger, dafür breiter und etwas bauchiger. Außerdem war bei ihm zur Zierde rings um den Rand eine weiße Lasur aufgetragen.

»Sehen beide handgetöpfert aus.«

»Finde ich auch.«

»Kannst du feststellen, ob sie aus der gleichen Werkstatt stammen? Vielleicht, indem du den Ton analysierst? Wobei ich nicht weiß, ob jede Töpferei ihren eigenen Ton verwendet oder ob alle ihr Material vom gleichen Großhändler beziehen. Dann ...«

»Nicht nötig, beide stammen aus der gleichen Töpferei.«

Mit offenem Mund starrte ich ihn an.

»Woran erkennst du das?«

»Ganz einfach hieran.«

Er drehte beide Becher um und wies auf zwei Stellen auf deren Böden. Ich beugte mich darüber, ging näher ran und wieder weiter weg. Vor meinen Augen verschwamm alles, ich konnte nichts erkennen. Was hatte Karl-Heinz hier nur mit bloßem Auge gesehen?

»Hier.«

Er hielt mir eine Lupe hin, die ich nach kurzem Zögern nahm. Jetzt erkannte ich eine kleine, runde Vertiefung im Becherboden, die eine winzige, gezackte Schlange enthielt.

Aufgeregt wechselte ich zum anderen Becher. Dort fand ich die gleiche Vertiefung.

»Was ist das?«

»Vermutlich so eine Art Stempel, den der Töpfer vor dem Brennen in den Ton drückte, um seine Werke zu markieren.«

»Das hast du mit bloßem Auge erkannt?«

Er nickte grinsend.

»Vielleicht wird es bei dir ja Zeit für eine Lesebrille?«

»Also gibt es eine Verbindung zwischen dem Toten und den Satanisten!«

»Scheint so.«

»Kannst du herausfinden, aus welcher Werkstatt die Becher stammen?«

»Das sind handgefertigte Einzelstücke. Letztes Jahr haben alleine im Ländle neunundvierzig Werkstätten am Tag der offenen Töpferei teilgenommen. Soll ich an alle Töpfer Bilder der Becher schicken und fragen, ob die von ihnen stammen?«

»Warum nicht? Setz bitte jemand darauf an!«

Karl-Heinz seufzte, nickte dann aber.

»Wir fangen im Ländle an. Haben wir damit keinen Erfolg, weiten wir es auf ganz Deutschland aus. Das sind dann Hunderte Werkstätten. Wobei die Becher auch aus einem anderen Land stammen können.«

Ich bedankte mich bei ihm und begab mich auf den Weg hinauf in mein Büro. Auf dem Weg klopfte ich an Biancas Tür, die jedoch noch nicht da war. Ich ahnte, dass uns eine mühselige Puzzlearbeit bevorstand. Lohnte es sich, die Kundendatei der Töpferei mit jener von Herrn Kempfs Weinbergführungen abzugleichen? Das klang einfach. Aber abgesehen davon, dass wir die Töpferei noch nicht kannten, befürchtete ich, dass weder die Töpferei noch Herr Kempf eine elektronische Kundendatei führten. Herr Kempf besaß keine Übersicht, wer bei ihm alles eine Führung gebucht hatte. Meistens hatte eine Person für eine Gruppe angefragt. Laut seiner Frau war er ein Schlamper, der keine E-Mail löschte. Sie hatte versprochen, sein Konto zu sichten und für uns eine Liste mit Namen und E-Mail-Adresse aller Personen zu erstellen, die eine Führung gebucht hatten. Insofern hatte der Kollege an der Pforte nicht ganz unrecht, dass ich sie als Hilfssheriff verpflichtet hatte. Mein Vorgehen war etwas ungewöhnlich, aber Frau Kempf hatte förmlich darauf gebrannt, uns helfen zu dürfen. Später konnte ich immer noch einen Kollegen bitten, Herrn Kempfs E-Mail-Konto zu sichten und ihre Liste zu prüfen.

Im Wald schrie ein Käuzchen. Dort, in der drohenden Masse der Bäume raschelte es. Die Dunkelheit der Nacht bot Beutetieren einen gewissen Schutz und war zugleich die Zeit der Jäger. Von der anderen Seite, aus dem vom Zahn der Zeit gebeugten Hofgebäude drang gelblicher Lichtschein aus winzigen Fenstern. Ein Frauenlachen klang glockenhell durch die Nacht. Vor wenigen Minuten hatten sich die Frauen verabschiedet. Sie würden spülen, sich selbst frisch machen und dann in ihre Betten gehen.

Er war alleine am Feuer zurückgeblieben. Das störte ihn keineswegs, im Gegenteil. Er liebte es, in die Glut zu starren und seine Gedanken schweifen zu lassen. Mit einem Stock schob er die Reste zusammen. Eine Flamme zuckte auf und warf einen orangenen Schein auf den abblätternden Putz des alten Hauses. Für einen winzigen Augenblick dachte er, die Flammen hätten den alten Fachwerkbau erfasst und erschrak heftig. Schnell beruhigte er sich jedoch wieder, hatte er doch darauf geachtet, die Feuerstelle weit entfernt vom Haus, genau in der Mitte zwischen dem Gebäude und dem Wald anzulegen.

Schon als Kind hatte ihn Feuer fasziniert. Er runzelte die Stirn. Nein, das stimmte nicht ganz. Einst hatte er es gehasst, sich im Winter bei Dunkelheit und Eiseskälte aus dem Bett quälen zu müssen, um den Ofen anzufeuern. Aber wenn er es versäumte, in der Stube für Wärme zu sorgen, ehe der Wecker des Vaters klingelte, hagelte es Schläge. Die setzte es auch sonst oft, und zwar grundlos.

In der Grundschule gab es einen Ausflug, bei dem der Lehrer zur Mittagszeit ein Grillfeuer entzündet hatte. Damals hatte er die Begeisterung seiner Mitschüler aus den Neubaugebieten für das Feuer nicht verstanden. Doch nur wenig später waren die Flammen seine Freunde geworden, aber nicht, weil man über ihnen Würstchen und Marshmallows grillen konnte.

Plötzlich stand er wieder vor dem brennenden Häuschen, fasziniert von der Macht des Feuers, beeindruckt von der Hitze, die ihr schäbiges Heim brennend ausstrahlte und vom bedrohlichen Geräusch des tödlichen Monsters, das in den Flammen wütete. Am meisten hatte ihn fasziniert, dass seine kleinen Hände es waren, die das tödliche Monster zu Hilfe gerufen hatten.

In jener Nacht war eine Rechnung beglichen worden. Und, auch wenn er lange gebraucht hatte, das zu begreifen, eine neue aufgemacht. Hass kochte in ihm hoch. Auch diese Rechnung würde beglichen werden.

Es klopfte. Auf meine Aufforderung hin öffnete Kommissarin Olga Oleg die Tür.

»Hast du einen Augenblick Zeit?«

»Olga! Wie schön, dich zu sehen. Für dich habe ich immer Zeit!«

Ich erhob mich und lief ihr erfreut entgegen. Wir umarmten uns. Sie gehörte zu den wenigen Kolleginnen, mit denen ich gerne zusammenarbeitete. Seit einiger Zeit wurde Olga von Mordermittlungen verschont.

»Wie geht es dir?«

»Man lebt.«

Aus Respekt vor ihrem Burnout drang ich nicht weiter in sie.

»Suchst du immer noch Vermisste?«

Olga nickte.

»Genau das führt mich zu dir. Wie ich höre, habt ihr einen Unbekannten von etwa dreißig Jahren in der Gerichtsmedizin liegen.«

»Das stimmt, hast du etwas für uns?«

»Ist das auf dem Foto euer Toter?«

Sie klappte ihre Mappe auf. Ich erkannte ihn sofort.

»Ja.«

»Sicher?«

»Absolut.«

»Scheiße!«

Sie schlug mit der flachen Hand auf den Tisch. Ich zuckte zusammen, ehe ich sie irritiert ansah.

»Warum scheiße? Hast du durch den Fund des Mannes nicht soeben einen deiner Fälle gelöst?«

»Leider nicht! Eigentlich suche ich eine Dreizehnjährige, die letzte Woche aus einer Klinik verschwand. Der Mann ist ihr Lehrer.«

»Ihr Lehrer?«

»Ja.«

»Wie kamst du darauf, dass der in der Gerichtsmedizin liegen könnte?«

»Zufällig hörte ich in der Küche, dass euer Toter sich mit einem handgetöpferten Becher voller selbst gebrauten Bieres vergiftet haben soll. Da beschlich mich eine dunkle Ahnung. Eigentlich dachte ich, Kiaras Lehrer sei untergetaucht.«

»Heißt das, er hat mit dem Verschwinden des Mädchens zu tun?«

»Mein Instinkt sagt ja, auch wenn ich es noch nicht beweisen kann.«

»Was macht ihn verdächtig?«

»Kiara hat sich in ihn verliebt. Ihre Eltern haben das nicht gerafft. Die haben nur gemerkt, dass ihre Tochter sich von einem Tag auf den anderen total veränderte, massive Stimmungsschwankungen bekam, wegen geringsten Anlässen völlig ausflippte und schließlich eine Magersucht entwickelte. Die Eltern, übrigens geschieden, wussten sich nicht zu helfen und beschlossen schließlich, sie gegen ihren Willen in eine Klinik zu bringen. Kiara drehte schier durch, als sie es ihr mitteilten. Als sie damit nicht durchkam, wurde sie ganz ruhig und sagte, sie komme mit in die Klinik, wenn man auf dem Weg dorthin an ihrer Schule vorbeifahre, damit sie sich verabschieden könne. Die Eltern stimmten zu, dachten, Kiara wolle sich von ihren Mitschülern verabschieden.

In der Schule steuerte sie mit ihren Eltern im Kielwasser jedoch zielstrebig das Lehrerzimmer an. Herr Siegel ließ Kiara ins Lehrerzimmer, die Eltern mussten draußen warten. Die Tochter kam nicht wieder, während andere Lehrer einund ausgingen. Nach einer Stunde wurde es dem Vater zu bunt und er klopfte. Wie sich herausstellte, hatte Herr Siegel mit Kiara das Lehrerzimmer durch einen anderen Ausgang verlassen. Die Eltern standen kurz vor der Panik, diskutierten hin und her, ob sie die Polizei rufen und was sie denen sagen sollten, als plötzlich ihre Tochter wieder vor ihnen stand. Sie war ganz aufgeräumt und ruhig, meinte, jetzt sei sie bereit für die Klinik. Also lieferten sie ihre Tochter dort ab. Zunächst schien alles gut zu sein.

Nach zwei Wochen bat eine Psychologin der Klinik die Eltern um ein Gespräch. Sie berichtete, Kiara weigere sich über alles, was ihre Schule betreffe, zu reden. Als die Psychologin sie bedrängte, sei sie immer verzweifelter geworden. Schließlich habe sie gestanden, ihrem Lehrer versprochen zu haben, über alles Schulische zu schweigen. Die Psychologin machte die Eltern darauf aufmerksam, dass ihre Tochter heftig verliebt sei, vermutlich in ihren Lehrer. Zumindest habe Kiara total von ihm geschwärmt. Jetzt frage sie sich, warum ihr Lehrer Kiara zum Schweigen verdonnert habe. Ihr könnt euch das Entsetzen der Eltern in dem Augenblick ausmalen, als sie sich vorstellten, die eigene Tochter, in ihren Augen noch ein Kind, hat mit einem ausgewachsenen Mann geschlafen.«

Olgas Augen hatten schon zu viel Schreckliches gesehen. Düstere Erinnerungen überschwemmten sie, rissen sie mit sich fort. Ich hielt das tägliche Grauen unserer Arbeit mit Ironie von mir fern.

»Hast du Herrn Siegel mit dem Vorwurf des sexuellen Übergriffs konfrontiert?«

Sie blinzelte einige Male, dann war ihr Blick wieder klar.

»Logisch.«

»Wie hat er reagiert?«

»Gereizt. Er behauptete, in jeden Lehrer, der sich um ein gutes Verhältnis zu seinen Schülern kümmere, sei ein Teil seiner Schülerinnen verliebt. Darf ich kurz dein Telefon benutzen?«

»Klar.«

Olga erhob sich, setzte sich hinter meinen Schreibtisch, hob den Hörer meines Telefons ab und tippte flott eine Nummer ein. Währenddessen klopfte es erneut. Diesmal war es Bianca und ich winkte sie herein. Flüsternd setzte ich sie ins Bild, während wir Olgas Gespräch lauschten.

»Frau Weltke, hier spricht Kommissarin Oleg, ist Kiara wieder aufgetaucht? … nicht … schade … nein, es ist nichts passiert! … wir haben auch keine neuen Erkenntnisse … nein, auch Herr Siegel ist nicht wieder aufgetaucht … selbstverständlich melde ich mich bei Ihnen, wenn es etwas Neues gibt!«

Seufzend legte sie den Hörer wieder auf und kam zurück zu mir. In den wenigen Sekunden, die sie hierfür brauchte, gingen mir unendlich viele Dinge durch den Kopf.

»Wieso dachtest du, Kiara könnte wieder aufgetaucht sein?«

»Weil ich mich weigere, jetzt schon die Alternative ernsthaft in Erwägung zu ziehen.«

»Und warum hast du ihre Mutter in Bezug auf den Lehrer angelogen?«

»Einerseits, weil er noch nicht offiziell identifiziert wurde, auch wenn ihr ihn erkannt zu haben glaubt. Zum anderen bin ich der Meinung, dass bis auf Weiteres weder Kiara noch ihre Eltern von seinem Tod erfahren dürfen! Können wir später weiterreden? Ich muss ganz dringend ein paar Telefonate erledigen!«

Ich wollte protestieren, entschied mich dann aber dagegen.

»Okay.«

»Danke.«

Olga erhob sich. Bianca blickte verdattert drein, öffnete den Mund, setzte an, doch da war die Kollegin bereits draußen.

»Was soll das? Wieso darf Kiara nicht erfahren, dass ihr Lehrer tot ist?«

»Vielleicht, weil es sich um Täterwissen handelt.«

Bianca sah mich entsetzt an.

»Glaubst du ernsthaft, an eine Dreizehnjährige als Mörderin?«

»Ist Gift nicht die weibliche Waffe schlechthin?«

Sofie schmollte mit ihm. Das war nichts Neues, aber noch nie hatte sie so lange durchgehalten wie jetzt. Bisher hatte sie sich von ihm immer leicht besänftigen und führen lassen. Nun polterte Sofie schon seit zwei Tagen mit beleidigtem Gesichtsausdruck durchs ganze Haus und drehte ihm so oft es ging den Rücken zu. Soeben stocherte sie mit dem Schürhaken im Feuer des Herdes, als sei das Feuer die Nebenbuhlerin, die es aus dem Weg zu räumen galt. Das Gleichgewicht seines Rudels war empfindlich gestört.

»Schatz!«

Er trat hinter sie, hielt mit seinen kräftigen Händen sanft aber zugleich fest ihre Schultern. Seine Fingerspitzen spürten, wie sie sich versteifte.

»Willst du mir nicht lieber sagen, was dir auf der Seele brennt, statt weiter das unschuldige Feuer zu malträtieren?«

»Wozu? Du weißt es ohnehin genau!«

Er seufzte unhörbar.

»Nein, weiß ich nicht!«

Sofie ließ den Schürhaken los, fuhr herum und sah mit blitzenden Augen zu ihm auf.

»Schick sie weg, ehe sie Unheil über uns alle bringt!«

»Das kann ich nicht! Sie ist in Not und bat mich um Hilfe!«

»Ach! Tatsächlich?«

Ihr Ton war spitz. Sie sah ihn herausfordernd an. Er holte tief Luft, wuchs förmlich vor ihr in die Höhe.

»Willst du behaupten, ich lüge dich an?«

Erst flatterte ihr Blick, dann schrumpfte sie ein Stück in sich zusammen.

»N…nein, das natürlich nicht.«

Sie senkte die Augen, hob sie dann jedoch wieder.

»Als Frau spüre ich jedoch, dass es nicht die ganze Wahrheit ist.«

Sein erster Impuls war, sie anzubrüllen. Er zügelte sich jedoch, da ihm das auf Dauer eher schaden als nutzen würde.

»Selbst wenn dem so wäre, Weib, was wäre schlimm daran? Haben wir uns nicht gegenseitig ein freies Leben, jenseits kleinlicher Konventionen versprochen? Und seid nicht ihr es, die sich diese Freiheiten regelmäßig gönnt?«

Sofie errötete und senkte erneut den Blick.

»Sie schläft mit den anderen in einem Raum, ich rühre sie nicht an.«

»Ihr würdet aber gerne!«

»Bisher stand so etwas nie zwischen uns!«

»Sie ist vom Teufel besessen und wird Unheil über uns alle bringen!«

»Seid nicht töricht Weib! Ihr wisst, auf Dauer liebe ich nur euch.«

Er nahm sie fest in die Arme. Sie ließ es geschehen, er spürte jedoch, dass selbst jetzt ihr Widerstand noch nicht gebrochen war. Ihre Stirn lehnte an seiner Brust, er musste sich anstrengen, ihre gemurmelten Worte zu verstehen.

»Auch ihr Graf, steht nicht gänzlich über den Gesetzen der kalten Welt da draußen.«

Ausgestattet mit einem Durchsuchungsbeschluss fuhren wir zu Herrn Siegels Wohnung nach Waiblingen. Er wohnte seit einem guten Jahr hier in der Gegend. Laut Meldeamt gab es keine lebenden Verwandten. Also würden wir in der Wohnung Material für einen DNA-Abgleich sicherstellen und bei dieser Gelegenheit sowohl nach Hinweisen auf ein Mordmotiv als auch nach Spuren der vermissten Kiara suchen.

Die Vermieterin, eine Dame von mindestens siebzig Jahren, erwartete uns vor dem Fachwerkhaus in der Waiblinger Altstadt. Die Sorge stand ihr ins Gesicht geschrieben. Nervös trat sie von einem Fuß auf den anderen. Unsere Ausweise und den Beschluss würdigte sie keines Blickes.

»Was hat Herr Siegel denn angestellt?«

»Dazu können wir leider nichts sagen. Wohnen Sie hier im Haus?«

»Schon lange nicht mehr!«

Sie machte eine abwehrende Handbewegung.

»Der Herr Siegel ist so ein netter junger Mann, ich hoffe, er steckt nicht in ernsten Schwierigkeiten?«

Wir lächelten nur, bis sie sich seufzend umdrehte, die Tür aufschloss und uns eintreten ließ. Langsam humpelte sie eine steile, knarzende Stiege aus dunklem Holz empor. Im ersten Stock schnaufte sie schwer und zeigte auf die rechte von zwei Türen.

»Das ist sein Zimmer.«

»Haben Sie einen Schlüssel?«

»Nein, aber die meisten Mieter schließen ihre Zimmer nicht ab. Im Haus vertraut man einander und passt gegenseitig auf.«

Wie um ihre Worte zu unterstreichen, öffnete sich in diesem Augenblick die linke Tür. Ein Grauhaariger mit langen Haaren und einem weißen Ziegenbärtchen, der schon bessere Zeiten gesehen hatte, zumindest hoffte ich das für ihn, schaute uns neugierig entgegen.

»Sucht ihr Stephen?«

»Ja, hast du ihn gesehen?«

Bianca lächelte ihn freundlich an.

»Nein, schon seit Tagen nicht mehr. Dabei wollten wir letzten Samstag zusammen kochen. So eine Unzuverlässigkeit passt nicht zu ihm. Ist ihm etwas passiert?«

»Wann genau hast du ihn zum letzten Mal gesehen?«

Er runzelte seine Stirn, dachte sichtlich angestrengt nach.

»Gesehen am Mittwoch, aber Donnerstag habe ich ihn wie immer früh aus dem Haus gehen hören.«

»Kam er nach der Arbeit nicht zurück?«

»Keine Ahnung!« Er zuckte mit den Schultern. »Donnerstags war ich bis spät in die Nacht unterwegs. Vielleicht lag er im Bett, als ich heimkam. Nun sag schon, ist ihm was passiert?«

»Hat er dir erzählt, dass er als Lehrer arbeitet?«

»Klar!«

»Bekam er manchmal Besuch von Schülern?«

»Nein.«

»Ganz sicher nicht? Auch nicht von einer einzelnen Schülerin?«

Sein Gesicht verfinsterte sich. Mit fest aufeinander gepressten Lippen schüttelte er seinen Kopf.

»Auch nicht von einem jungen Fräulein?«

»Nein! Stephen bekam überhaupt keinen Besuch! Was ist mit ihm?«

»Das wissen wir noch nicht. Aber wir wollen uns vorsorglich in seinem Zimmer umsehen.«

»Seid ihr von der Polizei?«

Bianca nickte.

»Das hättet ihr gleich sagen müssen!«

Beleidigt zog er sich zurück. Die Vermieterin sah im nach, seufzte kurz und wandte sich dann uns zu.

»Rudolph ist harmlos, hatte aber wegen Schwarzfahrens und des Diebstahls von Lebensmitteln eine Zeit lang viel Ärger. Seither ist er auf Sie und Ihre Kollegen nicht gut zu sprechen.«

Ich probierte die Klinke. Das Zimmer war tatsächlich unverschlossen.

»Danke, ab hier kommen wir allein zurecht!«

Ohne die alte Dame weiter zu beachten, trat ich ein. Schon auf den ersten Blick war klar, dass hier jemand etwas gesucht hat. Während ich die Einweghandschuhe überstreifte, sah ich mich um. Wenige alte, abgestoßene Möbel aus Massivholz verteilten sich im Raum. Einzig ein schmales, ehemals gut gefülltes Bücherregal und eine abgenutzte Gitarre lieferten Hinweise auf die Persönlichkeit seines Bewohners. Die Bücher lagen größtenteils geöffnet vor dem Regal auf einem Haufen. Aus der Truhe waren alle Kleider gerissen und in alle Richtungen verteilt worden. Bettdecke und Kopfkissen lagen ebenfalls auf dem Boden.

Als Erstes ging ich zum Regal und sah die Bücher durch. Etwa die Hälfte handelte vom Mittelalter, meist in Form historischer Romane, seltener als Sachbuch. Die andere Hälfte beschäftigte sich mit Kindern und Jugendlichen. Diese nahm ich der Reihe nach auf und durchblätterte sie auf der Suche nach anzüglichen Bildern.

Bianca, die noch mit der Vermieterin geredet hatte, trat ebenfalls ein.

»Mist! Hier war jemand vor uns! Was der wohl gesucht hat?«

»Etwas Kleines, das man in einem Buch verstecken kann.«

»Ob er es gefunden hat?«

»Eher nicht, außer es war im letzten Buch versteckt. Sonst hätte er nach dem Fund doch aufgehört, hier Chaos zu veranstalten.«

Sie nickte, tütete dann einen Kamm und die Zahnbürste ein, die beide auf einer Kommode neben der Türe standen.

War Lehrer Siegel ein Lolita-Liebhaber? Oder ein gewöhnlicher Päderast? Seine Bücher lieferten keine Hinweise. Vielmehr handelte es sich um ernsthafte Werke der Pädagogik, die sich mehrheitlich mit der Frage beschäftigten, Kinder für ein Thema zu begeistern. Seine Bücher waren abgestoßen, teilweise zerfleddert, oft waren einzelne Sätze oder ganze Passagen markiert. Mit Bleistift waren Ausrufezeichen, Fragezeichen oder Bemerkungen an den Rand geschrieben. Da hatte jemand die Bücher nicht nur gekauft, sondern ernsthaft mit ihnen gearbeitet.

Enttäuscht wollte ich vom Stapel ablassen, als ich auf ein Buch stieß, dass sich mit der Verbesserung der Beziehung zu Schülern beschäftigte. Doch auch jenes entpuppte sich als harmlose Fachliteratur.

»Was gefunden?«

»Nein, der Typ war Vollblutpädagoge und Mittelalterfreak. Hast du etwas?«

Mit einer Kiste voller Fotos auf dem Schoß saß sie auf dem Bett.

»Das mit dem Mittelalter kann ich bestätigen.«

Ich setzte mich neben sie. Die meisten Fotos zeigten Herrn Siegel in altertümlicher Kleidung, oft mit seiner Gitarre, selten mit einem Schwert oder Dolch in der Hand, einmal zielte er mit einer Armbrust auf eine weit entfernte Zielscheibe.

»Die drei hier tauchen auf den Bildern oft auf.«

Bianca zeigte auf ein Foto mit einem Bären von Mann, dessen Gesicht wegen eines geschlossenen Helmes nicht zu sehen war und zwei zierlichen Frauen. Alle drei waren ebenfalls mittelalterlich kostümiert, der Mann mit einem Kettenhemd. Beide Frauen besaßen einen auffallend blassen Teint, waren hübsch, eine der beiden rötlich-blond, die andere schwarzhaarig.

»Irgendwelche Hinweise, um wen es sich bei den dreien handelt?«

»Leider nicht, aber schau mal hier.«

Sie streckte mir eine Schwarz-Weiß-Aufnahme der beiden Frauen hin. Beide trugen weite, wallende Gewänder aus einem leichten, weißen oder zumindest sehr hellen Stoff.

»Erinnert an die Elfen aus Herr der Ringe.«

»Ist das alles, was dir auffällt?«

Ich stutzte, musterte das Bild erneut. Schließlich gab ich auf.

»Ja.«

»Wie alt schätzt du die Schwarzhaarige?«

»Schwer zu sagen.«

»Versuch es!«

»Ziemlich jung, also zwanzig, vielleicht auch achtzehn.«

»Sicher?«

»Keine Ahnung! Worauf willst du hinaus?«

Bianca schnaubte laut, setzte zu einer Erwiderung an, bremste sich jedoch und zückte ihr Handy.

»Was ist jetzt los?«

»Augenblick …, gleich habe ich es … hier!«

Mit einem triumphierenden Lächeln streckte sie mir ihr Telefon entgegen. Auf dessen Display war die Schwarz-Weiß-Aufnahme einer anderen jungen Frau zu sehen.

»Wer ist das?«

»Wie alt schätzt du sie?«

»Keine Ahnung.«

Ich zuckte demonstrativ mit den Schultern.

»Älter oder jünger als die Schwarzhaarige auf dem Elfenfoto?«

»Was weiß ich!«

»Also gleich alt?«

»Kann schon sein! Jetzt rücke endlich damit heraus, um wen es sich handelt!«

»Um meine dreizehnjährige Nichte.«

Für den Abend hat Kriminaldirektorin Lansik uns zu sich einbestellt, sowie Kollegin Olga Oleg und Kriminalrat Sandner, die rechte Hand des Polizeipräsidenten.

»Eine Dreizehnjährige verschwindet von der psychosomatischen Station einer Klinik und am gleichen Abend wird ihr Lehrer ermordet, in den sie verliebt war?«

Wir nickten. Sie wandte sich Kollegin Oleg zu.

»Und die Schülerin ist seither spurlos verschwunden?«

»Ja, aber das mit dem Lehrer ist noch nicht ganz sicher. Erst morgen Vormittag erhalten wir die Ergebnisse des DNA-Abgleichs. Dann wissen wir mehr.«

»Was wissen wir über das Mädchen? Könnte sie einfach abgehauen sein, damit ihre Eltern sich Sorgen um sie machen?«

»Möglich, aber das halte ich für unwahrscheinlich. Ich habe heute erneut persönlich mit jeder ihrer Freundinnen gesprochen. Im Gegensatz zum Freitag waren sie diesmal auch offener …«

»Moment, was war am Freitag?«, mische ich mich ein.

»Da war ich an ihrer Schule und hatte den Eindruck, die Mädchen seien dazu angehalten worden, mir nichts zu sagen.«

»Von wem? Etwa von der verschwundenen Kiara?«

»Das glaube ich nicht. Im Vorfeld hatte ich mit den Eltern der Mädchen telefoniert und sie um Erlaubnis für ein Gespräch gebeten. Schon die Eltern waren mir gegenüber extrem zurückhaltend, anders als ich es von Eltern gewohnt bin, wenn ein Mädchen im Alter der eigenen Tochter vermisst wird. Alle waren bereits von der Schule informiert. Es wirkte auf mich so, als habe die Schule den Eltern eingeimpft, nicht mit mir zu sprechen. Jedenfalls schienen mir Kiaras Freundinnen heute allesamt ehrlich besorgt. Ich glaube ihnen, dass sie keine Ahnung haben, wo Kiara steckt.«

»Was wissen wir über ihre Familie?«

»Lauter Dinge, die mir eindeutig Sorge bereiten. Meinem Eindruck nach nahmen weder Mutter noch Vater je die kindlichen Bedürfnisse ihrer Tochter angemessen wahr und gingen dementsprechend nie angemessen auf sie ein. Der Vater ist ein eiskalter, auf seine Karriere fixierter Klotz. Die Mutter hingegen …«, Olga wog ihren Kopf, kippte ihre rechte Hand hin und her, »… ist schon mit ihrem eigenen

Leben überfordert. Platz für ein Kind war da nicht. Ich will ihr nicht Unrecht tun, aber …«

Die Kriminaldirektorin hatte mit gerunzelter Stirn zugehört.

»Sie meinen, Kiara ist für Avancen eines Erwachsenen, der ihr ernsthaft zuhört, empfänglich?«

»Ich fürchte, wenn jemand es geschickt anstellte, frisst Kiara ihm bildlich gesprochen aus der Hand.«

»Auch jemandem, der es nicht gut mit ihr meint?«

»Leider.«

»Dann müssen wir sie finden, und zwar schnell! Ihr bekommt alle Unterstützung, die ihr braucht! Dieser Lehrer, was wissen wir über ihn?«

»Nicht viel, er ist in keiner einschlägigen Datenbank erfasst.«

»Da steht nicht alles drin.«

»Die Kollegen in Fulda hören sich an seiner ehemaligen Schule um.«

»Wann haben Sie die Kollegen darum gebeten?«

»Freitagmorgen.«

Sandner beugte sich vor.

»Und seither haben die nichts von sich hören lassen? Hier geht es um das Leben einer Dreizehnjährigen! Treten Sie denen gehörig auf die Füße!«

»Die Untersuchung von Herrn Siegels Zimmer ergab keine Hinweise darauf, dass er in pädophilen Kreisen verkehrte«, sprang ich Olga bei.

»Da bin ich anderer Meinung als mein Kollege!«

Sandner sah kritisch von Bianca zu mir. Seiner Meinung nach sollten Polizisten immer zusammenhalten. Außerdem mochte er es nicht, wenn eine Frau einem Mann widersprach, noch dazu vor anderen. Kriminaldirektorin Lansik mochte hingegen genau das. Sandner wandte sich Bianca zu.

»Wie lautet Ihre Einschätzung?«

»Wir fanden diese Fotos bei ihm.« Bianca ließ ein knappes Dutzend Bilder herumgehen. »Auf allen sind die gleichen drei Personen, manchmal auch nur zwei von ihnen abgelichtet. Von keiner anderen Person besaß Herr Siegel ähnlich viele Fotos. Also handelt es sich hierbei um ihm nahestehende Personen.«

»Na und? Scheint mir eine normale Familie zu sein.«

Bianca lächelte Sandner an, hatte sie doch nur auf seine Vorlage gewartet.

»Normale Familie? Sieht eine Mutter so ihre Tochter an?«

Sie hatte einen großformatigen Abzug der Schwarz-Weiß-Aufnahme anfertigen lassen, auf der beide Frauen sich geschminkt und in luftige, durchscheinende Kleider gehüllt präsentierten. Kopf an Kopf beugten sich Lana und Sandner über das Foto. Wenig später sahen die beiden einander ratlos an, wandten dann erneut ihre Köpfe Bianca zu.

»Was soll das? Die Aufnahme besitzt eine gewisse Ästhetik, ist nahezu von künstlerischem Wert. Welche Rolle soll sie für unsere Ermittlungen spielen?«

»Sehen Sie es nicht?«

Die Kriminaldirektorin zog ihre Augenbrauen zusammen und runzelte ihre Stirn. Anstelle meiner Kollegin würde ich mir jetzt genau überlegen, was ich sage.

»Was sollen wir Ihrer Meinung nach denn sehen?«

Auf Biancas Stirn glänzten Schweißperlen.

»Nun?«

»Ähm, ich finde es einfach seltsam, wie die Ältere die Jüngere ansieht.«

Beide Köpfe beugten sich abermals über das Bild.

»Was soll daran seltsam sein? Die beiden mögen sich und haben Spaß miteinander. Das ist doch schön.«

Mit einer Mischung aus Ratlosigkeit und Erwartung sahen die beiden Alphatiere erneut zu Bianca.

»Tut mir leid, dann habe ich mich wohl getäuscht.«

Frau Lansik schüttelte missbilligend den Kopf.

»Da draußen wird möglicherweise eine Jugendliche gefangen gehalten, die inständig hofft, dass wir sie endlich finden! Und Sie zerbrechen sich den Kopf über zwei Unbekannte, die sich möglicherweise mit einer Spur zu viel Sympathie anlächeln?«

»Meine Kollegin meint, dass die Frau auf Mädchen steht und Herrn Siegel benutzt hat, um sich an Kiara ranzumachen!«, mischte ich mich ein.

Augenblicklich herrschte Stille. Ich fixierte Sandner, der sichtlich damit kämpfte, ein Grinsen zu unterdrücken. Schließlich räusperte er sich.

»Das wäre wenigstens mal was Neues.«

Unsere Chefin zog scharf die Luft ein.

»Was ist mit dem Mann auf den Bildern?« Sie nahm die Fotos erneut in die Hand. »Man erkennt ihn gar nicht! Gibt es kein besseres Bild von ihm?«

»Nein.« Bianca schüttelte mit dem Kopf. »Auf allen Fotos trägt er das Kettenhemd und den Helm.«

»Will er nicht erkannt werden? Das macht ihn doch verdächtig! Oder hat jemand die verräterischen Bilder aussortiert? Sagtet ihr nicht, dass vor euch jemand in Herrn Siegels Zimmer war?«

»Schon, aber hätte der nicht einfach alle Bilder mitgenommen?«

»Was hat der Unbekannte dann gesucht?«

»Keine Ahnung.«

»Okay, dann arbeiten wir vorläufig mit der Hypothese, dass jemand Kiaras Verliebtheit in ihren Lehrer als Lockvogel nutzte, um die Jugendliche zu entführen. Vielleicht verschwand sie aus der Klinik, weil ihr Angebeteter…«, sie warf Bianca einen Seitenblick zu, »…oder meinetwegen auch ihre Angebetete, sich mit ihr im Weinberghäusle treffen wollte, dafür aber den Pädagogen vorschickte. Die Kriminaltechnik soll es nach Spuren von Kiara überprüfen. Als Herr Siegel dem Unbekannten sein Opfer übergab, erhielt er statt des versprochenen Lohnes einen Becher Gift.

Falls unsere Hypothese stimmt, ist Kiara in akuter Gefahr. Die Suche nach der Jugendlichen hat daher absoluten Vorrang! Ihr bekommt, was immer ihr benötigt!«

Sie erhob sich, schob ihre Unterlagen zusammen und wandte sich ihrem Schreibtisch zu. Sollte ich noch eine andere Hypothese laut äußern? Eine, die ich für wahrscheinlicher hielt, die aber vermutlich keiner hier hören wollte?

Im Feuerbacher Industriegebiet drängelten sich gigantische Lastzüge, beidseitig der Straße reihten sich kubische Zweckbauten aneinander. Auf einem von ihnen prangte der Schriftzug des weltgrößten Automobilzulieferers. Laut Navi sollten wir in zwei Minuten Kiaras Schule erreichen. Bianca starrte tief in Gedanken versunken reglos auf einen Punkt kurz vor der Motorhaube.

»Seltsamer Ort für eine Schule, noch dazu für eine, die sich Naturis Schule nennt.«

Sie blinzelte, drehte ihren Kopf und sah mich fragend an.

»Hast du etwas gesagt?«

Ich seufzte, setzte den Blinker und bog in eine Seitenstraße ab. Die Gewerbebauten wurden älter und schäbiger, schließlich endete die Straße in einer Sackgasse, hinter der Wald begann. Das letzte Gebäude auf der rechten Seite, direkt am Wald gelegen, entpuppte sich als die Naturis Schule. Auf dem den Lehrkräften vorbehaltenen Parkplatz war noch eine Lücke frei.

Die Schule war in einem industriellen Betonbau aus den Sechzigern untergebracht. Ein Regenbogen prangte über die ganze Fassade, rechts oben schien die Sonne, überall waren Bäume, Blumen und lachende Kinder in allen Größen und Formen aufgemalt. Natürlich handelte es sich bei dem verzweifelten Versuch, dem hässlichen Gebäude ein freundliches Antlitz zu verpassen, nicht um das Werk eines Profis.

Wortlos liefen wir nebeneinander her auf das Gebäude zu. Auf die Glastür war von innen ein Zettel aufgeklebt. Eine schnörkelige Handschrift in Lila verkündete, das Sekretariat befinde sich im ersten Obergeschoss. Ich zog die Augenbrauen in die Höhe und wandte mich meiner Kollegin zu, die jedoch noch immer tief in Gedanken versunken war. Ich hielt ihr die Tür auf. Sie trat ein und blieb zwei Meter hinter der Tür stehen. Der Bodenbelag bestand aus blauem, von grauen Schlieren durchzogenem Linoleum, die Wände waren blassgelb gestrichen und mit schwarzen Streifen verunziert, die vermutlich von den Gummisohlen der Schüler stammten. Ich stieg die Treppe empor, Bianca folgte mir.

Oben erreichten wir einen Flur, von dem beidseitig zahllose Türen abgingen, zwischen denen Hunderte Jacken an Kleiderhaken hingen. Genau gegenüber der Treppe stand eine Tür offen. Eine Frau tippte flink auf der Tastatur ihres Computers. Ich betrat ihr Büro.

»Guten Tag, Kommissar Hurlebaus von der Kriminalpolizei, kann ich bitte Ihre Schulleitung sprechen?«

Die Sekretärin zuckte so heftig zusammen, dass ein neben der Tastatur stehender Teebecher umkippte.

»Mist!«

Ohne mich eines Blickes zu würdigen, öffnete sie eine Schublade ihres Schreibtisches, entnahm dieser eine Küchenrolle, riss ein langes Stück davon ab und tupfte den verschütteten Tee auf. Den nassen Klumpen pfefferte sie in den Papierkorb, riss dann gemächlich zwei weitere Blätter ab. Ich schloss die Augen, holte tief Luft und mahnte mich zur Ruhe. Als ich meine Augen wieder öffnete, hielt die Sekretärin am ausgestreckten Arm mit spitzen Fingern ein durchweichtes Schriftstück und musterte es kritisch.

»Soll ich mich auf die Suche nach Ihrer Schulleitung begeben?«

»Da werden Sie keinen Erfolg haben.«

»Warum nicht? Ist sie außer Haus?«

»Nein.«

Sie warf das Dokument ebenfalls in den Papierkorb und sah mich erstmals an.

»Wir haben keine.«

»Keine Schulleitung?«

Sie nickte.

»Oh ... wer ist dann verantwortlich?«

»Wir alle.«

Mit offenem Mund starrte ich auf sie hinab.

»Was führt Sie zu uns?«

»Wir benötigen Informationen über einen Ihrer Lehrer.«

»Herrn Siegel?«

Jetzt nickte ich.

»Augenblick.«

Sie erhob sich und stöckelte den Flur hinunter. Ich gab Olga recht, die Schule mauerte ganz eindeutig. Die Frage war nur, warum.

»Hübsch!«

Bianca wirkte auf einmal wach, sah sich aufmerksam im Raum um. Die Wände waren mit Fotos von Kindern und Jugendlichen gepflastert, die allesamt glücklich in die Kamera lachten, egal ob sie mit einem Spaten im Garten rackerten, Tiere fütterten oder in einer Werkstatt mit Holz oder Ton arbeiteten.

»Ob der Garten ...«, sie lief zum Fenster, »... tatsächlich!«

Ich trat neben sie. Das Gewerbegebiet ging hier in einen Wald über. Zwischen dem Gebäude und dem Wald erstreckte sich ein liebevoll angelegtes Gelände mit gewundenen Wegen, kleinen Plätzen, Tierkoppeln und diversen Sitzgelegenheiten. Ein hölzerner Bauernzaun schützte einen Gemüsegarten. Verglichen mit der Beton- und Asphaltwüste meiner eigenen Schulzeit, war das hier ein kleines Paradies.

Die Sekretärin kehrte im Kielwasser einer beeindruckenden Erscheinung zurück. Die hochgewachsene Frau besaß das Kreuz einer Ruderin oder Ringerin. Ihre dunklen, glatten Haare durchzogen dunkelgraue Strähnen und waren zu einem Dutt hochgesteckt. Zu einer hellen Leinenbluse trug sie einen langen, weiten Rock in Bordeaux. Sie begrüßte uns mit ausgesprochen festem Händedruck, stellte sich als Frau Wanninger vor und bat uns in einen neben dem Sekretariat liegenden Raum mit einer dicken, schallisolierten Tür. Dieser war schlicht, aber hell und freundlich, mit Möbeln aus Massivholz, die man so in keiner staatlichen Schule finden würde. Wir nahmen an einem runden Tisch Platz.

»Was führt Sie zu uns?«

»Eine verschwundene Schülerin Ihrer Schule und ein ebenfalls verschwundener Lehrer.«

Sie musterte mich nachdenklich, ließ sich mit ihrer Antwort Zeit.

»Letzte Woche war eine Kommissarin Oleg wegen Kiara hier. Warum kommen jetzt Sie, noch dazu zu zweit?«

»Damals wurde nur eine ihrer Schülerinnen vermisst, was schon schlimm genug ist. Jetzt ist auch noch der Klassenlehrer der Schülerin verschwunden, in den Ihre Schülerin verliebt ist. Oder soll ich sagen war?«

Ihre abweisende Maske bekam einen Riss. Sie schluckte.

»Was wollen Sie damit sagen?«

»Machen Sie sich gar keine Sorgen um Kiara? Sie ist dreizehn!«

»Natürlich mache ich mir Sorgen, sogar große!«

Röte überzog ihr Gesicht, eine steile Falte grub sich in ihre Stirn.

»Dann helfen Sie uns, Kiara zu finden!«
»Liebend gerne, aber wie?«
»Indem Sie aufhören, Informationen zurückzuhalten?«
Sie schluckte erneut, starrte mich schweigend an.
»Falls Kiara noch lebt, schwebt sie in Lebensgefahr!«
»Deswegen bete ich mehrmals täglich ...«
»Wollen Sie sich allen Ernstes allein auf göttliche Hilfe verlassen?«
»Was wollen Sie von mir?«
»Jemand hier an Ihrer Schule muss etwas über das Verschwinden von Kiara und Herrn Siegel wissen! Helfen Sie uns, diese Personen zu finden!«
»Aber, Ihre Kollegin hat doch bereits Kiaras Klassenkameraden befragt!«
»Nicht alle! Manche Eltern verboten ihren Kindern, mit unserer Kollegin zu sprechen. Auch die übrigen Kinder sprachen nicht offen.«
»Das ist doch nicht meine Schuld!«
Mit gesenktem Haupt und vor der Brust verschränkten Armen saß sie mir gegenüber.
»Sie und die übrigen Lehrer sind wichtige Bezugspersonen für Ihre Schüler und deren Eltern. Haben Sie die Kinder ermutigt, der Polizei alles zu erzählen?«
»Das blieb jedem selbst ...«
Frau Wanninger stoppte, lauschte mit offenem Mund. Durch die geschlossene Tür hörte man trotz Schalldämmung einen tiefen Bass vor sich hin poltern. Was geschah im Sekretariat nebenan? In diesem Augenblick wurde die Tür aufgerissen.
»Hallo Eva, es stört dich doch nicht, wenn ich an dem Gespräch teilnehme.«
Ihrem Gesichtsausdruck nach war sie keineswegs einverstanden. Trotzdem blieb sie stumm. Der Neuankömmling wartete ihre Antwort nicht ab, sondern nahm einfach Platz.

»Wer sind Sie? Und was wollen Sie hier?«

Durch und durch ein Alphatier kannte er keine Schnörkel, sondern riss kurzerhand die Sache an sich. Mit seiner bärenhaften Statur und seinen Pranken wirkte er eher wie ein Bauarbeiter als wie ein Akademiker. In einer schwarzen Lederjacke wäre er eine ehrfurchtsgebietende Erscheinung. Durch das beige Cordjackett mit Lederflicken an den Ellenbogen wirkte er hingegen schrullig. Wo bekam man heutzutage noch so etwas her?

»Hurlebaus und Walter von der Kripo, wir sind wegen Ihrer verschwundenen Schülerin und Ihrem verschwundenen Lehrer ...«

»Welcher Kollege soll denn verschwunden sein?«

»Herr Siegel! Oder wissen Sie, wo er sich momentan aufhält?«

»Er ist ein erwachsener Mann. Da ist es seine Sache, wo er sich herumtreibt.«

»Auch, wenn er nicht zum Unterricht erscheint, obwohl eine Horde Kinder auf ihn wartet?«

»Jeder ist mal krank.«

»Stimmt, aber dann meldet man sich wenigstens ab.«

»Das hat er.«

Bei dieser Behauptung entgleiste seiner Kollegin das Gesicht. Trotzdem schwieg sie weiterhin.

»Bei wem?«

»Bei mir.«

»Wann?«

»Letzten Freitag.«

Frau Wanninger öffnete den Mund, schloss ihn dann aber wieder. Bianca und ich wechselten einen kurzen Blick. Olga hatte behauptet, Herr Siegel sei einfach nicht in der Schule erschienen und niemand wisse, wo er sei. Der Neuankömmling zückte sein Smartphone, tippte darauf herum und hielt es uns hin. Auf dem Display stand:

»Hallo Bernd, bin krank.
Rechnet nächste Woche
nicht mit mir. Gruß Stephen«

»Wie Sie sehen, gibt es keinen Grund für polizeiliche Ermittlungen.«

Zufrieden steckte er sein Telefon wieder ein. Bianca warf mir einen fragenden Blick zu. Ich schüttelte kaum merklich den Kopf, wollte ich den beiden doch erst noch weiter auf den Zahn fühlen, ehe wir die Katze aus dem Sack ließen.

»Machen Sie sich keine Sorgen um Kiara?«

»Sie ist dreizehn. Ihre Eltern sind geschieden und kümmern sich mehr um sich selbst als um ihre Tochter.«

»Da finden Sie es in Ordnung, dass eine Schülerin sich in ihren Lehrer verliebt und mit ihm durchbrennt?«

»Nein!«

Wutentbrannt starrte er mich an.

»Was dann?«

»Bei einer solchen Konstellation tauchen Jugendliche hin und wieder einige Tage unter, damit ihre Eltern sich Sorgen um sie machen. Kiara wird bald wieder den Weg zurück zu ihrer Mutter finden.«

»Was macht sie da so sicher?«

»Kiara ist ein vernünftiges Mädchen. Okay, sie hat ein paar Probleme und ist in einem schwierigen Alter! Aber ich vertraue ihr.«

»Sie wissen ja gut über Kiaras Familienverhältnisse Bescheid. Hat Kiara sich Ihnen anvertraut?«

Er biss sich auf die Lippe.

»Ich unterrichte sie nicht einmal.«

»Ach so? Dann wundert es mich umso mehr, wie gut Sie Bescheid wissen. Woher kommt das?«

»Bei uns steht der Mensch im Mittelpunkt. Außerdem sind wir eine kleine Schule. Da kennen wir unsere Schüler.«

»Ihre Schülerinnen vielleicht noch etwas besser als Ihre Schüler?«

Mein Gegenüber schluckte.

»Was wollen Sie damit andeuten?«

»Nichts, ich frage mich nur, wie weit Ihr Interesse an jugendlichen Schülerinnen reicht.«

Der erwartete Wutanfall blieb aus. Das Alphatier wirkte plötzlich verunsichert.

»Man muss ja nicht gleich vom Schlimmsten ausgehen, nur weil eine Dreizehnjährige ...«

»Auch dann nicht, wenn ihr Klassenlehrer wegen des Verdachts eines sexuellen Übergriffs bei einer seiner Schülerinnen von seiner vorherigen Schule gehen musste?«

Frau Wanninger erblasste, kippte beinahe vom Stuhl, während der Typ mit keiner Wimper zuckte.

»Davon weiß ich nichts. In seinem Führungszeugnis steht nichts davon.«

»Wie heißen Sie eigentlich?«

»Bernd Kinkel.«

Heimlich hatte ich unter dem Tisch mein Telefon aus der Tasche gezogen und auf Wahlwiederholung gedrückt. In diesem Augenblick vibrierte das Handy meiner Kollegin. Sie holte es hervor, sah ungläubig auf das Display und dann mich fragend an. Kaum merklich schüttelte ich mit dem Kopf, erhob mich und legte mein Telefon auf die Sitzfläche des Stuhles, ehe ich ihn wieder unter den Tisch schob.

»Das war es vorerst, Sie haben bestimmt zu tun. Auf Wiedersehen.«

Die beiden Lehrer sahen mich verdutzt an, während Bianca, die meinen Plan durchschaute, ebenfalls aufstand. Ich schloss die Tür hinter uns. Wir nickten der Sekretärin zu und eilten die Treppe hinab.

»Wie lange zeichnet die Mailbox deines Handys auf?«

»Fünf Minuten.«

Wir verließen das Gebäude und setzten uns ins Auto. Bianca holte ihr Telefon aus der Tasche, wartete und spielte dann die soeben aufgezeichnete Nachricht ab. Man hörte, wie wir den Raum verließen und die Tür sich hinter uns schloss. Kaum waren wir fort, legte Frau Wanninger los:

»Was soll das?«

»Was?«

»Warum hast du mir nicht gesagt, dass Stephen sich krankgemeldet hat?«

»Wozu? Ich wusste es und habe die Vertretung für seine Klasse organisiert. Was hätte es gebracht, es dir zu sagen?«

»Du führst dich auf, als wärst du hier der Rektor!«

»Der Trägerverein wird bald einsehen, dass dieses basisdemokratische Modell keine Zukunft hat. Schon jetzt bleibt wegen der Entscheidungsschwäche einiger Kollegen viel an mir hängen.«

»Wenn der Verein dich zum Rektor ernennt, gehe ich, und zwar nicht als Einzige!«

»Deine Entscheidung!«

»Wieso weißt du eigentlich nichts von dem Verdacht des sexuellen Übergriffs gegenüber Stephen? Ich dachte, du hättest in Fulda angerufen?«

»Das habe ich auch, aber die haben mir nichts davon gesagt. Genau genommen durften die das auch gar nicht.«

Man hörte Frau Wanninger schnauben.

»Als ob das sonst jemanden interessiert! Bei einem Gespräch unter Kollegen deutet man doch zumindest an, wenn der Braten stinkt!«

»Du sagst es, bei einem Gespräch unter Kollegen! Aber das waren wir ja leider nicht.«

»Wieso nicht? Unterrichten an Stephens vorheriger Schule etwa keine Lehrer?«

»Doch, natürlich, aber in den Augen der Schulleitung rief eben nur ein einfacher Kollege an.«

»Du hättest dich als Rektor ausgeben können!«

»Um mir dann von dir daraus einen Strick drehen zu lassen?«

»Um unsere Schüler und vor allen Dingen Schülerinnen zu schützen!«

»Dafür wäre es besser, wenn einer hier den Hut aufbekommt!«

»Ach! So läuft also der Hase! Du willst Kiaras Verschwinden für deine Machtspielchen missbrauchen!«

»Rede keinen Quatsch!«

»Pass nur auf, dass die dich nicht rauswerfen, statt dich zum Rektor zu befördern! Was man so hört, musstest du auch von deiner vorherigen Schule gehen, weil es Vorwürfe des sex … Ende der Nachricht!«

Die Mailbox schaltete sich aus.

»Scheiß Timing!«

Bianca und ich sahen uns an.

»Apropos Timing? Sollen wir jetzt Karl-Heinz anrufen?«

Sie nickte, strich über das Display ihres Telefons und hielt es sich ans Ohr.

»Hier Bianca, habt ihr die Identität … Es ist Herr Siegel? … bist du dir … hundert Prozent? Super, danke!«

»Ist er es?«

Sie nickte. Ohne ein weiteres Wort zu verlieren, stiegen wir wieder aus, eilten zurück ins Schulgebäude und stürmten die Treppe hinauf. Die Sekretärin machte große Augen und wollte etwas sagen. Ohne sie zu beachten, rissen wir die Tür zum Nebenraum auf. Die beiden Lehrer standen sich mit hochroten Köpfen gegenüber. Mit offenen Mündern drehten sie sich uns zu. Herr Kinkel fasste sich rascher als seine Kollegin.

»Was soll das? Wieso dringen Sie ohne anzuklopfen einfach hier ein?«

Mir lag die Erwiderung auf der Zunge, dass ich es mir bei ihm abgeschaut hätte. Stattdessen lächelte ich, lief zu dem

Stuhl, auf dem ich gesessen hatte, und beugte mich demonstrativ suchend hinab.

»Irgendwo hier muss ich mein Telefon verloren haben. Ah, da ist es ja!«

Ich nahm es an mich und strich über das Display.

»Na so was! Da hat mein Telefon doch von sich aus die zuletzt gewählte Nummer angerufen!«

Ich hob den Kopf und lächelte provokativ. Mit geballten Fäusten stand Herr Kinkel mir gegenüber und starrte mich finster an. War er so dumm, mich tätlich anzugreifen?

»Oh, es handelt sich um die Nummer meiner Kollegin.«

Bianca spielte mit, zog ihr Telefon hervor und wischte übers Display.

»Tatsächlich, hier ist ein Anruf von dir auf der Mailbox!«

Sie tippte aufs Display. Frau Wanningers Stimme erklang, die daraufhin sichtlich erblasste.

»Was für ein mieses Schmierentheater!«

Ob der Lautstärke seiner Stimme zuckte ich zusammen.

»Glauben Sie wirklich, mit so etwas kommen Sie durch? Mein Anwalt wird …«

»Den können Sie gerne anrufen, aber vom Präsidium aus!«, hielt ich dagegen. »Sie kommen jetzt nämlich mit!«

Er verlor sichtlich die Fassung. Einen kurzen Augenblick dachte ich tatsächlich, jetzt greift er an, aber dann sackte er plötzlich in sich zusammen.

»Warum?«, fragte er kläglich.

Das Tempo seiner Umwandlung von einem kampfbereiten Stier in ein Häufchen Elend war unheimlich.

»Das hängt von Ihnen ab. Wenn Sie freiwillig mitkommen, handelt es sich um eine einfache Befragung. Sollten Sie sich weigern, verhafte ich Sie wegen Verdunklungsgefahr. Dann werden Sie …«

»Ich komme freiwillig mit!«

»Klug von Ihnen, dann legen Sie ihr Handy hier hinein.«

Ich streckte ihm einen Plastikbeutel hin. Brav holte er sein Telefon heraus und ließ es hineingleiten. Bisher hatte ich Berichte von multiplen Persönlichkeiten wie Dr. Jekyll und Mister Hyde für Ausgeburten der Fantasie überspannter Romanautoren gehalten. Jetzt fragte ich mich, was mit Herrn Kinkel nicht stimmte.

Frau Wanninger hatte sich mittlerweile wieder gefasst.

»Befragung ..., Verdunklungsgefahr ..., hat Kollege Kinkel etwas mit Kiaras Verschwinden zu tun?«

»Vorläufig geht es um den Mord an Ihrem Kollegen Herrn Siegel.«

Gespannt beobachteten wir die Reaktionen der beiden. Frau Wanninger wirkte, als habe eine unsichtbare Faust sie getroffen. Sie quiekte, schlug sich die Hände vor den Mund und kippte nach hinten. Herr Kinkel zeigte hingegen eine starre Mimik und kaum Augenbewegungen, wie es typisch für routinierte Lügner ist, deren Energie von der Konzentration auf ihre Lügen absorbiert wird.

»Ist Stephen tot? Warum haben Sie uns das nicht gleich gesagt?«

»Weil wir erst nach dem Verlassen Ihrer Schule die Bestätigung erhielten. Wir wollten verhindern, dass an Ihrer Schule ein schreckliches Gerücht die Runde macht, das sich später als unwahr erweist.«

Herr Kinkel nickte. Vermutlich würde er seinen Anwalt auffordern, uns deswegen anzugehen. Das sollte er ruhig versuchen, unser Timing war perfekt.

Bianca und ich bildeten mittlerweile ein eingespieltes Team. Mit einem Blick verständigten wir uns. Ich würde Herrn Kinkel ins Präsidium bringen lassen, während sie Frau Wanningers Verunsicherung nutzte.

»Kommen Sie!«

Mit gesenktem Haupt folgte er mir. Draußen forderte ich einen Streifenwagen an, bat die Kollegen aber, Herrn Kinkel außerhalb der Sichtweite der Schule an der Querstraße aufzulesen. Er hörte meine Bitte, zeigte aber keinerlei Reaktion. Stumm, mit gesenktem Haupt, schritt er neben mir her. Es war unheimlich, wie plötzlich der Kampfeswillen dieses Bären von einem Mann erlahmt war. Oder war alles nur Show? Wartete er einen günstigen Augenblick ab, um sich auf mich zu stürzen?

Plötzlich fiel mir die Ähnlichkeit zwischen der Statur Herrn Kinkels und jener des Mannes in Kettenhemd und Helm auf den Fotos auf. Handelte es sich bei dem Lehrer um den Mörder seines Kollegen? In diesem Fall wäre es klüger, ihn nach Waffen zu untersuchen und ihm Handschellen anzulegen. Vermutlich würde er keine Pistole in die Schule mitnehmen, zumal keine entsprechende Ausbeulung an seiner Kleidung erkennbar war. Aber auch ein Messer stellte in den Händen eines geübten Kämpfers eine furchtbare Waffe dar. Selbst wenn ich einige Schritte hinter ihm blieb, war ein flinker Kämpfer mit seinem Messer schneller bei mir, als ich meine Pistole ziehen und entsichern konnte.

Spielerisch warf er das Messer von seiner rechten in seine linke Hand. Sein Gegner zuckte kurz, entschied sich dann aber doch gegen einen erneuten Angriff. Klug von ihm, beherrschte seine linke Hand die Waffe doch nahezu gleich gut, wie die rechte.

»Lass es uns zu Ende bringen!«

Er entblößte seine Zähne zu einem wölfischen Grinsen. Das weiße Hemd seines Gegners war rot verfärbt, lange würde der nicht mehr durchhalten. Flink ließ er das Messer zurück in seine Rechte wechseln. Sein Gegner hatte nur darauf gewartet, zuckte schnell vor, bremste aber sofort wieder und machte zwei Schritte rückwärts.

»Komm schon!«

Mit seiner Linken winkte er ihn heran. Aber der andere wollte nicht. Geduckt stand der hagere, muskulöse Glatzkopf mit seinem roten Wikingerbart ihm gegenüber. Anfangs hatte sein Gegner ihn unterschätzt. Zwar besaß er Oberarme vom Umfang eines Damenschenkels und riesige Pranken, die andere durchaus einschüchtern konnten, aber der Umfang seines Bauches zerstörte diesen Eindruck, zumal bei einem Messerkampf die reine Kraft keine Rolle spielte. So hatte der Wikinger sich für flinker und wendiger gehalten, war in seinem Hochmut ihm mehrmals direkt ins Messer gelaufen. Ihm war klar, dass sein Gegner diesen Fehler nicht wiederholen würde. Mit einem Blick, der seine Bereitschaft zu töten ausdrückte, umrundete er ihn langsam.

»Lang lebe der Graf!«, kreischte Sofie.

Andere aus dem Rund der Zuschauer fielen in ihren Schlachtruf ein.

»Graf! Graf! Graf!«, skandierte die Menge bald, klatschte und stampfte rhythmisch dazu.

Der Wikinger, angespornt von den Sympathiebekundungen für seinen Gegner, schnellte vor, täuschte einen Angriff rechts an, drehte sich und stieß sein Messer von unten aufwärts in die Richtung, in die er den Bauch des Grafen vermutete. Dieser hatte jedoch die Finte seines Gegners rechtzeitig erkannt und zwei schnelle Schritte rückwärts gemacht. Als der Arm seines Gegners vor ihm hoch in den blauen Himmel schoss, unternahm er einen schnellen Ausfallschritt und rammte sein Messer mit solcher Wucht in den Bauch des Wikingers, dass dieser mit einem erbärmlichen Stöhnen in sich zusammensackte.

Ein schriller Pfiff ertönte. Der Schiedsrichter preschte vor, griff nach der rechten Hand des Grafen und riss diese in die Höhe.

»Sieg für den Grafen vom dunklen Tal!«, verkündete er.

Der Graf starrte, zitternd vor Adrenalin, auf den sich im Schlamm krümmenden Wikinger hinab, während die Menge klatschte und johlte. Das hier war nur ein Wettbewerb mit plumpen, aus Holz geschnittenen Übungsmessern, auf die vor dem Kampf roter Lippenstift aufgetragen worden war, um Treffer auf den weißen Hemden der Kontrahenten zu markieren. Der Graf hatte seinem Gegner die an für sich harmlose Waffe jedoch mit solcher Wucht in den Bauch gerammt, dass zumindest ein Bluterguss als Andenken zurückbleiben würde. Vielleicht würde das den Wicht lehren, künftig Männern seines Formats mehr Respekt zu zollen!

»Mein starker Held!«

Sofie warf sich ihm im wahrsten Sinne des Wortes an den Hals, zog sich an ihm hoch und presste ihre Lippen auf die seinen. Er reagierte leicht unwillig, hing mit seinen Augen weiterhin an seinem sich am Boden krümmenden Gegner.

»Lass ihn, er ist es nicht wert!«, flüsterte sie ihm ins Ohr. »Du bist der Graf und keiner kann es mit dir aufnehmen!«

Er vernahm ihre Worte, schaffte es jedoch noch immer nicht, seinen Blick von seinem Opfer abzuwenden. Sofie hing mit in der Luft baumelnden Füßen an ihm, während sein mächtiger Brustkorb sich samt ihr hob und senkte.

»Hey!« Sie bugsierte ihren Kopf zwischen seine Augen und den Wikinger. »Manchmal machst du mir richtig Angst!«

Bianca beschloss, von Frau Wanninger keine formale Aussage aufzunehmen. Die hierzu notwendigen Formalitäten würden nur den Redefluss der Lehrerin beeinträchtigen.

»Mochten Sie Herrn Siegel?«

»Alle mochten ihn!« Frau Wanninger entkrampfte sich. »Besonders bei den weiblichen Kolleginnen war er beliebt und seine Schüler liebten ...«, sie stockte, errötete, »... Das war jetzt blöd! Ich meine, wegen Kiara und ihrer Verliebtheit. So war es nicht gemeint! Stephen war einfach ein toller Pädagoge, den seine Schüler mochten.«

»Woran lag das?«

Sie runzelte die Stirn, ließ sich mit ihrer Antwort Zeit.

»In gewisser Weise war Stephen selbst noch ein Kind. Also ich will damit nicht sagen, dass er unreif gewesen wäre, zumindest nicht im negativen Sinne. Es war eher so, dass er sich eine gewisse ... Unschuld und Begeisterungsfähigkeit bewahrt hat, die uns Erwachsenen allzu oft verloren gegangen ist. Ich kann mir beim besten Willen nicht vorstellen, dass er Kiara etwas angetan hat!«

»Wie passt das zu den Vorwürfen sexueller Übergriffe an seiner vorherigen Schule?«

Mit gerunzelten Brauen starrte die Lehrerin die Polizistin an.

»Was genau werfen die ihm vor?«

Bianca überlegte, entschied sich dann, einen Teil dessen zu sagen, was die Fuldaer Kollegen ihnen heute Morgen mitgeteilt hatten.

»Er soll eine Liebesbeziehung mit einer Minderjährigen unterhalten haben.«

»Wurde er deswegen verurteilt? Oder zumindest angezeigt?«

»Nein.«

Frau Wanninger verbarg ihren Ärger nicht.

»Haben Sie entsprechende Aufzeichnungen in seinem Tagebuch gefunden?«

»Nein. Schrieb Herr Siegel Tagebuch?«

»Ja, zumindest hat er mir einmal davon erzählt.«

»Wissen Sie, wo er es aufbewahrte?«

»Woher soll ich das wissen? Aber Sie weichen vom Thema ab! Was Sie hier über Stephen verbreiten, ist also nicht mehr als ein bloßes Gerücht? Da versprüht jemand schleichend Gift, bis es einen Menschen seine Existenz kostet!«

»Das kann ich nicht beurteilen!«

Bianca musterte die Pädagogin nachdenklich.

»Sind Sie selbst früher einmal Opfer eines giftigen Gerüchts geworden?«

Frau Wanninger seufzte schwer.

»Wissen Sie, Lehrer ist heutzutage ein unmöglicher Job, für Männer noch mehr als für uns Frauen. Es gibt Kollegen, die achten panisch darauf, nie alleine mit einem Schüler oder gar einer Schülerin in einem Raum zu sein. Sind sie nur mit zwei oder drei Schülern in einem Raum, lassen sie auf jeden Fall die Tür weit offen, damit jeder sieht, hier passiert nichts Unrechtes.

An meiner vorherigen Schule war ich gemeinsam mit einem Kollegen auf Klassenfahrt in Norderney. Ein Schüler wurde in den Dünen aufs Übelste von einer Gruppe Mitschülern traktiert. Sie zogen ihm die Hose runter, drei pressten ihn auf dem Bauch liegend auf den Boden, während der Rädelsführer ihm gewaltsam den Hals einer Glasflasche in seinen Anus einführte. Zwei Mitschüler alarmierten uns. Wir konnten gerade noch rechtzeitig das Allerschlimmste verhindern.

Ich hielt den vieren eine Standpauke, während mein Kollege den Schüler ins Haus brachte. Um ihn vor den neugierigen Blicken der anderen zu schützen, nahm er ihn mit auf sein Zimmer. Dort platzte wenig später der Rädelsführer mit zwei seiner Helfershelfer hinein und fotografierte meinen Kollegen, wie er neben dem Schüler auf dem Bett saß, seinen Arm tröstend auf dessen Schultern gelegt. Ehe der Kollege reagieren konnte, waren die drei wieder verschwunden. Wir überlegten uns, sie zu suchen, ihnen das Handy abzunehmen und das Bild zu löschen. Aber das wäre sinnlos gewesen, zu rasch ist ein Bild verschickt oder in einer

Internetcloud unserem Zugriff entzogen. Also ließen wir es sein.

Mit den Nerven am Ende telefonierten wir mit unserem Schulleiter, damit die Eltern der vier möglichst am nächsten Tag ihre Söhne abholten. Der Vater des Rädelsführers war Rechtsanwalt und von seinem Sohn vorgewarnt. Kurzerhand drehte er den Spieß um, drohte, den Kollegen anzuzeigen, mit dem Foto und den Aussagen seines Sohnes und dessen Kumpels als Beweismittel.

Unser Schulleiter, ein Hasenfuß sondergleichen, der sowohl den Skandal als auch die Schulaufsicht fürchtete, bedrängte den Kollegen und mich, die Angelegenheit nicht weiter zu verfolgen.«

Sie atmete schwer, in ihrem Gesicht zeigten sich hektische Flecken.

»Und? Gaben Sie nach?«

»Nein! Wir bestanden darauf, dass die vier sofort abreisen müssen. Die Eltern weigerten sich jedoch, ihre Sprösslinge abzuholen, während der Rädelsführer den Großteil der Klasse gegen uns aufhetzte und den betroffenen Jungen massiv einschüchterte. Zwei Tage durchlitten wir die Hölle, ehe die gesamte Klasse vorzeitig abreiste. Das Opfer gab im Beisein seiner Eltern gegenüber dem Schulleiter zu Protokoll, es sei nichts passiert, sondern alles nur Spaß gewesen. Daraufhin drängte auch die Schulaufsicht, wir sollten die Sache auf sich beruhen lassen.

Mein Kollege wurde hingegen tatsächlich vom Vater des Rädelsführers angezeigt. Auch wenn es letztendlich zu keiner Verurteilung kam, zerstörte ihn die Sache. Er traute sich nicht mehr in die Schule, wurde krank und schied schließlich aus dem Schuldienst aus.

Die Klasse wurde unausstehlich. Keiner von uns Lehrern wollte sie mehr unterrichten. Jedes Jahr verließen einige Kinder der Klasse die Schule, nur der Rädelsführer und seine

Adlaten blieben. Der Schulleiter führte ihnen permanent Nachschub an armen Jugendlichen zu, deren Eltern für ihre Sprösslinge eine neue Schule suchten und die das Pech hatten, dort zu landen.«

Ein bitterer Zug legte sich um ihren Mund. Zuvor nicht sichtbare Falten zeigten sich in ihrem Gesicht.

»Haben Sie deswegen den Staatsdienst quittiert?«

Frau Wanninger holte tief Luft, ehe sie langsam nickte.

»Ja, und nicht einen Tag habe ich es bereut!«

»Glauben Sie, Herrn Siegel ist in Fulda etwas Ähnliches passiert?«

»Woher soll ich das wissen?«

Die Pädagogin zuckte mit den Achseln.

»Warum waren Sie eigentlich so empört, dass Ihr Kollege Kinkel nicht alles getan hat, um Auskunft von der Schule in Fulda zu erhalten?«

»So eine Geschichte kann für eine sich im Aufbau befindliche Schule wie die unsrige der Todesstoß sein!«

»Wären Ihnen rechtzeitig entsprechende Gerüchte zu Ohren gekommen, hätten Sie also Herrn Siegel nicht als Lehrer eingestellt?«

»Wenn ich es mir so einfach gemacht hätte, wäre ich auch nicht besser als mein feiger Ex-Chef!«

Ihre Augen funkelten.

»So? Wie hätten Sie stattdessen reagiert?«

»Ihn mit den Gerüchten konfrontiert!«

»Und dann? Anhand seiner Antworten beurteilt, ob er ein Guter oder ein Böser ist?«

Bianca sah die Lehrerin durchdringend an. Einen Moment hielt diese ihrem Blick stand, dann senkte sie die Augen. Sicherlich meinte sie es gut. Trotzdem erschien sie der Kriminalistin etwas unbedarft.

»Was haben Sie eigentlich gegen Ihren Kollegen Kinkel?«

»Er ist auch einer von denen!«

Die Pädagogin hob ihren Blick wieder.

»Von denen? Wie meinen Sie das?«

»Na wie wohl?«

Sie verdrehte die Augen. Bianca konnte es kaum fassen.

»Es gab also auch bezüglich Herrn Kinkel Vorwürfe wegen sexueller Übergriffe?«

Die Pädagogin zauderte, sah die Kommissarin prüfend an.

»Ja, die gab es.«

»Welcher Art?«

»Eine Schülerin behauptete, Bernd habe sie geschwängert. Daraufhin wurde er vom Unterricht suspendiert. Zwei Therapeutinnen stürmten in die Schule, um der Armen zu helfen und verlangten, mit allen Klassen sprechen zu dürfen, in denen er unterrichtete. Das Ganze zog sich endlos hin, bis Bernds Anwalt es schaffte, einen Vaterschaftstest durchzusetzen. Daraufhin brach die Schülerin zusammen und gab zu, alles nur erfunden zu haben, um den echten Vater gegenüber ihren Eltern zu vertuschen.«

Biancas Augen wurden groß.

»Ja, da gucken Sie! Viele hier bei uns an der Schule teilen schlechte Erfahrungen mit dem Staat, besonders mit der kultusministeriellen Bürokratie! Das gilt sowohl für uns Lehrer als auch für die Eltern unserer Schüler. Vielleicht verstehen Sie jetzt, warum Sie und Ihre Kollegen als Repräsentanten des Staates vielen hier nicht willkommen sind!«

»Warum mögen Sie Herrn Kinkel nicht, obwohl er doch ein Opfer des bösen Staates ist?«

»Sarkasmus steht Ihnen nicht! Aber Sie haben richtig beobachtet, Bernd und ich sind nicht gerade die besten Freunde.«

»Warum nicht?«

Sie zauderte, überlegte sichtlich, rang sich dann aber zu einer Antwort durch.

»Bei Stephen erscheint es mir unvorstellbar, dass er Kindern etwas Schlimmes angetan haben könnte. Bernd traue ich es hingegen sofort zu. Er ist oft aggressiv, verhält sich anderen gegenüber einschüchternd oder gar bedrohlich. Einige von den Kolleginnen haben richtiggehend Angst vor ihm.«

Bianca glich Frau Wanningers Worte mit ihren eigenen Eindrücken ab. Bestimmt verhielt Herr Kinkel sich dominant und war ein klares Alphatier, aber bedrohlich? Allerdings hatte sie ihn nur kurz erlebt. Außerdem riss er sich vielleicht Polizisten gegenüber stärker zusammen als im Alltag bei seinen Kollegen.

»Außerdem zeigt Bernd extreme Gefühlsschwankungen. Bei ihm weiß man nie, woran man ist. Mal hängt er den Macho raus, dann kippt sein Verhalten total, wirkt er plötzlich nahezu hilflos, ehe es wieder zurückkippt und er dominanter als zuvor auftritt.«

Bianca zuckte zusammen. War Herr Kinkel traumatisiert? Litt er unter einer emotional instabilen Persönlichkeitsstörung? In beiden Fällen konnte von ihm eine Gefahr für ihren Kollegen ausgehen. Kurz überlegte sie, Jens anzurufen, wischte den Gedanken aber beiseite. Der würde schon klarkommen. Ihr Job bestand darin, zu klären, ob Herrn Kinkels Auffälligkeiten etwas mit ihrem aktuellen Fall zu tun hatten.

»Sie trauen ihrem Kollegen also durchaus zu, dass er Kiara gekidnappt hat?«

Die Augen der Pädagogin weiteten sich.

»Nein!«

Sie schnappte nach Luft.

»So war das nicht gemeint!«

Mit zusammengezogenen Augenbrauen fixierte sie die Polizistin.

»Drehen Sie mir nicht die Worte im Mund herum! Kiara ist von zu Hause abgehauen und wurde nicht entführt!«

Bianca blieb cool, ließ ihrem Gegenüber Zeit, sich wieder zu beruhigen.

»Kiara ist jetzt seit fast einer Woche spurlos verschwunden. Kommissarin Oleg sprach gestern noch einmal mit ihren Freundinnen. Keine von denen hat eine blasse Ahnung, wo Kiara sein könnte. Das alles passt nicht zu einer Dreizehnjährigen, die von zu Hause ausbüxt.«

Frau Wanninger hielt noch kurz dem Blick der Polizistin stand, dann übernahmen ihre Ängste und Sorgen.

»Oh Gott!«

Die Lehrerin sackte in sich zusammen, barg ihr Gesicht in den Händen und schluchzte los.

»Wie war das Verhältnis zwischen Kiara und Herrn Kinkel?«

»Keine Ahnung!«

Sie richtete sich wieder auf, wischte sich die Tränen ab.

»Bernd hat sie nicht unterrichtet, zumindest nicht in diesem Schuljahr.«

»Warum hat Herr Siegel gerade Herrn Kinkel über seine Krankheit benachrichtigt? Waren die beiden befreundet?«

Die Lehrerin runzelte die Stirn.

»Ich weiß nicht, gestern hätte ich die Frage noch verneint. Bernd trennt Arbeit und Beruf strikt, will keine privaten Freundschaften mit Kollegen. Heute bin ich mir nicht mehr sicher, ob das auch für Stephen galt. Wenn ich so darüber nachdenke, fällt mir noch etwas Anderes auf…«

Konnte ich mich noch auf meine Instinkte verlassen? Bislang hatte ich innerhalb von Sekunden Menschen in Opfer und Raubtiere eingeteilt. Trotz seiner imposanten Statur gehörte Herr Kinkel in die erste Kategorie. Dessen ungeachtet mahnte mich eine innere Stimme, ihm endlich Handschellen anzulegen, statt ein unnötiges Risiko einzugehen.

Aber war mein Risiko wirklich unnötig? Für Kiara zählte jede Stunde. Egal ob der Lehrer schuldig war oder nicht, ich musste ihn schnell zum Reden bringen. Die meisten Verdächtigen redeten eher, wenn man sie respektvoll behandelte. Handschellen würden den Eindruck erwecken, ich hätte ihn bereits als Mörder vorverurteilt. Also ignorierte ich meine innere Stimme und folgte ihm mit leichtem Unbehagen.

Plötzlich blieb er stehen und fasste in die rechte Tasche seines Cordjacketts. Noch während ich meine Pistole zog und entsicherte, fuhr er herum. Beim Anblick der Waffe in seiner Hand zuckte mein Finger. Ein Schuss löste sich, prallte vom Bordstein ab und jaulte als Querschläger davon. Ich hob meine Pistole und wollte soeben ein zweites Mal abdrücken, als er die Waffe fallen ließ und seine Hände emporriss.

»Nicht schießen!«

Mit vor Angst geweiteten Augen starrte er mich an. Mein Puls raste.

»Es war doch nur mein Telefon!«

Es dauerte, bis seine Worte meinen Verstand erreichten. Hatte er Telefon gesagt? Ich senkte den Blick auf den Boden, erkannte eine grüne Platine mit aufgelöteten Drähten und einen Akku. Ungläubig starrte ich auf das zerschellte Telefon. Ums Haar hätte ich einen Unbewaffneten erschossen oder zumindest schwer verletzt! Ich sicherte die Waffe wieder und schob sie zurück in den Holster.

»Scheiße! Müssen Sie mich so erschrecken!«

»Ich wollte nur fragen, ob ich kurz meiner Frau Bescheid geben kann.«

Um wieder ruhiger zu werden, holte ich tief Luft und zeigte auf sein Handy.

»Glauben Sie das Teil funktioniert noch?«

»Wahrscheinlich schon, zumindest ist es schon mehrmals auseinandergefallen.«

Noch immer stand er mit erhobenen Händen vor mir.

»Okay, versuchen Sie es.«

Eilig bückte er sich und klaubte die Einzelteile zusammen. Seine Hände zitterten so stark, dass er den Akku nicht einsetzen konnte. Mich beschäftigte währenddessen mein Fehler, der fast ein Menschenleben gekostet hätte.

»Danke!«

Er sah mich vorsichtig an.

»Wegen mir können wir das Ganze hier vergessen. Ich hätte mir denken können ...«

»Das geht leider nicht! Ich muss den Schuss zu Protokoll geben!«

Meine Chefin wird mich zur Schnecke machen. Und zwar nicht, weil sich in der von mir als bedrohlich eingeschätzten Situation ein Schuss löste, sondern dafür, dass ich ihn vorher nicht auf Waffen durchsucht hatte.

»Übrigens verdächtige ich Sie nicht, sonst hätte ich Sie gefilzt und Ihnen Handschellen angelegt!«

»Wirklich nicht?«

»Sie sind für mich nur ein Zeuge. Allerdings ...«, ich machte eine vage Handbewegung, »... entpuppen sich Zeugen manchmal doch als Täter. Daher bin ich immer auf der Hut.«

»Danke!«

Er hatte endlich das Telefon wieder zusammengesteckt, drehte sich um und rief seine Frau an. Ich hörte ihn sagen, die befürchtete Situation sei eingetreten, diesmal sei er zum Glück jedoch an einen Beamten geraten, der ihn nicht vorverurteile. Ich freute mich. Also hatte sich mein Risiko gelohnt, zumindest hoffte ich es.

Herr Kinkel beendete das Gespräch und steckte sein Telefon wieder ein.

»Dieses Telefon nutze ich nur privat, das andere ausschließlich für die Schule.«

Zum Glück waren die Kollegen fix. Der Streifenwagen war bereits in Sicht, als wir die Querstraße erreichten.

»Die Kollegen bringen Sie aufs Präsidium. Ich komme bald nach, um Sie zu befragen.«

Mit einem Nicken ließ er sich auf der Rückbank nieder. Ich dankte den Kollegen und ging zurück an die Schule. Vor dem Gebäude wartete ich im Wagen auf Bianca. Solange wie sie wegblieb, hatte sie Frau Wanninger zum Reden gebracht. Erst nach knapp einer halben Stunde kam sie und nahm neben mir Platz.

»Und?«

»Die mögen den Staat und seine Repräsentanten nicht. Deshalb reden sie nicht gerne mit uns.«

»Aber die Wanninger hat offensichtlich mit dir gesprochen. Oder hast du die ganze Zeit mit der Sekretärin Kaffee getrunken?«

»Nein, keine Sorge!«

Sie lächelte.

»Wobei ich die auch noch befragt habe.«

»Und? Was Brauchbares erfahren?«

Bianca wog ihren Kopf, sah dabei nachdenklich durch die Windschutzscheibe nach draußen.

»Die beiden Damen sind sich einig, dass Herr Siegel die Unschuld in Person war. Beide trauen ihm nicht zu, etwas mit Kiaras Verschwinden zu tun zu haben.«

Ich schnaubte laut.

»Das Böse erscheint uns manchmal in hübscher Gestalt.«

Das Bild einer Frau, mit der ich mich nach meiner Scheidung tröstete, tauchte vor meinem inneren Auge auf. Bianca wandte sich mir zu.

»Oder der Tote war ein Lockvogel und Mitwisser, wofür er mit dem Tod bezahlte.«

»Unser Mörder ist also zugleich der Kidnapper?«

»Warum nicht!«

»Herr Kinkel?«

»Wer sonst? Die Schule befindet sich im Aufbau, nur drei Männer unterrichten dort.«

»Was ist mit den Frauen? Schließen wir die von vorneherein aus?«

Sie zuckte mit den Schultern. Ich seufzte.

»Was ist mit dem dritten Mann?«

»Der sitzt im Rollstuhl.«

»Scheiße! Übrigens ähnelt Herr Kinkel …«

»… vom Körperbau dem Mann in Kettenhemd und Helm von den Fotos! Das ist mir auch schon aufgefallen. Wobei das auf zahlreiche Männer zutrifft, zumal wir nicht wissen, wie groß der Unbekannte ist. Übrigens habe ich ein Foto mit allen Lehrerinnen und Lehrern der Schule. Die Frau von den Fotos ist nicht darunter.«

Wortlos starrten wir durch die Windschutzscheibe. Ich war mir sicher, dass Bianca sich in diesem Moment ebenfalls fragte, ob Kiara noch lebte. Aber mich belastete noch etwas Anderes.

»Ich hätte ihn fast erschossen.«

»Wen?«

»Herrn Kinkel!«

»Bist du irre! Er ist vielleicht der Einzige, der weiß, wo Kiara eingesperrt ist!«

»Es war keine Absicht! Der Typ blieb abrupt stehen, zog etwas aus der Tasche und fuhr herum!«

Sie sah mich mit gerunzelter Stirn und offenstehendem Mund an. Schließlich räusperte sie sich.

»Was zog er aus der Tasche?«

»Ein Handy«, erwiderte ich kleinlaut.

»Ein Handy?«

Sie schlug mit der Hand aufs Armaturenbrett.

»Er hat seins doch abgegeben!«

»Er besitzt noch ein Zweites, für den privaten Gebrauch.«

Sie starrte mich weiter an.

»Wir hätten ihn gemeinsam nach Waffen durchsuchen sollen!«

»Das stimmt, aber dann würde er jetzt vielleicht nicht mit uns reden, sondern sich hinter Schweigen und einem Anwalt verschanzen.«

»Mit uns reden? Wenn er Kiara hat, wird er nie und nimmer freiwillig mit uns reden!«

»Und falls er sie nicht hat? Wenn er nicht mit uns kooperiert, arbeiten wir uns tagelang an ihm mit dem Versuch ab, ihm etwas nachzuweisen, was nicht nachweisbar ist, weil es ein anderer war! Tage, die uns später fehlen, Kiara lebend zu finden!«

»Trotzdem müssen wir ihm möglichst hart auf die Pelle rücken!«

»Rücke du ihm meinetwegen auf die Pelle, aber lass mir vorher eine Stunde mit ihm!«

Sie zauderte, nickte dann aber.

»Einverstanden, ich benötige ohnehin Zeit, um mir die notwendigen Beschlüsse zu besorgen.«

»Dann lass uns keine Zeit verlieren. Ich fahre, du veranlasst telefonisch alles Notwendige.«

Sie war einverstanden, also startete ich und gab Gas. Wegen des berüchtigten, unberechenbaren Stuttgarter Verkehrs brauchten wir über eine halbe Stunde zurück zum Präsidium. Während der Fahrt fluchte Bianca mehrmals lautstark, was ich bisher noch nie erlebt hatte. Immerhin gelang es ihr, den Juristen Beine zu machen. Bei Gefahr für eine Jugendliche, fast noch ein Kind, legte keiner die Latte eigener Bedenken übermäßig hoch.

Im Präsidium erwarteten uns Herr Kinkel und sein Anwalt Herr Amthor. Ich legte seine beiden Handys vor mich auf den Tisch, dann erledigten wir die Formalitäten.

»Was werfen Sie meinem Mandanten vor?«

»Bisher nichts, wir befragen ihn als Zeuge in einem Mordfall. Nach unserem bisherigen Kenntnisstand hatte er als letzter Kontakt zu dem Toten. Da der Tote in Verbindung mit dem Verschwinden einer Dreizehnjährigen steht, werden wir Herrn Kinkel auch hierzu befragen.«

»Okay, legen Sie los.«

»Vorhin an der Schule sagten Sie aus, Herr Siegel habe Ihnen eine Nachricht geschrieben, dass er krank sei. Können Sie uns diese bitte zeigen?«

Ich schob sein Telefon in seine Richtung. Ohne seinen Anwalt eines Blickes zu würdigen, nahm er es, tippte und wischte auf dem Display herum. Schließlich schob er es über die Tischplatte zurück in meine Richtung. Erneut stand dort:

»Hallo Bernd, bin krank.
Rechnet nächste Woche
nicht mit mir. Gruß Stephen«

Es handelte sich um eine altmodische SMS, die Bianca mit ihrem Smartphone abfotografierte. Als Absender wurde eine Mobilnummer aus dem deutschen Netz angezeigt. Wie abgesprochen verließ meine Kollegin den Raum, um die Nummer zu überprüfen.

»Wie oft schrieben Sie und Herr Siegel einander Nachrichten?«

»Nie.«

»Nie?«

»Es war die erste Nachricht, die ich jemals von ihm bekommen habe.«

»Machte Sie das nicht misstrauisch?«

»Warum hätte es mich misstrauisch machen sollen?«

»Weil Herr Siegel grundsätzlich jede Form elektronischer Kommunikation ablehnte.«

»Das wusste ich nicht!«

»Wie gut kannten Sie beide sich?«

»Nicht gut.«

»Verkehrten Sie privat miteinander?«

»Nein, ich verkehre privat mit keinen Kollegen.«

Ich stellte einige weitere Fragen, die keinen Erkenntnisgewinn brachten. Kurz überlegte ich, ihn mit den Vorwürfen des sexuellen Missbrauchs durch eine Schülerin zu konfrontieren, entschied mich aber dagegen. Das machte erst Sinn, wenn wir mehr Details kannten. Herr Amthor folgte der Befragung teilnahmslos. Seine Lider wurden zusehends schwer.

»Haben Sie Ihrem Anwalt eigentlich schon von dem Schuss berichtet.«

»Wozu? Ich habe Mist gebaut und Sie fühlten sich von mir bedroht.«

Er zuckte mit den Schultern. Die Rädchen hinter der Stirn des Anwalts rotierten.

»Moment …«, er beugte sich vor, »… wovon sprechen Sie beide?«

Bildete ich es mir ein? Oder warf mir Herr Kinkel tatsächlich einen verschwörerischen Blick zu, ehe er sich seinem Anwalt zuwandte?

»Nichts weiter. Der Kommissar lief hinter mir her zum Streifenwagen, den er freundlicherweise zu einem Punkt außer Sichtweite der Schule beordert hatte. Ich blieb unvermittelt stehen und griff in meine Tasche, während ich mich gleichzeitig umdrehte. Da fühlte Herr Hurlebaus sich von mir bedroht, zog seine Pistole, aus der sich in der Hektik ein Schuss löste.«

»Ein Schuss? Aber …«

»Es war nichts! Basta!«

Herr Amthor öffnete seinen Mund, schloss ihn dann aber wieder. Von mir fiel eine Last ab. Gleichzeitig gingen mir viele Dinge durch den Kopf. Herr Kinkel war wie ausgewechselt, nicht mehr bärbeißig, sondern freundlich und kooperativ. Spielte er etwas vor, um mich zu manipulieren? Es wurde Zeit etwas Holz nachzulegen.

»Wenn Sie etwas über Kiaras Verschwinden wissen und es uns gegenüber verschweigen, wird sich das für Sie nachteilig auswirken!«

»Mein Mandant hat hinreichend klargemacht, nichts zu wissen! Er wird keine weiteren Fragen hierzu beantworten!«

»Vielleicht ist ihm etwas entfallen und …«

»Mir ist nichts entfallen! Ich habe mit Kiaras Verschwinden nichts zu tun!«

»Irgendeine Kleinigkeit?«

»Nein.«

Er lächelte, blieb freundlich, ließ sich von mir nicht provozieren. Das Gefühl gegen Wände zu laufen, während irgendwo eine Dreizehnjährige um ihr Leben kämpfte, frustrierte mich zutiefst. In diesem Augenblick war ich Kiaras beste Chance auf Hilfe. Gerade wollte ich eine sarkastische Bemerkung machen, als sich die Tür öffnete und Bianca eintrat.

Sie wirkte erregt. Offensichtlich war sie auf etwas gestoßen. Fragend sah ich meine Kollegin an, was diese mit einem Nicken quittierte. Also überließ ich ihr das Feld.

»Sie haben ein privates und ein dienstliches Handy?«

»Das ist richtig.«

»Die Nachricht von Herrn Siegel ging auf Ihrem dienstlichen Handy ein. Wer kennt dessen Nummer?«

»Alle Kollegen.«

»Die Schüler und deren Eltern auch?«

»Natürlich nicht! Haben Sie eine Ahnung, wie manche Eltern drauf sind? Dann hätte ich überhaupt keinen Feierabend mehr!«

»Sind Sie sicher?«

»Ja!«

»Ganz sicher? Auch nicht die Elternvertreterin oder …«

»Keine Eltern und keine Schüler! Die sollen im Sekretariat anrufen!«

»Wie oft schrieb Herr Siegel Ihnen Nachrichten oder rief Sie an?«

»Nie! Das war das erste Mal!«

»Hat es Sie nicht gewundert, dass er ausgerechnet Ihnen schrieb, er sei krank?«

»Wenn ich jetzt mit Abstand darüber nachdenke, wundert es mich. Als die Nachricht kam, hatte ich mehr als genug um die Ohren und keine Zeit mir deswegen Gedanken zu machen. Außerdem ...«

Er verstummte.

»Außerdem?«

Herr Kinkel zauderte, holte dann tief Luft.

»Es klingt blöd, aber ich fühlte mich geschmeichelt, dass er sich ausgerechnet bei mir meldete.«

Bianca musterte ihn kritisch. Er hielt ihrem Blick stand, zumindest zunächst. Die beiden starrten einander eine Weile an. Er verlor zunehmend seine Contenance. Lag es am Thema? Oder an Bianca?

»Okay. Und Sie sind ganz sicher, dass keine Schüler oder Eltern ...«

»Absolut! Wenn, dann haben die von einer Kollegin oder unserer Sekretärin meine Nummer erhalten. Wobei ich allen eindringlich einschärfte, diese nicht herauszugeben!«

»Okay, haben Sie Zugang zu weiteren Räumlichkeiten außer Ihrer Wohnung?«

»Warum fragen Sie das?«

Er sprang auf. Sein Anwalt griff nach seinem linken Oberarm.

»Setzen Sie sich!«

»Warum fragen Sie mich das alles?«

Sein Blick flackerte. Ich wollte Bianca bremsen, kam aber zu spät.

»Setzen Sie sich!«, fauchte diese. »Ich stelle hier die Fragen!«

Ich sprang auf und im selben Augenblick machte der an der Tür postierte Kollege einen Schritt auf Herrn Kinkel zu, in dessen Blick plötzlich etwas Gefährliches glitzerte. Würde er sich gleich auf Bianca stürzen?

Plötzlich erlosch sein Blick wieder und er sackte zurück auf den Stuhl. Dann kippte er mit einem unmenschlichen Laut vornüber auf den Tisch, schlug mit der Stirn auf die Tischplatte, hob seinen Kopf und knallte ihn erneut mit Wucht auf die Platte. Herr Amthor starrte seinen Mandanten mit offenem Mund an und verfiel in Schockstarre, während Bianca und ich aufsprangen. Zeitgleich wurde die Tür vom Nebenraum aufgerissen. Zu viert packten wir den Bären von einem Mann, um ihn gewaltsam davon abzuhalten, sich den Kopf einzuschlagen, während er weiterhin abscheuliche Laute ausstieß.

»Ein Arzt! Wir brauchen sofort einen Arzt!«, brüllte ich, so laut ich konnte.

Schließlich schafften wir es, ihn vom Stuhl zu kippen und auf dem Boden liegend einigermaßen zu fixieren.

»Ich schaff das nicht! Noch einmal stehe ich das nicht durch! Und meine Frau schon gar nicht! Dieses Mal verlässt sie mich! Ich mache jetzt Schluss! Lasst mich los! Ich will meinem erbärmlichen Leben ein Ende setzen!«

Die gellende Qual und der Pein seiner Worte drangen tief in mich ein. Ich war ein harter Hund, aber bei ihm versagten meine emotionalen Schutzschilde. Der Lehrer wand sich, strampelte, traf mit einem Fuß den Stuhl seines Anwaltes so heftig, dass dieser umkippte. Bianca kämpfte mit verbissenem Gesichtsausdruck, wurde dennoch angehoben und schlug mit ihrem Hinterkopf unsanft gegen die Tischplatte. Zwei weitere, kräftige Kollegen stürzten herein und warfen sich auf ihn.

Auch Olga hörte in ihrem Büro den Trubel und eilte auf den Flur. Sie sah gerade noch die beiden muskulösen Kollegen im Befragungszimmer verschwinden.

»Was ist da los?«, fragte sie einen Kollegen.

»Weißt du das nicht?«

Olga schüttelte den Kopf.

»Bianca und Jens befragten im Zusammenhang mit deiner verschwundenen Jugendlichen einen Lehrer, der plötzlich total ausflippte.«

Die Kommissarin ärgerte sich, über die Befragung nicht informiert worden zu sein. In diesem Augenblick wurde ihr von hinten auf die Schulter getippt. Sie drehte sich um und stand einer jungen Kollegin gegenüber, hinter der eine offensichtlich nervöse Frau stand.

»Wo finde ich Kommissar Hurlebaus? Frau Kinkel will zu ihm. Ihr Mann wird gerade von ihm befragt.«

Olga schaltete schnell und bat Frau Kinkel, deren Blick flatterte und deren Hände ihre Mütze kneteten, in ihr eigenes Büro.

»Darf ich Ihnen eine Tasse Tee bringen?«

»Nein, ich will nur zu meinem Mann!«

»Ich fürchte, das geht momentan nicht. Wissen Sie, warum er hier ist?«

»Weil eine hinterhältige Lüge wie ein Stück Hundekot an ihm klebt. Ich hatte immer Angst, dass die Sache noch nicht endgültig ausgestanden ist, dass die Vergangenheit uns eines Tages einholt. Als das Mädchen verschwand, war mir klar, dass es jetzt so weit ist.«

»Sie vermuten also, ihr Mann hat etwas mit Kiaras Verschwinden zu tun?«

»Nein! Ein ganz klares Nein!«

Zur Bekräftigung schüttelte sie mit ihrem Kopf.

»Aber mir war klar, dass Sie und Ihresgleichen Bernd erneut verdächtigen werden.«

Olga lag eine scharfe Erwiderung auf der Zunge.

»Was ist damals passiert?«

»Warum wollen Sie das wissen? Um Bernd besser fertigzumachen?«

»Weil ich auf der Suche nach der Wahrheit bin.«

»Der Wahrheit!« Sie schnaubte. »Wie naiv sind Sie eigentlich? Die eine Wahrheit gibt es nicht, sondern deren viele.«

Olga dachte unwillkürlich, dass die Dame sich prima mit Hurlebaus verstehen würde. Aber der war gerade nicht verfügbar.

»So können Sie denken, allerdings hat diese Sichtweise seit Trump und Corona deutlich an Popularität verloren. Vor Gericht zählte ohnehin schon immer ganz altmodisch nur eine Wahrheit.«

»Die von Polizisten und Anwälten beliebig in ihrem Sinne verbogen wird!«

»So einfach ist das nicht, wir brauchen Beweise! Geben Sie uns bitte eine Chance und erzählen Sie mir Ihre Version der Wahrheit!«

Frau Kinkel sah sie an, wog dabei ab.

»Also gut! Hören Sie genau zu! Bernd war nicht immer so, ich meine mit seinem dicken Bauch, den grauen Haaren und dem schrecklichen Bart, hinter dem er sich versteckt. Als ich ihn kennenlernte, besaß er breite Schultern, starke Arme und vor allen Dingen ein unglaubliches Lachen. Jeder mochte ihn, er war ein echter Frauenschwarm. Viele waren hinter ihm her, aber er entschied sich für mich.«

Sie lächelte stolz.

»Übrigens lernten wir uns schon im Studium kennen. Während seines Referendariats heirateten wir. Bernd war ein attraktiver Mann und hatte es nicht nötig, sich mit halben Kindern abzugeben. Bei seinen Kolleginnen an der Schule war er begehrt und ich deswegen oft eifersüchtig. Leider war er mir aber treu.«

Ein bitterer Zug erschien in ihrem Gesicht. Olga fragte sich, wie eine Frau die Treue ihres Gatten bedauern konnte.

»Vor neun Jahren erzählte Bernd mir beim Abendessen, dass mal wieder alle Mädels seiner Klasse in ihn verliebt seien. Seinerzeit war mir der giftige Stachel der Eifersucht nur allzu vertraut. Besonders das selbstgefällige Lächeln in seinem Gesicht ärgerte mich. Klar, uns allen schmeichelt es, begehrt zu werden, Bernd allerdings damals zu sehr. So wurde ihm seine Eitelkeit zum Verhängnis.

Wenig später behauptete nämlich eines der Mädels, Bernd habe sie geschwängert. Sie können sich nicht vorstellen, was daraufhin losbrach. Er wurde umgehend suspendiert und erhielt ein Hausverbot für seine geliebte Schule.

Alle zogen sich von uns zurück. Kollegen und Nachbarn, ja selbst Freunde verleumdeten uns aufs Übelste. Am Schlimmsten traf ihn, dass nicht einmal sein kleiner Bruder, dem er so oft geholfen hatte, zu ihm stand. Es war unglaublich nervenaufreibend. In jenen Monaten alterte er um Jahre, wurde grau und dick, ließ sich diesen schrecklichen Bart wachsen, hinter dem er sich seither versteckt.

Sein erster Anwalt war ein Blender, der lieber vor der Kamera posierte, als einen ordentlichen Job zu machen. Erst als Bernd ihm das Mandat entzog und Frau Hagestolz verpflichtete, kam er aus der Defensive heraus. Sie machte mächtig Druck, forderte einen Vaterschaftstest, woraufhin das Mädchen zusammenbrach und heulend einräumte, Bernd habe sie nie angefasst.«

Frau Kinkel verstummte, starrte düster vor sich hin.

»Haben Sie nie an der Unschuld Ihres Mannes gezweifelt?«

Sie hob den Blick.

»Doch, natürlich! Ich bin keine Heilige und Bernd ist noch viel weniger einer.«

»Warum haben Sie ihn dann nicht verlassen?«

Die Angesprochene schnaubte, sah die Polizistin lange an.

»Sind Sie verheiratet?«

Olga zauderte.

»Ja.«

»Wie würden Sie sich fühlen, wenn Sie Ihren Mann verlassen, sobald es einmal schwierig wird?«

Die Kommissarin antwortete nicht.

»Sehen Sie! Ich hatte damals das Gefühl, mich nie wieder im Spiegel ansehen zu können, sollte ich Bernd im Stich lassen. Deshalb entschied ich mich, ihm zu glauben. Warum sollte er auch auf kleine Mädchen stehen? Wir hatten guten Sex miteinander und es gab damals genug erwachsene Frauen, die ihm Avancen machten. Kurz bevor es passierte, sprach mich zu später Stunde und ziemlich betrunken, die attraktivste Lehrerin von Bernds Schule an, was für ein Glück ich mit ihm habe. Bernd sei nicht nur attraktiv und ein prima Kerl, sondern auch noch treu. So einer wie er sei heutzutage selten. Daher solle ich gut auf ihn aufpassen. Ich war misstrauisch, fragte mich, ob die mich soeben auf den Arm nimmt und eine schräge Show abzieht, um ihr Techtelmechtel mit Bernd zu verbergen. Sie war zwar betrunken, bemerkte aber mein Misstrauen und schob nach, fast alle Kolleginnen hätten vergeblich versucht, sich an Bernd ranzumachen.

Außerdem war die betreffende Schülerin eher pummelig und nicht gerade die Hellste. Sie stammte aus schwierigen familiären Verhältnissen, roch förmlich nach Problemen. Warum hätte Bernd sich ausgerechnet auf sie einlassen sollen? Noch dazu, wo sich deutlich attraktivere Mädchen ihm schamlos anboten?«

Um Zustimmung heischend sah sie die Kommissarin an. Jene kannte jedoch gute Gründe für Pädophile, sich gegen attraktivere Mädchen für eines ohne familiären Rückhalt zu entscheiden.

»Was ergab der Vaterschaftstest?«

Die zarte Hoffnung in Frau Kinkels Gesicht erlosch.

»Der wurde nie durchgeführt. Wozu auch? Sie hat ihre Lügen ja zurückgezogen!«

Verbittert und enttäuscht starrte sie die Kommissarin an.

»Sie wollen uns auch nicht helfen!«

»Mein Job besteht nicht darin, Ihnen zu helfen! Ich soll …«

»Wissen Sie, wie schrecklich das alles war? Keinerlei Rückhalt zu spüren, nicht einmal von der eigenen Familie! Warum gilt nicht auch für meinen Mann die Unschuldsvermutung? Seit neun Jahren lebe ich mit der Angst, dass die Sache nicht ausgestanden ist, sondern die alten Vorwürfe wieder ausgegraben und wir erneut mit Schmutz beworfen werden! Und? Was passiert? Am Tag nach Kiaras Verschwinden kursiert an der Schule das Gerücht, Bernd sei aus Marburg ins Schwabenland geflüchtet, um dem Vorwurf des Missbrauchs einer Schülerin zu entkommen. Warum …«

»Stopp!«

Olga hob energisch die flache Hand.

»Besitzen Sie Immobilien? Haben Sie außer Ihrer Wohnung weitere Räume gemietet oder sonstigen Zugang zu welchen?«

»Sie glauben also ernsthaft, Bernd hält das Mädchen gefangen?«

Sie stützte die Hände auf ihre Hüften.

»Was ich glaube, spielt keine Rolle! Bitte beantworten Sie einfach meine Frage! Schließlich ist es in Ihrem Interesse und dem Ihres Mannes, dass wir seine Beteiligung an Kiaras Verschwinden ausschließen! Also?«

»Ich wüsste nicht, dass Bernd, außer zu unserer Wohnung und natürlich zur Schule, Zugang zu irgendwelchen Immobilien besitzt. Wir leben sehr zurückgezogen.«

»Besitzt Ihr Mann ein Kettenhemd?«

»Ein …«

Ratlos starrte sie die Polizistin an.

»So ein Ding, wie es Ritter früher trugen! Steht er auf Schwertkämpfe und Mittelalter?«

Ungläubig schüttelte Frau Kinkel den Kopf.

»Ich habe wirklich keine Ahnung, warum Sie mich das fragen, aber ich kann Ihnen versichern, dass so etwas nicht Bernds Sache ist. Er unterrichtet Mathe und Sport, ist ein rationaler und nüchterner Mensch. Das ist absolut nicht seine Welt!«

Olga stellte noch weitere Fragen. Es erleichterte Frau Kinkel sichtlich, über die schreckliche Zeit zu reden.

Nach einer Ewigkeit erschien endlich ein Arzt und verpasste Herrn Kinkel eine Spritze. Einmal mehr faszinierte mich die Wirkung einer kleinen Nadel im Vergleich zu einem halben Dutzend Polizisten.

Erleichtert atmeten wir auf. Von ganzem Herzen bedankte ich mich bei den Kollegen für ihre rasche und tatkräftige Hilfe. Dann warf ich vorsichtig einen Blick in Richtung des Anwalts, darauf gefasst, von ihm mit Vorwürfen überschüttet zu werden. Herr Amthor war jedoch viel zu sehr damit beschäftigt, seinen Schock zu verdauen. Ich trat zu ihm.

»Ihr Mandant braucht Sie jetzt, und zwar dringend!«

»Mich?«

Seine Augen weiteten sich. Vermutlich hatte er gerade überlegt, das Mandat niederzulegen.

»Ja, Sie!«

»Äh …, braucht er nicht eher einen Arzt und seine Familie?«

Sanitäter erschienen mit einer Trage. Es kostete sie sichtlich Mühe, den betäubten Herrn Kinkel dort hinaufzuwuchten.

»Die auch, aber in erster Linie braucht er Ihre Hilfe, wenn er lebend aus der Sache rauskommen will. Kommen Sie mit in mein Büro, dort können wir ungestört miteinander reden.«

Er zögerte, sah mehrere Sekunden auf Herrn Kinkel hinab, nickte dann und erhob sich. Schweigend trottete er hinter Bianca und mir her. Meine Kollegin blickte starr geradeaus. Bestimmt passte ihr mein Engagement für den Lehrer überhaupt nicht. Mir war durchaus bewusst, dass jenes heikel war. Trotzdem konnte ich es nicht lassen. Ich bat die beiden herein und wies auf meine Besprechungsecke.

»Wissen Sie, dass Ihr Mandant schon einmal dem Vorwurf des sexuellen Missbrauchs von Schutzbefohlenen ausgesetzt war?«

Der Anwalt nickte.

»Das hat er mir in unserem Vorgespräch gesagt. Damals waren die Vorwürfe haltlos und diesmal sind sie es auch!«

»Wissen Sie, wie es damals für ihn war?«

»Ja, er hat gesagt, es sei ziemlich schlimm gewesen, da sich eine…«, er warf Bianca einen Seitenblick zu, »…Polizistin regelrecht in ihn verbiss und nicht einsah, dass er nur das Ziel einer üblen Verleumdung war.«

»Und Sie glauben, dass er das ein zweites Mal durchsteht?«

Unbehaglich rutschte der Anwalt auf seinem Stuhl hin und her.

»Darüber habe ich mir noch keine Gedanken gemacht.«

»Unser Job besteht darin, gründlich in alle Richtungen zu ermitteln. Genau das werden wir tun. Aber…«, ich beugte mich vor, sah Herrn Amthor eindringlich an, »…Ihr Mandant braucht Ihre Hilfe, um die Ermittlungen durchzustehen!«

Er zuckte zusammen.
»Was soll ich tun?«
»Sagen Sie ihm im Beisein seiner Frau, wenn er nichts getan hat, werden das unsere Ermittlungen beweisen. So lange sollen die beiden auf jeden Fall gemeinsam durchhalten. Bei uns gilt die Unschuldsvermutung. In Anbetracht seiner Reaktion vorhin halte ich ihn nicht für den Täter.

Schirmen Sie ihn ab, so gut Sie können. Sagen Sie den Eheleuten, sie sollen keinerlei Medien konsumieren, ihre Telefone ausschalten und auf absehbare Zeit nicht wieder einschalten. Natürlich muss er trotzdem jederzeit für uns erreichbar sein, sonst müssten wir ihn zur Fahndung ausschreiben.«
»Meinen Sie, die Sache sickert zu den Medien durch?«
Ich zog die Augenbrauen in die Höhe. Er sah durch mich hindurch, bekam glänzende Augen.
»Die Medien werden sich auch auf Sie stürzen, vergeigen Sie es nicht!«
Sein Gesicht hellte sich auf.
»Keine Sorge.« Er erhob sich. »War's das?«
Ich nickte, er nickte zurück und eilte davon. Herausfordernd blickte ich Bianca an. Sie verbarg ihren Unmut nicht.
»Ich wusste gar nicht, dass du ein Herz für Triebtäter hast.«
»Das habe ich auch nicht. Aber Angst vor dem, was Internet und hysterische Medien mit Menschen anrichten können.«
»Ja, ja … die bösen Medien.«
Sie seufzte, starrte weiter finster vor sich hin.
»War es falsch, mit dem Anwalt zu reden?«
»Zumindest frage ich mich, ob dich Herr Kinkel nicht geschickt manipuliert.«
Ärger wallte in mir auf und ich wollte ihr widersprechen, bremste mich aber. Manche Psychopathen besitzen unglaub-

liches Geschick in der Manipulation ihrer Mitmenschen. Es wäre vermessen, mich dagegen gefeit zu halten.

»Also war es ein Fehler?«

»Nicht, wenn du trotzdem mit der notwendigen Härte und Gründlichkeit gegen Herrn Kinkel ermittelst!«

»Dafür wirst du schon sorgen.«

Mit einem Lächeln warb ich um sie. Bianca zauderte, erwiderte es schließlich gequält.

»Dann übernehme ich die Ermittlungen gegen ihn?«

Ich nickte.

»Mit aller Härte, die dir zur Verfügung steht, was einiges sein dürfte. Du hast unsere Chefin gehört. Nimm dir so viele Leute, wie du sinnvoll einsetzen kannst. Sucht gezielt nach Räumen, auf die Herr Kinkel Zugriff hat. Eignet sich einer davon auch nur vage dazu, eine Dreizehnjährige gefangen zu halten, durchsucht ihn. Kiaras Leben besitzt oberste Priorität!«

Biancas Blick wurde zärtlich, nahezu liebevoll.

»Deine Tochter tut dir gut. Früher warst du nicht so mitfühlend.«

Spontan öffnete ich den Mund, um ihr zu widersprechen, schloss ihn dann aber wieder.

»Hältst du es für möglich, dass Herr Kinkel im Verhörraum eine Schau abgezogen hat?«

Genau die Frage hatte ich mir auch gestellt.

»Immerhin konnte er damit rechnen, dass wir ihn mit seiner Vergangenheit konfrontieren werden und sich eine Strategie zurechtlegen, wie er darauf reagiert.«

»Stimmt, aber dann ist er mit Abstand der beste Schauspieler, den ich kenne! Wem gehört eigentlich die Mobilnummer, von der aus sein toter Kollege krankgemeldet wurde?«

Bianca schlug sich mit der Hand gegen die Stirn.

»Das habe ich ja völlig vergessen!«

Sie sprang halb auf, ließ sich dann jedoch zurück auf den Stuhl fallen.

»Die gehört dem Vater!«

»Kiaras Vater?«

Bianca nickte.

»Scheiße! Wie passt das zusammen?«

»Keine Ahnung.«

Wir starrten einander an. Die Rädchen in unseren Köpfen rotierten so heftig, dass ich sie knirschen hörte.

»Bei sexuellen Übergriffen stammt der Täter meist aus dem engen Umfeld des Opfers.«

Natürlich war mir dieser Umstand ebenfalls bekannt, auch wenn mir eine Welt widerstrebte, in der Mädchen Anlass hatten, sich vor ihren Vätern und Lehrern zu fürchten.

»Ist dann Herr Kinkel nicht außen vor? Kiaras Vater hat wohl kaum die Hilfe des Lehrers gebraucht, um an seine Tochter heranzukommen.«

»Das nicht, aber immerhin trennte Kiaras Mutter sich von ihm und die gemeinsame Tochter lebt bei ihr. In ähnlichen Konstellationen taten Väter ihrem eigenen Fleisch und Blut schon viel Schrecklicheres an! Vielleicht hat er, von den perversen Neigungen des Lehrers wissend, Kiara an ihn ausgeliefert?«

Unwillkürlich stöhnte ich auf.

»Woher sollte er davon gewusst haben?«

»Weil Kiara sich ihm anvertraute, nachdem ihr Lehrer sie befingerte?«

»Ist das dein Ernst? Das wäre ein Verrat schrecklichen Ausmaßes!«

Sie zuckte mit den Schultern.

»Aber welches Mädchen wendet sich bei einem sexuellen Übergriff an seinen Vater? Vertraut es sich nicht zuerst der Mutter an?«

»Nicht immer, manche dreizehnjährigen Mädels haben ein extrem schwieriges Verhältnis zu ihren Müttern. Außerdem gilt Kiaras Vater als intelligent.«

»Es zeugt nicht gerade von Intelligenz, vom eigenen Telefon aus eine verräterische Nachricht zu senden.«

»Fehler passieren, sonst kämen wir den Tätern nie auf die Spur.«

Ich holte tief Luft und dachte nach.

Die Tür öffnete sich und Olga streckte den Kopf hinein.

»Da habt ihr den Kollegen ja Gesprächsstoff für Wochen geliefert!«

Sie grinste.

»Ich hätte gerne darauf verzichtet!«

»Wieso ist er eigentlich so durchgedreht?«

»Wegen Bianca.«

»Wegen mir?«

Meine Kollegin sah mich empört an.

»Klar! Bei mir war er ganz ruhig und freundlich. Als du anfingst, ihm Fragen zu stellen, wurde er nervös. Je stärker du ihn bedrängt hast, desto unruhiger …«

»Du spinnst wohl! Es hat doch nichts mit mir …«

»Einerseits nicht und andererseits schon.«

Verblüfft drehten wir unsere Köpfe Olga zu. Breit grinsend setzte sie sich zu uns.

»Bianca ähnelt schlicht der Kommissarin, die seinerzeit so hartnäckig gegen Herrn Kinkel ermittelte. Ohne es zu wollen, hast du sein Trauma getriggert und er flippte total aus.«

»Natürlich!« Ich schlug mir an die Stirn. »Herr Kinkel ist traumatisiert! Daher rühren seine starken Stimmungsschwankungen und deshalb hat man bei ihm das Gefühl, es nicht mit einer, sondern mit verschiedenen Personen zu tun zu haben!«

»Schön, dass ihr euch einig seid!«

Bianca lächelte säuerlich.

»Was bedeutet das für unsere Ermittlungen? Schließt eine Traumatisierung ihn als Täter aus? Oder kommt er dann erst recht infrage?«

Während Frau Kinkel darauf wartete, ihren Mann sehen zu dürfen, weinte sie still vor sich hin. Die übrigen Personen im Wartebereich der Klinik warfen ihr mehr oder weniger verstohlene Blicke zu. Das machte ihr nichts aus, waren die Augen der anderen doch voller Mitgefühl. Schlimm waren nur die Blicke voller Sensationsgier und Verachtung, an die sie sich leider noch zu gut erinnerte.

»Sie können jetzt zu Ihrem Mann.«

Eine Krankenschwester stand vor ihr. Frau Kinkel wischte sich die Augen ab und erhob sich. Die Schwester zeigte ihr den Weg.

Bernd lag mit glasigen Augen auf dem Rücken und starrte an die Decke. Auch das kannte sie leider zu gut, ihn, wie er, teilnahmslos durch die chemische Betäubung, nur dalag und an die Decke starrte. Monate hatte Bernd so auf dem Sofa verbracht. Erst als sie durchdrehte und ihm drohte, ihn zu verlassen, hatte er sich endlich zusammengerissen und aufgerafft.

Sie setzte sich zu ihm. Er drehte seinen Kopf in ihre Richtung und ergriff ihre Hand. Tränen traten in seine Augen.

»Es tut mir so schrecklich leid, dass du erneut den ganzen Mist erleben musst! Ich hatte so gehofft, wir haben das für immer hinter uns gelassen!«

»Wir haben es einmal geschafft, also schaffen wir es vielleicht noch einmal.«

Sie merkte, wie lahm ihre Worte klangen. Woher sollte sie auch Zuversicht nehmen?

»Du darfst mich nicht verlassen!«

Sein Griff um ihre Hand wurde fester.

»Hörst du? Das überlebe ich nicht!«

»Ach Bernd!«

Sie seufzte schwer.

»Warum hast du die Therapie abgebrochen?«

Augenblicklich lockerte er seinen Griff. Sie spürte, wie er

sich von ihr zurückzog. Jetzt kämpfte er wieder mit seinen inneren Dämonen. Warum kapierte er nicht, dass er ohne Hilfe eines Therapeuten den Kampf nie gewinnen würde?

Bianca musste nach Hause zu ihren Kindern. Olga und ich sahen uns fragend an. Normalerweise hätte ich jetzt ebenfalls gerne Feierabend gemacht. Aber bei einer Mordermittlung war nichts normal, zumal zusätzlich noch eine Dreizehnjährige vermisst wurde. Also rissen wir uns zusammen und sprachen ab, wer wen befragen würde.

Kiaras Vater erklärte sich bereit, mich sofort zu empfangen. Offensichtlich hatte er ebenfalls noch keinen Feierabend. Sein Arbeitsplatz entpuppte sich als Überraschung. Er zahlte viel Geld, um seine Tochter auf eine möglichst naturnahe Schule zu schicken, arbeitete jedoch selbst in einem sterilen, aus Glas, Stahl und Beton bestehenden Hochhaus im Gewerbepark Fasanenhof.

Durch ein an eine Legebatterie erinnerndes Großraumbüro führte mich die Sekretärin in sein durch Glaswände abgetrenntes Büro an einer Gebäudeecke mit beachtlichen Ausmaßen. Die Glaswände gaben den Blick frei über die achtspurige Autobahn und den Flughafen hinweg auf die dunkle Silhouette der Schwäbischen Alb. Herr Weltke blieb hinter seinem Schreibtisch sitzen, sah aber immerhin auf, als ich eintrat.

»Schick haben Sie es hier und so ganz anders.«

Er runzelte kurz die Brauen. Ich hätte ihm gerne die Hand geschüttelt, fürchtete aber, mein Arm wäre zu kurz, seinen gigantischen Schreibtisch zu überbrücken. Durch eine Geste forderte er mich auf, Platz zu nehmen.

»Wie meinen Sie das?«

»Ganz anders als Ihre Tochter Kiara.«

Verständnislos sah er mich an.

»Wo ist Kiara denn? Ich dachte, sie sei verschwunden.«

»Äh, das ist sie auch. Ich meinte, so ganz anders als Kiara an ihrer Schule!«

»Ist sie wieder dort? Um diese Zeit?«

Er blickte auf seine Armbanduhr von der Größe des Untersetzers einer Espressotasse. Hatte Olga nicht behauptet, der Typ sei intelligent?

»Nein …, ich meine, hier in Ihrem Büro ist es ganz anders als an der Naturis Schule, die Ihre Tochter besucht hat, bis sie verschwunden ist!«

»Ist das nicht normal? Immerhin arbeite ich in einem Büro und Kiara geht auf die Schule.«

Fassungslos starrte ich ihn an. Irgendwie hatte der Typ ein Rad ab.

»Lassen wir das! Ich will Ihnen ein paar Fragen zu Ihrer Tochter stellen.«

»Hat Kommissarin Oleg ihre Arbeit nicht gut gemacht?«

»Doch, natürlich!«

»Warum kommen dann jetzt Sie, um mir Fragen zu meiner Tochter zu stellen?«

»Weil wir nicht mehr davon ausgehen, dass Kiara abgehauen ist.«

»Aha. Wovon gehen Sie dann aus?«

»Dass sie entführt wurde.«

»Entführt? Ich habe keine Lösegeldforderung erhalten.«

»Es gibt andere Gründe, um ein Mädchen zu entführen.«

»Also doch Sex!« Er nickte einmal. »Kiaras Mutter hat das gleich vermutet.«

Fassungslos starrte ich ihn an. Der Typ war kalt wie eine Hundeschnauze, sprach ohne jede Emotionalität über seine entführte Tochter.

»Was führt Sie zu mir?«

»Wir sind auf eine Textnachricht gestoßen, die im Zusammenhang mit dem Verschwinden Ihrer Tochter steht, ja vielleicht sogar vom Entführer selbst stammt.«

»Wie lautet sie?«

»Viel interessanter ist die Mobilnummer, von der aus sie gesendet wurde.«

Fragend sah er mich an. Also legte ich einen Zettel mit der Nummer vor ihm auf den Tisch.

»Kommt Ihnen die Nummer bekannt vor?«

Herr Weltke nahm das Papier auf, starrte es mit gerunzelter Stirn an. Nicht der Hauch eines Erschreckens oder sonst eine verräterische Bewegung konnte ich seiner Mimik entnehmen.

»Nein.«

»Haben Sie eine Idee, wessen Nummer das sein könnte?«

»Nein.«

»Dabei kennen Sie die Person, sogar ziemlich gut.«

»So? Wem gehört die Nummer?«

»Ihnen!«

»Mir?«

Mit hochgezogenen Augenbrauen starrte er weiter auf den Zettel.

»Das kann nicht sein. Den ersten Zahlen nach handelt es sich um die Nummer eines Billiganbieters, wohingegen ich …«

Er stockte, hob seinen Kopf und sah mich erstaunt an.

»Das muss die Nummer von Kiaras altem Handy sein!«

»Wie bitte?«

»Vor drei Jahren hielt ihre Mutter Kiara noch für zu jung für ein Handy. Also bearbeitete meine Tochter mich, ihr hinter Mamas Rücken eins zu besorgen, was ich ablehnte. Schließlich bestach sie mich mit dem Argument, dann könnte sie jederzeit ungestört mit mir kommunizieren. Also besorgte ich ihr ein einfaches Gerät mit der Prepaidkarte eines Discounters, worüber Kiara ihr Schnütchen verzog. Dementsprechend bearbeitete sie weiterhin intensiv ihre Mutter, die nicht mehr lange standhielt und ihr bald ein iPhone XS genehmigte, das selbstredend ich bezahlen musste. Das von mir gekaufte Billigteil geriet in Vergessenheit. Übrigens hat damit, wie nicht anders zu erwarten, nie viel Kommunikation zwischen Kiara und mir stattgefunden.«

»Was geschah mit dem Telefon?«

»Keine Ahnung!«

Er zuckte mit den Achseln.

»Ehrlich gesagt hatte ich es längst vergessen.«

»Wissen Sie noch die Marke und das Modell?«

»Nein.«

»Können Sie überprüfen, ob es sich um die fragliche Mobilnummer handelt?«

»Nein, woher … Augenblick, vielleicht doch!«

Erregt schnellte er auf seinem Stuhl nach vorne und hackte wild auf die Tastatur ein, starrte auf den Bildschirm, fluchte unterdrückt und legte erneut wild los. Ich ließ ihn gewähren und wartete geduldig.

»Tatsächlich, das Konto existiert noch!«

Herr Weltke strahlte.

»Sehen Sie hier!«

Er drehte den Bildschirm leicht in meine Richtung. Ich stand auf, lief um seinen Schreibtisch mit den Ehrfurcht gebietenden Ausmaßen herum und stellte mich neben ihn. Auf der Mattscheibe prangte das Logo eines großen Discounters. Herr Weltke hatte sich dort in ein auf seinen Namen lautendes Konto eingeloggt.

»Können Sie sehen, ob der Anschluss in den letzten Wochen genutzt wurde?«

»Leider nicht.«

Vor vielen Jahren, am Tag ihres ersten Einsatzes bei einer Mordermittlung, war Olga vor Stolz schier geplatzt. Seinerzeit hatte sie geglaubt, all ihr Streben habe sich gelohnt, sie sei an der Spitze angekommen. Aus falschem Statusdenken hatte sie es lange nicht fertiggebracht, sich einzugestehen, dass Mord nichts für sie war. Die Warnsignale ihres Körpers wie Schlafstörungen, Lustlosigkeit und Gereiztheit hatte sie ignoriert. Dann waren die Koffermorde passiert, und sie hatte es von einem auf den anderen Tag nicht mehr geschafft zum Dienst zu gehen. Stattdessen war sie heulend zu Hause gesessen und hatte sich als Memme gefühlt. Schließlich hatte ihr Mann sie mithilfe eines Arztes in eine Klinik verfrachtet. Dort war ihr allmählich klar geworden, dass sie sich nicht länger mit dermaßen sinnloser Brutalität befassen konnte. Bei den Koffermorden hatte ein Mann, ohne jeden erkennbaren Grund, zwei Zechkumpane brutal ermordet, sie entkleidet, schwer misshandelt und in je einen Koffer verstaut am Bahndamm abgestellt.

Nach dem Klinikaufenthalt hatte ihre Vorgesetzte Lana Lansik Verständnis gezeigt und ihr die Suche nach einer verschwundenen Fünfzehnjährigen übertragen. Das Glück der Eltern, als sie ihnen ihre Tochter zurückbrachte, hatte sich im Verbund mit dem Wissen, das Mädchen vor Schlimmeren bewahrt zu haben, saugut angefühlt. Seither waren Verschwundene ihr Ding, vor allem verschwundene Mädchen. Gewissermaßen war sie Expertin für verschwundene Mädchen und als solche spürte sie, dass hier etwas nicht stimmte.

Laut ihrer Lehrerin war Kiara Teil einer verschworenen Viererbande. In der Schule waren die Mädchen stets zu viert unterwegs, nie sah man eine von ihnen einzeln. Olga hatte mit jedem der Mädchen unter vier Augen gesprochen, insgesamt dreimal. Nachdem sie alles gründlich durchdacht hatte, irritierte sie eine Sache hierbei und eine andere alarmierte sie. Irritierend empfand sie das Ausmaß, in dem die drei Freundinnen unisono Kiara idealisierten. Bei den letzten Gesprächen hatte Olga jede von ihnen direkt nach den dunklen Seiten ihrer Freundin gefragt. Alle waren bei der Frage zusammengezuckt und hatten daraufhin noch lautere Loblieder gesungen. Was stimmte mit den Vieren nicht? Jeder besaß auch Seiten, die nicht so prickelnd waren.

Alarmierend empfand sie, dass ihre engen Freundinnen ganz eindeutig nichts über Kiaras Verbleib wussten. Bei jedem weiteren Gespräch waren die Mädchen ängstlicher geworden, zum Schluss panisch. Olga hatte an mancher Stelle den Eindruck gewonnen, die drei hatten nicht nur Angst um ihre Freundin, sondern fürchteten sich selbst. Aber das musste sie sich wohl einbilden. Wovor sollten die Mädchen Angst haben?

Trotzdem hatte sie Frau Wanninger direkt nach Mitschülern gefragt, die Kiara nicht leiden konnten. Zunächst hatte die Lehrerin behauptet, die gebe es nicht. Kiara sei ein tolles, unter ihren Mitschülern extrem beliebtes Mädchen. Kaum merkbar hatte sie bei ihrer Lobhudelei gestockt, jedoch lange genug, um Olgas Jagdinstinkt zu wecken. Schließlich hatte die Pädagogin eingeräumt, dass es jemanden gebe. Annika sei Kiaras engste Freundin und Teil der Viererbande gewesen. Im letzten Schuljahr hätten die beiden sich jedoch so massiv zerstritten, dass Annika mehrmals heulend von der Schule abgehauen sei und sich schließlich ganz geweigert habe, jemals wieder einen Fuß in die Naturis Schule zu setzen. Frau Wanninger war es sichtlich peinlich, nicht nur, dass es so weit gekommen war, sondern vor allen Dingen, dass sie keinen blassen Schimmer von den Ursachen des Dramas hatte.

Annikas Mutter hatte sich einer Befragung ihrer Tochter hartnäckig verweigert, schließlich hätten die beiden Mädchen seit Monaten keinen Kontakt mehr, ihre Tochter könne daher nichts Relevantes wissen. Olga hatte alle Register gezogen, an Frau Hakimis Muttergefühle appelliert und war trotzdem nicht ans Ziel gekommen. Erst ihre Zusicherung, keine offizielle Befragung zu machen, sondern nur ein Hintergrundgespräch, dessen Inhalt sie vertraulich behandeln werde, brachte schließlich Erfolg. So stand sie jetzt ziemlich angespannt vor dem Reihenhaus und klingelte.

Nichts rührte sich. Olga blickte sich um. Sie hatte nicht gewusst, dass es hier, im Römerkastell auf dem Hallschlag, einem Stadtteil mit schlechtem Ruf, so schmucke Reihenhäuser gab. Vor über zwanzig Jahren, der deutschen Sprache kaum mächtig, hatte sie, in Stuttgart gestrandet, nicht weit von hier ihre erste Wohnung bezogen. Sie selbst hatte sich seither stark verändert. Der Hallschlag offensichtlich auch.

Sie wollte eben erneut klingeln, als sich die Tür öffnete. Einigermaßen unerwartet stand Olga einer Frau mit blondem Pferdeschwanz gegenüber. Aufgrund des Nachnamens Hakimi hatte sie mit einer Araberin gerechnet. Dafür entpuppte sich Annika, die soeben um die Ecke schoss, als rassige, arabische Schönheit.

»Sind Sie die Kommissarin?«

»Die bin ich.«

Olga streckte Frau Hakimi ihren Dienstausweis hin, den diese in die Hand nahm und genau studierte.

»Und du bist bestimmt Annika?«

Olga streckte der Jugendlichen zur Begrüßung die Hand entgegen, die diese ergriff und schüttelte.

»Stimmt.«

»Danke, dass du mit mir sprichst.«

»Warum nicht? Es ist wichtig. Außerdem will ich selbst einmal Polizistin werden. Mama hat Angst vor Ihnen, ich nicht!«

Zwischen den beiden erfolgte ein rascher Blickwechsel, den Olga nicht deuten konnte. Die Mutter bat sie ins Wohnzimmer, wo Tee und Kekse warteten. Annika ließ sich aufs

Sofa plumpsen, rutschte dabei so weit nach vorne, dass sie mehr lag als saß. Olga nahm ihr gegenüber Platz.

»Warum willst du denn Polizistin werden?«

»Um die ganzen Scheiß-Rassisten einzubuchten!«

»Annika!«

Ihre Mutter sah sie streng an. Annika warf dieser einen gereizten Blick zu und setzte zu einer Erwiderung an. Olga räusperte sich.

»Du weißt, dass ich wegen Kiara hier bin?«

»Ja, die ist verschwunden.«

»Woher weißt du das?«

Erneut wechselten Mutter und Tochter einen kurzen Blick.

»Von Jasmin.«

»Jasmin? Aus deiner alten Klasse?«

»Ja.«

Olga überlegte. Jasmin war eine der drei Freundinnen von Kiara, mit denen sie gesprochen hatte. Irgendwie war sie davon ausgegangen, dass keine von den Dreien Kontakt zu Annika hatte. Warum eigentlich?

»Wir schreiben uns noch, ganz selten treffen wir uns auch. Die Hexe darf aber nichts davon erfahren!«

»Die Hexe?«

»Kiara.«

»Warum nennst du sie so?«

»Weil sie eine ist!«

Trotzig dreinblickend verschränkte sie die Arme vor der Brust.

»Wodurch hat Kiara sich den Namen verdient?«

»Sie lügt! Nicht manchmal, wenn es nicht anders geht, sondern immer, um andere in ihrem Sinne zu beeinflussen und ihren Willen durchzusetzen! Sie ist ein schlechter Mensch! Es wundert mich nicht, dass sie entführt …«

»Annika!«

»Was?«

Die Jugendliche funkelte ihre Mutter an.

»Keiner kann Kiara leiden, alle haben Angst vor ihr! Den Lehrern gegenüber schleimt sie, stellt sich als Opfer ihrer ach so schrecklichen Eltern dar. Uns gegenüber zeigt sie aber ihr wahres Gesicht. Sie ist eine blöde Rassistin und …«

»Annika!«

»Stimmt es, dass Kiara in Herrn Siegel verliebt war?«, mischte Olga sich ein.

»Nein!«

Das Mädchen schüttelte heftig mit dem Kopf.

»Nicht?«

Olga war ehrlich überrascht.

»Kiara liebt nur sich selbst. Für den Siegel interessierte sie sich nicht die Bohne!«

»Aber …«

»Als sich immer mehr Mädchen der Klasse in den Siegel verliebten, wollte sie wie immer die Erste sein. Keine durfte ihn haben, keine außer ihr! Kiara weiß, wie sie auf Männer wirkt, was sie tun muss, um die Männer …«

In einer Sprache mit harten Lauten, vermutlich Arabisch, wurde Annika von ihrer Mutter unterbrochen. Die beiden stritten kurz, aber heftig. Olga saß dabei und verstand rein gar nichts.

»Ich habe meiner Tochter gesagt, sie soll sich stärker zurückhalten«, wandte die Mutter sich schließlich an die Polizistin.

Von diesem Moment an saß Annika schmollend auf dem Sofa und antwortete nur noch einsilbig. Aus ihr war nichts mehr herauszubekommen. Eine halbe Stunde später verabschiedete sich Olga frustriert. Was hatte sie Neues erfahren? Etwas über die dunklen Seiten der Vermissten? Da war sie sich nicht sicher. Offensichtlich war Annika von Kiara verletzt worden. Hatte das Mädchen ihr aus Rache geborene Lügen aufgetischt? Die Kommissarin seufzte schwer.

Das Gespräch mit Kiaras Vater hatte mich zutiefst deprimiert. Gut, der Typ war ein erfolgreicher Wirtschaftsmensch und hatte mit Sicherheit viel um die Ohren. Trotzdem! Wie konnte er nur so kalt über seine verschwundene Tochter reden?

Mittlerweile war es nach acht und ich seit zwölf Stunden im Dienst. Trotzdem stand ich im Stuttgarter Westen vor einem Jugendstilgebäude mit einem runden Turm. Der Summer ertönte, ich trat ein. Auf dem ersten Treppenabsatz wartete eine hochgewachsene Schwarzhaarige mit langen, glatten Haaren. Beim Näherkommen sah ich, dass sie sorgfältig geschminkt war, samt Kajal und roten Lippen.

Wir begrüßten einander. Frau Weltke war attraktiv, lächelte mich warm an, was mir unheimlich guttat, nicht nur, weil es uns Männern immer guttut, von einer attraktiven Frau angelächelt zu werden. Es erleichterte mich vor allen Dingen im Hinblick auf Kiara. Zumindest hier hatte das Mädchen die für seine Entwicklung unerlässliche Wärme und Geborgenheit erhalten.

»Bringen Sie mir Neuigkeiten von Kiara?«

»Nicht direkt. Haben Sie dieses Handy jemals bei Ihrer Tochter gesehen?«

Ich hielt ihr ein Foto vom Modell des Handys hin, welches Herr Weltke seiner Tochter geschenkt haben wollte.

»Nein. Warum fragen Sie? Kiaras I-Phone ist hier.«

»Haben Sie es nach Kiaras Verschwinden überprüft?«

»Das hat mich Ihre Kollegin auch schon gefragt.«

»Und?«

»Es ist mit Kiaras Fingerabdruck gesichert. Meine Tochter versteht es gut, ihre Geheimnisse zu wahren.«

Mist!

»Kann ich es mitnehmen? Unsere Spezialisten können die Sperre umgehen. Vielleicht finden wir wichtige Hinweise.«

»Wenn Sie meinen. Ich hole es.«

Olga hatte sich damit begnügt, einen Verbindungsnachweis von Kiaras Telefon anzufordern. Der hatte leider nichts erbracht. Die Sperre zu umgehen konnte lange dauern, viel länger, als es für Kiara gut war.

Frau Weltke reichte mir das in der Originalverpackung verwahrte Gerät.

»Danke. Wann hat Kiara es bekommen?«

»Es war mein Geschenk zu ihrem elften Geburtstag.«

»Hatte sie vorher ein anderes Handy?«

»Nein.«

»Ist elf heutzutage nicht ziemlich spät für ein eigenes Handy?«

»Auf der Naturis Schule nicht.«

»Und dieses Telefon hier haben sie auch vor Kiaras elftem Geburtstag ganz sicher nie bei Ihrer Tochter gesehen?«

»Nein! Wieso fragen Sie?«

»Weil Ihr Ex-Mann behauptet, er habe es Kiara kurz vor deren elftem Geburtstag geschenkt.«

»Ach so? Davon wusste ich nichts.«

Frau Weltke zuckte ihre Achseln.

»Sie nehmen das ja ziemlich cool.«

»Was?«

»Dass Ihr Ex-Mann Ihrer Tochter hinter Ihrem Rücken ein Telefon schenkte.«

»Ach das! Warum sollte ich mich darüber aufregen? So etwas ist doch normal.«

Irgendwie war mir ihre Reaktion zu cool.

»Was glauben Sie, steckt hinter Kiaras Verschwinden?«

»Keine Ahnung! Sie sind der Polizist!«

»Aber Sie kennen Ihre Tochter, während ich ihr noch nie begegnet bin. Wurde Kiara entführt? Ist sie abgehauen? Was glauben Sie?«

Sie schwieg. Es war ihr anzusehen, dass sie am liebsten nichts sagen würde.

»Na los, trauen Sie sich!«

»Also gut!« Sie seufzte theatralisch. »Ich glaube, sie ist untergetaucht, damit ich mir Sorgen mache und sie hinterher mehr bei mir erreichen kann. Trotzdem nimmt mich die Sache sehr mit.«

Bisher war sie äußerst gefasst, jetzt zeigte sie ihre Trauer. Einzelne Tränen kullerten ihre Wangen hinab.

»Halten Sie es für möglich, dass Kiara sich aus ihrem Unglück heraus etwas angetan hat?«

»Wieso sollte Kiara unglücklich sein?«

Sie sah mich überrascht an. Die Trauer war aus ihrem Gesicht genauso unvermittelt verschwunden, wie sie dort aufgetaucht war. Konnte die Frau ihre Gefühle, zumindest deren äußerlich sichtbares Surrogat, nach Belieben umschalten?

»Ist Kiara nicht unglücklich verliebt?«

»Verliebt? In wen?«

»In ihren Lehrer.«

Die Mutter winkte lachend ab. Gefühle wechselten bei ihr schneller, als das Wetter im April.

»Das ist doch nur Schwärmerei! So sind Mädchen in dem Alter.«

»Der Lehrer wurde übrigens ermordet.«

»Oh! Bedauerlich.«

Blitzartig verschwand ihre Fröhlichkeit, um Bedauern Platz zu machen.

»Machen Sie sich überhaupt keine Sorgen um Ihre Tochter?«

»Doch, natürlich, sehr große sogar!«

Plötzlich stand mir wieder die besorgte Mutter gegenüber, alles an ihrer Mimik und ihrer Körperhaltung stimmte perfekt. Bei der Frau kam ich nicht mit. Sie war mir unheimlich.

Auf der Straße hupte es kurz.

»Das ist mein Taxi. Leider müssen wir an diesem Punkt unser nettes Gespräch beenden.«

»Ihr Taxi?«

»Wenn ich hier alleine herumsitze, drehe ich durch. Um mich abzulenken, muss ich unter Leute. Wenn Sie noch etwas wissen wollen, können Sie gerne morgen wiederkommen, aber bitte nicht zu früh und unbedingt vorher anrufen!«

Sie komplimentierte mich hinaus. Vor der Tür verzog ich mich in ein dunkles Eck und wartete. Zwei Minuten später stieg sie mit einem freudigen Gesichtsausdruck in die wartende Karosse.

Ich schüttelte ungläubig den Kopf. Was stimmte mit der nicht? Ich konnte jetzt unmöglich einfach nach Hause gehen, sondern musste mit jemandem reden. Bianca wohnte nicht weit entfernt. Würde sie sich für mich von ihrer Familie freimachen? Um sie anzurufen, zog ich mein Telefon aus der Tasche. Das Display zeigte zwei entgangene Anrufe an, einen von Bianca und einen von Olga.

Im José y Josefina bestellte ich Thunfisch mit geröstetem Sesam auf Algen, dazu einen Palador. Den Rioja stürzte ich für einen Wein seiner Qualität unangemessen schnell hinunter. Olga betrat die Kneipe und sah sich suchend um. Ich hob meinen Arm, sie nickte, kam her und nahm mir gegenüber Platz. Ihr erster Blick galt meinem leeren Weinglas.

»Hast du das nach der Konfrontation mit Kiaras Eltern gebraucht?«

»Ja, die Kleine tut mir leid.«

»Kein vorschnelles Urteil, sie ist vielleicht selbst eine Hexe.«

»Wer ist eine Hexe?«

Bianca war unbemerkt an unseren Tisch getreten und

nahm ebenfalls Platz. Beide hatten bereits gegessen und bestellten nur etwas zu trinken. Wir brachten uns gegenseitig auf den aktuellen Stand. Während Olgas letzten Erläuterungen kam mein Fisch. In stiller Übereinkunft ruhte die Arbeit, solange ich aß. Als ich den Teller von mir schob, eröffnete Olga die Diskussion.

»Kiaras Vater besitzt Geld. Von Beginn an hatte ich daher die Hypothese einer Entführung im Hinterkopf. Vielleicht ist er so töricht, sich an die Anweisung der Entführer zu halten, nicht mit uns zu reden.«

»Wie passt der ermordete Lehrer da hinein?«

»Außerdem würden sich dann die Eltern mehr Sorgen machen! Wenn ich Jens richtig verstehe, wirken beide erstaunlich unberührt vom Verschwinden ihrer Tochter.«

»Vielleicht handelt es sich um eine fingierte Entführung, hinter der die Mutter steckt?«

Die Köpfe meiner Kolleginnen drehten sich in meine Richtung.

»Wovon lebt Frau Weltke? Vom Unterhalt ihres Ex-Mannes? Dann will sie vielleicht noch einmal richtig absahnen, ehe seine Zahlungen auslaufen.«

Olga seufzte.

»Ich weiß nicht, dieses Szenario fände ich ziemlich grässlich.«

Eine lebhafte Diskussion setzte ein. Schließlich einigten wir uns darauf, dass Bianca ein paar Kollegen auf die Entführungshypothese ansetzen würde, hatten wir bisher doch viel zu wenig von der uns angebotenen Unterstützung abgerufen.

»Was haltet ihr von einem Racheakt durch Mitschüler, die unter Kiara gelitten haben, beziehungsweise von deren Angehörigen oder Freunden?«

»Kiara ist dreizehn!«

»Sie wird aber bald vierzehn!«

»Außerdem ist sie in ihrer Klasse eine der Jüngsten. Wenn

ich mich richtig erinnere, sind einige Mitschüler schon sechzehn oder werden es demnächst. Insofern würde ich die Hypothese von Jens nicht ganz ausschließen!«

Dankbar warf ich Olga einen Blick zu. Da sie ohnehin unsere Spezialistin für Jugendliche war, würde sie mit einigen Kollegen die Hypothese eines Racheaktes weiterverfolgen.

»Und du? Übernimmst du Herrn Kinkel?«

Ich holte tief Luft, fiel mir das doch alles andere als leicht. Sollte ich einen Tausch vorschlagen? In diesem Augenblick klatschte Bianca mit der flachen Hand auf den Tisch.

»Mensch! Das hatte ich ja ganz vergessen!«

Mit leuchtenden Augen sah sie uns an.

»Was?«

»Frau Wanninger hat mich darauf hingewiesen, dass sowohl Herr Siegel als auch Herr Kinkel aus Hessen nach Stuttgart kamen, der eine aus Fulda, der andere aus Marburg. Vielleicht kannten die beiden sich von dort? Außerdem soll Herr Siegel unmittelbar nach Kiaras Verschwinden das Gerücht in Umlauf gesetzt haben, dass Herr Kinkel von seiner vorherigen Schule gehen musste, weil ihm Missbrauch einer Minderjährigen vorgeworfen wurde. Damit lag er ja richtig, fragt sich nur, woher er es wusste.«

Ich runzelte die Stirn.

»Herr Kinkel könnte von seiner Statur her auch der Mann auf Herrn Siegels Fotos sein.«

»Dann hätte seine Frau mich frech angelogen. Sie meint, er habe nichts mit dem Mittelalter am Hut!«

Bianca mischte sich ein.

»Ist Kiara nicht am Donnerstagabend aus der Klinik verschwunden und ab Freitag fehlte Herr Siegel in der Schule?«

»Doch!«

Olga nickte eifrig.

»Wie kann er dann das Gerücht in Umlauf gebracht haben?«

Trotz der starken Betäubungsmittel lag Herr Kinkel in dieser Nacht lange wach. Einmal mehr fuhren seine Gedanken Karussell. Auf keinem Fall durfte er Brigitte verlieren! Er hatte seiner Frau schon viel zugemutet. Ohne ihre Liebe hätte er es nicht geschafft. Auch das hier würde er ohne sie nicht durchstehen.

Sollte er es doch noch einmal mit einer Psychotherapie probieren? Auf keinem Fall würde er die Therapie bei seiner alten Psychologin fortsetzen. Wenn schon, dann würde er sich eine neue Therapeutin suchen. Ja, vielleicht war das eine gute Idee. Er würde der Neuen sagen, dass er nur über seine Arbeit als Lehrer und was ihm da passierte, reden wolle! Die Leute in der Klinik hier waren nett und würden ihm sicher helfen, eine gute Psychologin zu finden.

Sofort meldete sich trotz der Medikamente, schwach, aber doch hörbar, seine Angst. Die neue Psychologin würde früher oder später an den gleichen Punkt kommen wie die alte. Was dann? Was, wenn auch sie anfangen würde, in verbotenem Terrain zu wühlen?

Am Vorabend, nach der späten Besprechung mit Olga und Jens, hatte Bianca ihren Mann Fred geweckt. Der hatte sich hierüber keineswegs gefreut, aber es war nicht anders gegangen, hatte sie ihn doch davon überzeugen müssen, früher aufzustehen, ihre drei Kinder alleine herzurichten und die beiden Kleinen in die Kita zu bringen. Fred hatte zunächst unwillig gebrummt, sich dann aber gefügt. Schließlich würde sie heute um vierzehn Uhr der Kita-Aufführung beiwohnen. Ihre Teilnahme abzusagen brachte sie nicht übers Herz. Genauso wenig brachte sie es fertig, nicht alles zu geben, um Kiaras Martyrium so schnell wie möglich zu beenden. Es fühlte sich schrecklich an, weder den Anforderungen als Mutter noch als Kriminalistin gerecht zu werden.

So lief sie in diesem Augenblick nach viel zu wenig Schlaf um kurz nach sechs Uhr morgens von der U-Bahn zum Präsidium. Vor der Pforte traf sie auf einen Mann. Er trug einen teuren Anzug, war jedoch weder gekämmt noch rasiert und machte auf sie einen hilfsbedürftigen Eindruck. Sie blieb stehen. Er wirkte geistig abwesend, machte acht Schritte, bog in einem rechten Winkel ab, machte erneut acht Schritte, um dann in einem weiteren rechten Winkel abzubiegen. Sie schaute zu, wie er zwei Quadrate lief. Mit dem Typen stimmte ganz eindeutig etwas nicht. Sollte sie ihm ihre Hilfe anbieten? Nein, dann würde sie ihren Job als Kommissarin nicht schaffen. Schweren Herzens wandte sie sich von ihm ab. Sollten sich die Kollegen um ihn kümmern.

In Gedanken bei den vor ihr liegenden Aufgaben betrat sie die Sicherheitsschleuse.

»Ach, Frau Kommissarin Walter, gut, dass Sie schon kommen!«, sprach sie der Diensthabende an.

Aus ihren Gedanken gerissen wandte sie sich dem älteren Kollegen zu.

»Haben Sie den Mann da draußen gesehen?«

»Klar …«

»Er wartet anscheinend seit vier Uhr da draußen auf Ihren Kollegen Hurlebaus. Ich war schon versucht, den Kommissar auf seinem Handy anzurufen, aber …«

Er zuckte mit den Schultern.

»Was will der Mann von ihm?«

»Ihn dringend sprechen. Es geht wohl um seine Tochter.«

»Seine Tochter? Wissen Sie, wie er heißt?«

»Weltke.«

»Weltke? Ich kümmere mich um ihn!«

Mit dem hätte sie heute ohnehin sprechen müssen. Manchmal meinte das Schicksal es gut mit ihr. Eilig verließ sie das Gebäude.

»Herr Weltke!«

Der Mann zuckte zusammen, erwachte aus einer Art Trance. Verwirrt blickte er um sich. Zweimal strichen seine Augen achtlos über sie hinweg. Erst als er niemand anderen fand, blieb sein Blick an ihr hängen.

»Ich bin Kommissarin Walter, die direkte Kollegin von Herrn Hurlebaus. Ich weiß über Kiara Bescheid, wollen Sie …«

»Endlich! Ich bin schier verrückt geworden und habe heute Nacht kein Auge zugetan! Sie müssen …«

»Stopp!«

Sie streckte ihm ihre flache Hand entgegen.

»Jetzt kommen Sie erst einmal mit in mein Büro. Dann hole ich Ihnen einen Kaffee und dann …«

»Keinen Kaffee! Lassen Sie uns lieber zur Sache kommen!«

Zielstrebig steuerte er an ihr vorbei auf die Pforte zu. Bianca sah ihm irritiert nach, zuckte dann mit den Schultern und folgte ihm. Wenige Minuten später saßen sie in der Besprechungsecke ihres Büros einander gegenüber.

»Am besten kläre ich Sie zunächst darüber auf, dass ich Autist bin. Daher …«

»Autist? War …«

Diesmal war er es, der ihr mit der flachen Hand Stopp signalisierte.

»Lassen Sie mich bitte ausreden. Ich arbeite seit Stunden daran, Ihrem Kollegen alles Wesentliche klar strukturiert vorzutragen. Wenn dann noch Fragen offen sind, können Sie diese stellen. Einverstanden?«

Bianca öffnete den Mund, schloss ihn dann jedoch wieder und nickte.

»Als Autist begreife ich viele zwischenmenschliche Dinge nicht richtig. Daher habe ich eine Psychologin, an die ich mich bei Bedarf jederzeit wenden kann und die mir dann alles Relevante so erklärt, dass ich es zumindest rational zu einem gewissen Grad nachvollziehen kann.

Nach Kiaras Verschwinden rief ich natürlich sofort Frau Rust, so heißt die Psychologin, an. Sie erklärte mir, dass Kiaras Verschwinden nicht schön wäre, aber vermutlich mit der problematischen Beziehung zwischen Kiara und ihrer Mutter zusammenhinge. Ich verstand zwar auch nach einem ausführlichen Gespräch nicht, was für einen Sinn es macht, dass Kiara einfach abhaut. Aber ich glaubte den wiederholten Beteuerungen meiner Psychologin, fast vierzehn sei ein schwieriges Alter, oft in besonderem Maße zwischen Töchtern und Müttern, und dass da so etwas nicht so selten vorkomme. Ich sollte mir keine Sorgen machen, was ich dann auch nicht mehr tat.

Als gestern ihr Kollege bei mir auftauchte, kam mir das komisch vor. Also rief ich Frau Rust an. Sie meinte, sie habe schon auf meinen Anruf gewartet und ob ich denn nichts in der Zeitung gelesen hätte. Ihre Worte verwirrten mich. Daraufhin erklärte sie mir, dass Lehrer Siegel, für den Kiara eine, laut meiner Psychologin und meiner Ex-Frau nicht weiter bedenkliche, Schwärmerei hegte, ermordet wurde. Selbst ich merkte, dass sich hierdurch entscheidend etwas geändert hat. Frau Rust konnte mir auch nicht erklären, was los ist. Diesmal beantwortete sie meine Frage, ob es jetzt richtig wäre, sich Sorgen zu machen, mit Ja. Daher frage ich nun Sie: Was ist mit meiner Tochter passiert?«

Erwartungsvoll sah er die Kommissarin an. Bianca räusperte sich, um Zeit zu gewinnen. Sie fühlte sich von der Situation überfordert, zumal zu so früher Stunde.

»Hängen der Mord an dem Lehrer und das Verschwinden meiner Tochter unmittelbar miteinander zusammen?«

Oh Gott! Was sollte sie diesem Mann denn sagen, der offensichtlich wie ein eigenartiges Computerprogramm funktionierte? Sollte sie einen Polizeipsychologen um Hilfe bitten? Aber um diese Uhrzeit war sicher noch keiner von denen im Dienst.

»Ich werde Sie nicht verklagen, egal, wie Ihre Antwort ausfällt. Ich sage das nur, falls die Sorge hiervor Sie von einer Antwort abhält!«

»Deswegen zögere ich mit meiner Antwort nicht. Ich weiß schlicht nicht, ob beides miteinander zusammenhängt.«

»Aber Ihnen müssen Datenbanken über ähnlich Fälle zugänglich sein. Mir ist klar, dass Sie es letztendlich nicht wissen können. Mit einer fundierten Einschätzung der Wahrscheinlichkeit, ob beides miteinander zusammenhängt oder nicht, wäre ich schon zufrieden!«

»Nun, es ist zumindest eine von mehreren Hypothesen, die wir aktuell verfolgen.«

»Das reicht mir nicht! Als Wissenschaftler bin ich mit der hypothesengeleiteten Arbeitsweise vertraut. Was sagen Ihre Datenbanken über die ...«

»Hören Sie doch mit Ihren Datenbanken auf!«

Verärgert starrte Bianca den Typen an. Seine Tochter kämpfte wahrscheinlich in einem finsteren Verließ um ihr Leben und er faselte von Datenbanken! Unsicher sah Herr Weltke sie an.

»Sind Sie jetzt verärgert?«

»Ja!«

»Wegen mir?«

»Ja!«

»Warum? Ich will doch nur wissen ...«

»Lassen Sie uns zunächst gemeinsam eine andere unserer Arbeitshypothesen ausschließen! Okay?«

Er überlegte kurz, nickte dann.

»Das erscheint mir vernünftig.«

»Angenommen Kiara wäre entführt worden ...«

»... weil ich ein reicher Mann bin. Dann hätte ich mich

selbstverständlich umgehend an Sie beziehungsweise an Ihre Institutionen, die Polizei, gewandt. Statistisch gesehen sind die Chancen eines Entführungsopfers besser, wenn Angehörige das tun. Können wir hiermit eine Ihrer anderen Arbeitshypothesen als falsifiziert ansehen?«

Bianca atmete langsam aus. Da hatte sie ihren Auftrag ja viel schneller als gedacht erledigt. Andererseits …

Wie selbstverständlich ging Bianca davon aus, sich als erste von ihnen Dreien an ihren Auftrag gemacht zu haben. Doch das war weit gefehlt. Direkt nach Verlassen der Kneipe hatte Olga den Leiter der Kriminalinspektion 4 angerufen, dessen private Mobilnummer sie besaß. Bestimmt hatte er gestöhnt, als ihr Name zu so später Stunde auf dem Display seines Smartphones erschien. Trotzdem war er rangegangen, hatte einfach nur gefragt, was er diesmal für sie tun könne. Ihre Anrufe bedeuteten für ihn und seine Leute zusätzliche Arbeit. Aber er schätzte Kommissarin Oleg. Und keinem engagierten Polizisten war das Schicksal verschwundener Jugendlicher gleichgültig. Also kooperierte er klaglos mit ihr. Bei ihm musste sie nicht erwähnen, dass sich im Zweifel der Polizeipräsident für ihr Anliegen einsetzen würde. Diesmal hatte sie einen kuriosen Wunsch geäußert. Trotzdem hatte er nicht einmal nachgefragt, sondern einfach versichert, seine Leute seien zur gewünschten Zeit am gewünschten Ort.

So saß sie um Viertel nach sechs mit Mehmet und Svenja, so hatten die Kollegen sich vorgestellt, in deren zivilen Dienstwagen vor einem Reihenhaus im Römerkastell auf dem Hallschlag. Soeben hatte sie den beiden ihren Auftrag erklärt. Schweigend hatten die Zivilkollegen zugehört.

»Noch Fragen?«

»Klar!«

Mehmet blitzte sie herausfordernd an.

»Warum hast du unbedingt nach mir verlangt?«

»Ich habe nicht nach dir verlangt, schließlich kannte ich dich bis vor einer Viertelstunde nicht!«

»Geschenkt! Du weißt, was ich meine!«

Svenja sah die beiden ratlos an. Olga holte tief Luft.

»Ich bin nie in Deutschland zur Schule gegangen, sondern kam erst mit zwanzig aus der Ukraine hierher. Dementsprechend weiß ich nicht aus eigener Erfahrung, wie es in deutschen Schulen läuft. Allerdings hatte ich in den letzten Jahren reichlich mit Schülern und Lehrern zu tun. Deshalb würde ich sagen, wenn ich noch einmal jung wäre und hier zur Schule ginge, würde ich, obwohl ich die Russen nicht mag …«

»Innerhalb der Klasse zur Gruppe der Russen gehören! Alles klar, ich habe es verstanden!«

Mehmet grinste, während Svenja noch ratloser dreinschaute. Voller Elan fuhr er fort:

»Ich würde zu den Dönern gehören, obwohl meine Eltern aus dem Libanon stammen und Svenja wäre bei den Kartoffeln.«

»Russen, Döner, Kartoffeln … Kann mir jemand mal erklären, was das soll?«

»Wenn du es nicht weißt, warst du bestimmt auf dem Gymnasium, wahrscheinlich irgendwo draußen im Speckgürtel oder ganz auf dem flachen Land. Stimmt's?«

Svenja gab keine Antwort, sah aber ziemlich beleidigt aus.

»Was Mehmet eigentlich sagen will, ist, dass Menschen dazu tendieren Komplexität zu reduzieren …«

»… je niedriger die Schulform, desto stärker tendieren sie dazu. Gleiches gilt für die Komplexität oder, wie man heutzutage lieber sagt, Vielfalt, unter der Herkunft der Schüler. Ich wollte dich nicht beleidigen, sondern ging einfach davon aus, dass du eine höhere Schulform mit einer homogeneren Schülerschaft besucht hast.«

Svenja dachte kurz nach.

»Okay, aber warum hast du dann gezielt nach Mehmet verlangt und nicht nach mir? Annika gehört doch bestimmt eher zu den Kartoffeln, als zu den Dönern!«

»Das würde stimmen, wenn sie äußerlich mehr nach ihrer Mutter geraten wäre und nicht mit Nachnamen Hakimi hieße.«

»Und warum sollen wir herausfinden, mit welchen Leuten sie herumhängt? Und ob sie einen Verehrer hat, dem eine Gewalttat zuzutrauen ist oder sie selbst zu einer gewalttätigen Clique gehört?«

»Weil möglicherweise ...«

»... einer von denen den Lehrer im Weinberghäusle ermordet hat?«

Olga nickte. Mehmet bekam große Augen, Svenja schluckte.

»Wie alt ist Annika eigentlich?«

»Fast fünfzehn.«

»Also vierzehn! Und ihr traut ihren Kumpels einen Mord zu?«

»Nicht einen!« Mehmet schüttelte den Kopf. »Ihr glaubt an zwei Morde! Der Lehrer wäre nur so eine Art Kollateralschaden, eigentlich denkst du an das verschwundene Mädchen!«

»Stimmt.«

Entsetzt sah Svenja die ältere Kollegin an.

»Heißt das, wenn wir Erfolg haben, finden wir eine schrecklich zugerichtete Dreizehnjährige, die man irgendwo verscharrt hat?«

»Nicht unbedingt. Kiara könnte auch entkommen sein und sich versteckt halten.«

Schweigen trat ein. Die jungen Kollegen, Olga hatte explizit nach solchen verlangt, mussten das Gehörte erst einmal verdauen.

»Was hat Kiara dieser Annika Schreckliches angetan, dass ihr so etwas für möglich haltet?«

Mehmet verzog das Gesicht.

»Was wohl? Gab es bei dir auf dem Gymnasium kein Mobbing?«

»Nein!«

»Das glaube ich nicht!«

»Und wenn schon! So schlimm kann es doch nicht sein, dass man deswegen …«

»Hast du eine Ahnung!«

»Ruhe bitte! Wir wissen noch nicht einmal mit Sicherheit, ob Annika von Kiara gemobbt wurde oder ob sie aus anderen Gründen sauer auf Kiara ist. Ich werde hart daran arbeiten, möglichst heute noch Klarheit darüber zu erlangen. Jedenfalls ist Annika voller Hass auf Kiara und bezeichnete sie als Hexe!«, unterbrach Bianca die beiden.

Erneut kehrte Schweigen ein.

»Na prima! Entweder wir arbeiten die nächsten Tage mehr oder weniger rund um die Uhr, um herauszufinden, dass unser Zielobjekt nichts mit der Sache zu tun hat, oder wir finden eine verstümmelte Dreizehnjährige! Da ist es ja noch sinnvoller, Dealer zu jagen, die ein wohlmeinender Richter anschließend mit ein paar mahnenden Worten, die echt für den Arsch sind, wieder laufen lässt!«

»So darfst du es nicht sehen! Entweder helft ihr uns, alle Kräfte möglichst rasch in die Richtung zu bündeln, die uns zu Kiaras Gefängnis führt. Oder ihr verschafft ihren Eltern Gewissheit. Letztere ist zunächst zwar grausam, aber auf Dauer besser, als nicht zu wissen, was mit dem eigenen Kind passiert ist. Fast jede Woche rufen mich Eltern an, deren Kinder wir seit Jahren nicht finden können. Die quälen sich … Da ist sie!«

Olga, die nie den Eingang aus dem Blick gelassen hatte, wies nach vorne.

»Wow! Eine richtige Schönheit! Die soll erst vierzehn sein?«

Mehmet pfiff anerkennend durch die Zähne, was ihm einen missbilligenden Blick seiner Kollegin eintrug. Dann folgten alle drei mit ihren Blicken der Jugendlichen.

»Sie läuft Richtung Bus, Svenja, du bist dran. Mehmet, du folgst ihnen mit Abstand im Auto.«

Die jungen Kollegen nickten. Leise öffneten die beiden Frauen die Türen und stiegen aus. Annika drehte sich nicht um. In aller Ruhe ging sie Richtung Bushaltestelle.

Ich verschwendete keinen Gedanken daran, ob meine Kolleginnen sich schon an ihre Aufträge gemacht hatten. Danach befragt, hätte ich es allerdings ohne Zögern bejaht, waren die beiden doch viel fleißiger als ich. Nicht, dass ich faul wäre, aber ich verließ mich lieber auf meinen Instinkt, als auf meinen Fleiß. Und ersterer sagte mir, dass mein Auftrag nirgendwo hinführen würde, zumindest was Herrn Kinkel betraf. Ich hielt eine andere Möglichkeit für viel wahrscheinlicher, auch wenn ich noch nicht ernsthaft über jene nachdenken mochte. Sollte diese zutreffen, bestand kein Grund zur Eile.

Zwar hatte auch ich am Vorabend, direkt nach dem Verlassen der Kneipe, einen Anruf getätigt, aber keinen dienstlichen. Im ersten Augenblick war ich enttäuscht gewesen, dass meine Tochter Lena für einen Ausflug mit mir nicht alles stehen und liegen ließ. Aber natürlich war es toll, dass Lena ihr Studium, welches sie zu meiner Freude wiederaufgenommen hatte, wichtiger nahm als einen Trip mit mir.

So hatte ich nach einem gemütlichen Frühstück meine Tasche gepackt und war ins Präsidium gefahren. Dort hatte ich versucht, so viele Informationen wie möglich telefonisch einzuholen, war jedoch schnell an Grenzen gestoßen. Jetzt stand ich vor der Pädagogischen Hochschule in Ludwigsburg und wartete auf Lena. Seit dem Scheitern meiner Beziehung mit Cora, in die ich mich bei meinen Ermittlungen auf Mallorca verliebt hatte, fühlte ich mich wund und einsam. Für eine neue Liebe war ich noch nicht bereit. Umso stärker sehnte ich mich nach Lenas Nähe.

Vor fünf Minuten hatte das Seminar geendet, welches sie als wichtiger als unseren Ausflug ansah. In diesem Augenblick verließ sie das Gebäude. Ich winkte ihr. Ein Strahlen, das mein Herz erwärmte, erschien auf ihrem Gesicht. Noch besser taten mir ihre Umarmung und ihre Küsse auf meine Wangen.

»Wartest du schon lange?«

»Auf dich würde ich noch sehr viel länger warten!«

»Alter Charmeur!«

Sie knuffte mich in die Seite, zeigte dann auf mein Auto.

»Deiner?«

»Klar.«

»Elektrisch?«

»Zum Teil.«

»Immerhin ein Fortschritt! Und dein alter Diesel? Verschrottet?«

Ich zuckte mit den Schultern, wollte ich sie doch nicht anlügen.

»Steig ein, wir sind spät dran.«

Wenig später fuhren wir auf der Autobahn Richtung Norden.

»So ganz habe ich ja nicht verstanden, wo du mit mir hinfährst.«

»In die Stadt mit der größten Weihnachtskerze der Welt.«

»Aha.«

»Wirklich, die haben einen Eintrag im Guinnessbuch!«

»Wie groß soll die Kerze denn sein?«

»Rund vierzig Meter.«

Sie sah mich schräg von der Seite an.

»Du veräppelst mich!«

»Nein, allerdings handelt es sich um keine echte Kerze. Zum Weihnachtsmarkt wird ein mittelalterlicher Turm mit rotem Stoff umkleidet und oben drauf kommt eine mehrere Meter hohe Flamme aus elektrischen Lampen. Aus der Ferne sieht das dann wie eine riesige Weihnachtskerze aus.«

»Wahnsinnig spannend! Es ist aber noch zu früh für Weihnachtsmärkte.«

»Stimmt.«

»Also, was machen wir dann dort?«

»Ich erledige Hintergrundrecherchen. Außerdem machen wir uns gemeinsam eine schöne Zeit.«

»Dann bin ich dein Hilfssheriff?«

»Würdest du mir denn helfen?«

»Klar!«

Freude erfasste mich, war sie doch bisher der Polizei gegenüber mehr als kritisch eingestellt gewesen.

»Bei dir hat sich ja ganz schön was verändert.«

»Stimmt. Vielleicht schmeiße ich mein Studium hin und werde auch Polizistin.«

Ich zuckte so heftig zusammen, dass der Wagen ins Schlingern geriet.

»Hey, pass doch auf!«

»Entschuldige, aber was erschreckst du auch einen alten Mann so!«

»So alt bist du nun auch wieder nicht!«

Das Gespräch ebbte ab. Wir hingen unseren jeweiligen Gedanken nach.

»War es ernst gemeint, dass du Polizistin werden willst?«

»Ein bisschen schon.«

»Was ist mit deinem Studium?«

»Ich weiß nicht. Irgendwie habe ich das Gefühl, es passt nicht mehr richtig.«

»Wann hat es denn gepasst?«

»Ich habe mich nie erwachsen gefühlt, auch nach dem Abitur und meinem Jahr Weltreise nicht. Da ich mir selbst noch jugendlich vorkam, dachte ich, es sei nice, mit Jugendlichen zu arbeiten.«

»Und jetzt? Fühlst du dich jetzt erwachsener?«

»Noch nicht ganz, aber schon eher.«

»Kannst du trotzdem noch gut mit Jugendlichen?«

»Klar! Ich habe gehört, ihr sucht eine verschwundene Jugendliche.«

»Von wem hast du das gehört?«

»Von Bianca.«

So blöd es auch war, reagierte ich mit Eifersucht. Telefonierten die beiden miteinander oder trafen sich gar hinter meinem Rücken?

»Die darf dir das gar nicht sagen!«

»Sei nicht so streng. Wir wohnen im gleichen Stadtteil, da läuft man sich über den Weg. Ich glaube, sie hat es mir erzählt, um dich in Schutz zu nehmen.«

»Mich in Schutz zu nehmen?«

»Naja, halt um zu erklären, warum du dich gerade nicht bei mir meldest.«

»Hab ich doch!«

»Stimmt. Erzählst du mir was über den Fall?«

Eigentlich durfte ich das natürlich nicht.

Bianca hatte sich zunächst unerwartet schnell und leicht am Ziel gewähnt. Im Bemühen, ihren Teil der Arbeit gründlich zu erledigen und darauf trainiert, keine Möglichkeit auszuschließen, hatte sie Herrn Weltke gefragt, ob sich die Entführer auch an seine Ex-Frau gewandt haben könnten. Das war jenem extrem unlogisch erschienen, da schließlich er das Geld besitze. Bianca hatte argumentiert, wer ihn kenne, wisse, dass er in jedem Fall die Polizei einschalten würde und es daher aus Sicht der Entführer durchaus logisch sei, sich an Kiaras Mutter zu wenden. Mit großen Augen fiel diesem daraufhin ein, dass seine Ex-Frau kurz nach Kiaras Verschwinden einigermaßen verzweifelt von ihm einhunderttausend Euro verlangt habe. Nein, natürlich habe er nicht gezahlt! Daraufhin hatte sich ein Dialog zwischen dem Vater und der Kommissarin entwickelt, der irgendwo zwischen grotesk, komisch und zum Verzweifeln anzusiedeln war. Letzterer Aspekt hatte mit zunehmender Dauer des Gesprächs überhandgenommen.

Früher hatte Bianca eine Serie rund um einen hochintelligenten Autisten in einer Physiker-WG geliebt. Leider half ihr das nichts. Inbrünstig wünschte sie sich den Dienstantritt der Polizeipsychologen herbei. Als der Erste eintraf, von der Pforte instruiert, sich umgehend bei ihr zu melden, meinte er nur lapidar, mit Autisten kenne er sich nicht aus, mit hochintelligenten schon gar nicht. Er beschäftige sich mehr mit Psychopathen. Gleiches gelte für seine Kollegen.

Herb enttäuscht war sie zu Herrn Weltke zurückkehrt, der aussah, als würde er gleich ausflippen, was Bianca unangenehm an Herrn Kinkels Ausrasten erinnerte.

In ihrer Verzweiflung entschied sie sich, kurzerhand Frau Weltke anzurufen und zum Gespräch dazuzubitten. Unter jeder ihrer drei Mobilnummern ertönte die Ansage, die Teilnehmerin sei derzeit nicht erreichbar, was angesichts der nahen Mittagszeit sowohl ihr als auch Herrn Weltke seltsam vorkam. Schließlich schlug jener vor, seine Psychologin anzurufen. Erleichtert stimmte Bianca zu, ärgerte sich zugleich, nicht selbst darauf gekommen zu sein.

Herr Weltke erreichte Frau Rust glücklicherweise umgehend. Leider konnte diese jedoch erst am frühen Abend zu diesem vorhersehbar längeren Termin dazukommen, wusste sie doch, wie ihr Klient tickte. In der Hoffnung, es irgendwie mit den Kindern organisiert zu bekommen, stimmte Bianca zu. Frau Rust sagte Herrn Weltke noch, er habe alles richtiggemacht, momentan könne er nichts weiter tun, er solle sich hinlegen und sich ein paar Stunden ausruhen. Die Kriminalistin war von der Wirkung der Psychologin auf Herrn Weltke beeindruckt, war dieser nach dem kurzen Telefonat doch wesentlich ruhiger. Ohne Zögern verabschiedete er sich, um zu schlafen.

Bianca leitete mit dem Verdacht auf eine Kindesentführung, bei der die Mutter nicht mit der Polizei kooperierte, eine Beschattung und Telefonüberwachung Frau Weltkes ein. Kiaras Verschwinden wurde täglich neu aufgekocht, auch überregionale Medien waren aufgesprungen. Die Story von der verschwundenen, in ihren ermordeten Lehrer verliebten Dreizehnjährigen war einfach zu reizvoll. Auch die von Frau Weltke grundlos von ihrem Mann verlangten hunderttausend Euro und der Umstand, dass Bianca sie seit Stunden nicht erreichen konnte, obwohl ihre Tochter verschwunden war, halfen. Also drückten alle Stellen Augen samt Hühneraugen zu und genehmigten die Angelegenheit in Rekordzeit.

Bianca raste zur Kita, verpasste dennoch den Anfang der Aufführung, was ihr vorwurfsvolle Blicke eintrug. Als sie endlich saß, bemühte sie sich um einen aufmerksamen Gesichtsausdruck, konnte innerlich jedoch nicht von dem Fall abschalten. Außerdem musste sie noch die Betreuung der Kinder organisieren, was sie so kurzfristig für unmöglich hielt. Stattdessen erwies es sich als überraschend leicht. Letztendlich erwies sich die Prominenz des Falles als hilfreich. Dass sie als dreifache Mutter Kiara suchte und nach dem Mörder ihres Lehrers fahndete, hatte die Runde gemacht. So waren andere Mütter äußerst bereitwillig, ihre Kinder zu betreuen, bis Fred sie abholen kam.

Die Kriminalistin eilte zurück ans Präsidium. Ein Observationsteam befand sich mittlerweile vor Frau Weltkes Wohnung, in der kein Licht brannte und sich auch sonst nichts rührte. Ihr Handy war ausgeschaltet, ließ sich also nicht orten. Was war da los? Hatte die Mutter anderswo das Geld aufgetrieben und die Entführer hatten ihr etwas angetan, statt Kiara freizulassen? Oder wollte sie einfach nur ihre Ruhe haben, war womöglich sogar vor der Presse geflohen? Aber welche Mutter war bei einem verschwundenen Kind einen ganzen Tag lang nicht erreichbar?

Herr Weltke traf in Begleitung seiner Psychologin ein. Diese entpuppte sich als reife Dame mit Lachfältchen um die Augen und war Bianca auf Anhieb sympathisch. Er selbst hatte sich rasiert und gekämmt, wirkte aber noch immer übermüdet und hektisch.

»Wir konnten Kiaras Mutter den ganzen Tag nicht erreichen. Ist das normal?«

»Das fragen Sie mich? Ich weiß bei so vielen Dingen nicht, was normal für andere Menschen ist, bei Karina noch viel weniger!«

»Die Kommissarin meint, ob so etwas schon häufiger vorkam?«, erläuterte die Psychologin.

»Dass Karina einen Tag lang nicht erreichbar war?«

»Ja.«

»Keine Ahnung, ich versuche nie, sie zu erreichen, sondern bin froh, wenn ich nichts von ihr höre. Sie will immer nur Geld von mir.«

»Wollte sie schon häufiger hunderttausend Euro?«

»Nein.«

»Frau Walter will bestimmt auch wissen, ob sie früher schon einmal eine ähnlich hohe Summe wollte, sagen wir zwischen zwanzig- und zweihunderttausend Euro. Du darfst ihre Frage nicht so exakt auffassen.«

Bianca war fasziniert von der Übersetzung und gleichzeitig schockiert, woran ein Gespräch mit Herrn Weltke offenbar scheitern konnte.

»Nur einmal, direkt nach unserer Scheidung. Damals kaufte ich ihr die Wohnung, in der Kiara und sie leben.«

Das Gespräch zog sich hin, ohne dass Bianca etwas Interessantes erfuhr. Sie versuchte, ein Bild von Frau Weltke oder der Beziehung zwischen ihm und ihr zu bekommen, was ihr nicht gelang. Schließlich schlug Frau Rust vor, Herr Weltke solle Pause machen und sich erholen, sie werde der Kommissarin so lange Gesellschaft leisten. Kaum war er draußen, lächelte sie warm.

»Werner ist ein ganz besonderer Mensch.«

»Das ist mir auch schon aufgefallen. Sie scheinen ihn sehr zu mögen.«

»Er kam nach dem Tod seiner Mutter zu mir. Ich bin für ihn weniger Psychologin, als vielmehr Muttersatz. Natürlich erleichtert mir mein psychologisches Wissen den Umgang mit ihm. Aber hauptsächlich kann ich ihm helfen, weil er mir völlig vertraut.«

»Kennen Sie seine Ex-Frau?«

»Nein, als Werner zu mir kam, war er bereits geschieden. Frau Weltke verweigerte auch bei Schwierigkeiten zwischen ihr und ihm standhaft ein Gespräch zu dritt.«

Bianca sah die Psychologin nachdenklich an.

»Hatte sie Angst vor Ihnen? Angst, Sie könnten etwas an ihr durchschauen, was sie lieber verbergen will?«

Frau Rust lächelte.

»Das ist eine mögliche Erklärung. Es gibt aber auch andere, harmlose.«

»Welche Schwierigkeiten hatten die beiden miteinander?«

»Es fällt mir schwer, schlecht über andere zu sprechen, noch dazu über Menschen, denen ich nie persönlich begegnet bin. Aber es ging immer ums Finanzielle, wobei Geld stellvertretend für vieles stehen kann. Bei Frau Weltke hatte ich immer den Eindruck, an Werner interessierte sie nur sein Geld. Die beiden heirateten, als sie schwanger war. Angeblich hatte sie die Pille vergessen. Ich behaupte, sie hat es auf die Schwangerschaft angelegt, um ihn melken zu können. Ein Jahr nach Kiaras Geburt reichte sie die Scheidung ein.«

»Was können Sie mir über Kiara sagen?«

»Ihre Mutter verbot explizit, dass ich mit Kiara rede. Es doch zu tun hätte mich im Extremfall meine Zulassung gekostet, also habe ich es unterlassen. Allerdings stand ich mehr als einmal kurz davor, wegen Kindeswohlgefährdung das Jugendamt einzuschalten.

Werner ist ein wunderbarer Mensch, aber Sie haben ihn erlebt. Sein Mangel an Empathie gehört zu seiner Krankheit. Aufgrund seiner Schilderungen machte ich mir Sorgen, ob wenigstens Kiaras Mutter die notwendige Empathie für ihre Tochter aufbringt. Für eine gesunde Entwicklung benötigt ein Kind doch dringend eine einfühlsame Bezugsperson.«

»Was hielt Sie davon ab, sich ans Jugendamt zu wenden?«

»Mein Misstrauen gegenüber Werners Schilderungen. Als Autist kann er zwischenmenschliche Beziehungen nicht wirklich erfassen, auch nicht die zwischen Kiara und ihrer Mutter. Außerdem wollte ich nicht als so eine Art Blockwart dastehen, der seine Mitmenschen ausspioniert. Irgendwann war es dann zu spät. Sie glauben gar nicht, wie oft ich es bereute, nicht rechtzeitig gehandelt zu haben!«

»Rechtzeitig? Wofür? Sie können es doch auch heute noch tun!«

»Das wäre sinnlos, irgendwann ist der Mangel an Empathie irreversibel.«

Bianca schluckte, sah die Psychologin mit großen Augen an.

»Wollen Sie damit sagen, Kiara könnte eine psychische Störung entwickelt haben?«

»Ja.«

»Welcher Art?«

Die Psychologin zauderte.

»Eine antisoziale Persönlichkeitsstörung?«

»Für die harte Diagnose ist Kiara noch zu jung, aber in die Richtung könnte es durchaus gehen. Ziemlich sicher bin ich mir jedenfalls, dass sie die hohe Intelligenz ihres Vaters geerbt hat.«

Es war zum Verzweifeln! Olga hatte Frau Wanninger so lange bearbeitet, bis die Lehrerin gemeinsam mit ihr vor Kiaras Klasse getreten war. Dort hatte die Polizistin die Schüler inständig darum gebeten, mit ihr zu reden. Sie hatte den Schülern erklärt, dass sie, um Kiara zu finden, dringend umfassende Hintergrundinformationen benötige. Die Schüler sollten daher ihre Eltern bitten, mit ihr sprechen zu dürfen. Anschließend hatte sie per E-Mail einen flammenden Appell ähnlichen Inhalts an die Eltern verfasst und an Frau Wanninger gesandt, den diese vor ihren Augen mit einem Verteiler der Schule weitergeleitet hatte.

Seither wartete sie. Es war zum Mäusemelken, wie sehr Datenschutz und Persönlichkeitsrechte manchmal ihre Arbeit erschwerten, selbst wenn es um eine vermisste Jugendliche ging! Auch die jungen Kollegen von der Drogenfahndung hatten sich noch nicht gemeldet. Ob die schon Fortschritte machten?

Svenja beobachtete, wie Annika an der Bushaltestelle eine Freundin traf. Die beiden begrüßten sich mit Küsschen, ehe sie eifrig plaudernd in den Bus einstiegen. Olga lief im Bus an den beiden vorbei und nahm mehrere Reihen hinter ihnen Platz. Die Freundin gehörte vermutlich auch zur Döner-Fraktion. Unwillkürlich musste Svenja grinsen.

Am Cannstatter Bahnhof wurden die beiden Plaudertaschen von zwei weiteren Mädchen erwartet, die eindeutig zu den Kartoffeln gehörten, was Svenja leicht enttäuschte. Die vier hätten vermutlich nicht einmal die Beschattung durch eine Truppe uniformierter Kollegen bemerkt, so stark waren sie mit sich beschäftigt. Mit der S-Bahn fuhren sie eine Haltestelle weit stadtauswärts. Von dort folgte die Fahnderin ihnen einen weiten Fußweg zu einem der Cannstatter Gymnasien. Als das Gebäude in Sicht kam, orderte sie per Telefon ihren Kollegen her. Mehmet traf mit dem Auto ein, ehe die vier Mädels die Schule betraten, und parkte mit guter Sicht auf den Haupteingang. Svenja stieg auf der Beifahrerseite ein.

»So ein Mist, das wird eine langwierige und langweilige Angelegenheit!«

Svenja schüttelte den Kopf. Warum waren männliche Kollegen, besonders südländische, nur immer so ungeduldig?

»Das ist mein Temperament, da kann ich nichts für!«

Er grinste Svenja breit an. Sie verdrehte die Augen und zückte ihr Smartphone. Mehmet beobachtete sie eine Weile, dann wandte er seine Aufmerksamkeit wieder der Schule zu. Sollte er vielleicht reingehen und mit der Sekretärin flirten, um den Stundenplan dieser Annika herauszubekommen? Bei einer jungen, hübschen Tippse besaß die Vorstellung ihren Reiz. In seiner eigenen Schule war die Sekretärin allerdings ziemlich zickig und alt gewesen. Die Vorstellung, in dem Gymnasium auf eine solche zu stoßen, turnte ihn ab.

Erneut wandte er seine Aufmerksamkeit Svenja zu. Rein äußerlich gefiel die Kollegin ihm sehr. Andererseits war sie eindeutig eine Zicke, was er überhaupt nicht gebrauchen konnte. Unentwegt tippte sie auf ihr Smartphone ein. Vermutlich chattete sie mit ihren Freundinnen. Oder mit ihrem Freund? Ob sie in festen Händen war? Es störte ihn, dass er sich diese Frage stellte. Svenja war nicht nur eine Zicke, sondern hielt sich für etwas Besseres, weil sie auf dem Gymnasium gewesen war. Pah, und wenn schon! Dafür schrieb sie in der Dienstzeit private Nachrichten, während er die Schule im Auge behielt! Wenn die Sache nur nicht so langweilig wäre!

»Ich gehe mal rein!«

»Wozu?«

»Um Annikas Stundenplan rauszubekommen.«

»Wie willst du das denn anstellen?«

»Ähm, ich könnte mit der Sekretärin … ein bisschen … plaudern.«

»Du meinst wohl flirten!«

Seit sie nebeneinander im Auto saßen sah sie ihm zum ersten Mal direkt ins Gesicht. Dabei grinste sie anzüglich.

»Und wenn schon!«

Beleidigt wandte er sich ab.

»Das musst du nicht, ich habe ihren Stundenplan. Sie hat kurz vor halb vier aus.«

Sein Kopf fuhr zurück zu ihr. Ungläubig starrte er sie an.

»Woher hast du Annikas Stundenplan?«

»Von der Homepage der Schule. Was denkst du, treibe ich die ganze Zeit, während du Löcher in die Luft starrst?«

Mehmet stöhnte innerlich auf, wäre am liebsten vor Scham im Boden versunken. Es war schon schlimm genug, dass sie ihn abgehängt hatte, aber dann ausgerechnet noch im Internet, einer technischen Domäne!

Svenja tippte eine Nummer ein. Ihr Telefon begann zu tuten.

»Ja, guten Morgen, hier spricht Frau Schulz. Ich wollte nur sichergehen, dass meine Tochter Paula aus der 8c heute nicht wieder vorzeitig aus der Schule kommt … Sie wissen doch, wie Mädels in dem Alter … natürlich verstehe ich Sie, können Sie mir trotzdem sagen, ob heute … nein? Gut, vielen Dank, auf Wiederhören.«

Svenja grinste stolz.

»Alles klar, unser Zielobjekt wird vermutlich erst in knapp sieben Stunden das Gebäude verlassen. Es ist doch absolut unnötig, dass wir so lange beide hier Wache schieben und einander auf die Nerven gehen. Dein großer Auftritt kommt heute Nachmittag, wenn Annika sich auf dem Hallschlag mit einer Döner-, Gangsta- oder sonstigen Clique trifft. Wie wäre es, wenn du dich bis dahin aufs Ohr legst und ich alleine aufpasse?«

Mehmet würde ihr gerne sagen, dass sie ihm keineswegs auf die Nerven ging, sondern im Gegenteil ziemlich gut gefiel. Aber damit würde er nur eine spöttische Abfuhr kassieren. Darauf konnte er verzichten.

»Du hast recht, das ist besser, als stundenlang hier neben dir zu hocken und sich gegenseitig auf die Nerven zu gehen!«

Ohne ihre Antwort abzuwarten, stieg er aus. Ehe er die Tür zuknallte, hörte er, wie sie ihn aufforderte, spätestens um fünfzehn Uhr wieder da zu sein. Wofür hielt die sich? Für seinen Boss?

Verärgert und beschämt trottete er zur S-Bahn. Er beschloss, es ihr zu zeigen. Am Besten, indem er am Nachmittag einen brillanten Einsatz ablieferte. Wen kannte er auf dem Hallschlag? So lange, wie er schon bei der Drogenfahndung war, musste er in dem Getto den einen oder anderen kennen. Er scrollte durch sein Adressbuch. Nach längerer Suche fand er einen Eintrag, der perfekt passte. Ohne zu zögern, wählte er Leos Nummer. Bei dem folgenden kurzen Gespräch konnte ein unbedarfter Zuhörer den Eindruck bekommen, Leo und Mehmet wären Freunde. Aber das täuschte, standen sie doch auf verschiedenen Seiten. Allerdings hatte Mehmet bei Leo etwas gut und jener besaß genug Ehrgefühl, es einzulösen. Zufrieden legte er auf. Svenja würde staunen, was für ein toller Typ … Moment! Wollte er sie etwa beeindrucken?

Kriminalkommissarin Olga Oleg gelang es einmal mehr nicht, die notwendige professionelle Distanz zu wahren. Wo hielt man die bedauerliche Dreizehnjährige gefangen? Saß Kiara im Dunkeln? Verging sie vor Angst? Hatte der Entführer sie gefesselt? Bereitete der Durst ihr Höllenqualen?

Der Durst war Kiaras schlimmster Feind. Länger als zweiundsiebzig Stunden überlebte selbst im günstigsten Fall niemand ohne Trinken. Was, wenn Herr Kinkel aus Angst vor polizeilicher Überwachung Kiara einfach in ihrem Kerker verrecken ließ? Solange er sie nicht zu Kiara führte, standen ihre Chancen schlecht. Es sei denn, ihr Verlies besaß einen Wasserhahn oder er hatte Kiara zumindest eine Flasche dagelassen. Dann konnte sie länger durchhalten!

Erfolge! Sie brauchten dringend Ermittlungserfolge! Seit Kiaras Verschwinden waren sie nicht einen Schritt weitergekommen! Warum meldete sich niemand aus Kiaras Klasse? Hatten die Jugendlichen noch immer nicht kapiert, dass ihre Mitschülerin dringend ihre Hilfe benötigte?

Es klopfte.

»Herein!«

Mit neu erwachter Hoffnung sah Olga zur Tür. Ein Kollege trat ein, steuerte mit einem einzelnen Blatt Papier auf sie zu.

»Die Verbindungsnachweise des Handys. Eigentlich hat Kollegin Walter sie angefordert. Aber die ist nicht im Haus und bei euch brennt es. Also dachte ich, du willst sie vielleicht sehen.«

»Danke! Gut, dass du mitdenkst!«

Gierig griff sie nach dem Papier und wurde enttäuscht. Im letzten halben Jahr, länger wurden die Daten nicht gespeichert, war mit dem Telefon weder telefoniert noch waren Nachrichten versandt oder empfangen worden, mit Ausnahme der einen, angeblich von Lehrer Siegel stammenden, Mitteilung an seinen Kollegen Kinkel.

Was bedeutete das? Hatte außer Kiara und ihrem Vater noch jemand von dem Telefon gewusst? Laut Hurlebaus leugnete die Mutter, vom Handy gewusst zu haben, aber das glaubte Olga ihr nicht. Welche Mutter durchstöberte nicht hin und wieder das Zimmer ihrer Tochter, während diese sich in der Schule oder bei ihren Freundinnen aufhielt? Ihrer Erfahrung nach machten das alle Mütter, zumindest alle, deren Töchter verschwanden.

Auch um sich selbst abzulenken, durchdachte Olga gründlich, welche Schlüsse sich aus dem Umstand ziehen ließen, dass nur die Kernfamilie von dem Handy gewusst hatte. Mussten dann nicht Vater oder Mutter aktiv in der Sache mit drinstecken? Oder hatte Kiara ihrem angebeteten Lehrer Siegel, der selbst kein Telefon besaß, ihr altes Handy gegeben, damit er sie kontaktieren konnte? So oder so wäre sie von einer wichtigen erwachsenen Bezugsperson schmählich verraten worden.

Olga formulierte ihre Überlegungen knapp und präzise in Form eines Dossiers, das sie anschließend umgehend an ihre beiden Kollegen versandte. Das Handy war bisher ihr bester Anhaltspunkt, gerade auch, weil es bis auf eine Nachricht nicht genutzt worden war. Sie hoffte, ihre Überlegungen würden den beiden weiterhelfen, wo auch immer sie gerade ihren Teil der Arbeit erledigten.

Mich erreichte die Nachricht kurz vor Schlitz, einem alten Städtchen in einem kleinen Seitental der Fulda. Da meine Tochter das Steuer übernommen hatte, konnte ich Olgas Überlegungen in Ruhe lesen.

»Neuigkeiten?«

»Ja.«

»Welche?«

»Ich habe dir schon viel zu viel erzählt!«

»Schade.«

Lena grinste. Vermutlich glaubte sie nicht, dass ich die Information dauerhaft für mich behalten würde.

»Am besten setzt du mich am Polizeiposten ab und beziehst unser Hotel!«

»Aye, aye, Sir!«

Spöttisch deutete sie einen Salut an. Die restlichen Minuten schwiegen wir.

Im Polizeiposten schob nur ein Kollege Dienst, was mich nicht wunderte. Schlitz war zwar eine Stadt, aber es gab durchaus größere Dörfer und die Kriminalität war sicherlich überschaubar. Mit etwas Glück kannte der Kollege die Bewohner weitgehend, vielleicht sogar den früheren Bewohner Herrn Siegel.

Ich wies mich aus. Der Kollege forderte mich mit einem Nicken auf, Platz zu nehmen.

»Was habt ihr Schwaben denn so Dringendes, dass ein Kommissar sich persönlich hierher bemüht?«

»Eine Dreizehnjährige ist verschwunden. Falls sie irgendwo ohne Wasser eingesperrt ist, zählt jede Stunde.«

»Und da steckt Herr Siegel mit drin? Sagten Sie am Telefon nicht, er sei ermordet worden?«

»Doch. Das Mädchen war in ihn verliebt und verschwand zur gleichen Zeit, als er ermordet wurde. Möglicherweise diente Herr Siegel dem eigentlichen Täter als Lockvogel. Daher benötigen wir dringend Hintergrundinformationen. Wen kannte er? Wer davon kommt als Täter infrage?«

»Tut mir leid, aber da kann ich Ihnen nicht weiterhelfen. Schließlich lebte der Lehrer nur ein Jahr bei uns. Eine Kleinigkeit habe ich allerdings für Sie.

Er wohnte bei Else, die hier in der Altstadt Zimmer vermietet. Nach Ihrem Anruf bin ich zu ihr rüber. Sie erinnert sich gut an den Herrn Siegel, bezeichnet ihn als höflichen und sympathischen jungen Mann, vielleicht etwas zu still und zu zurückhaltend. Obwohl er ein hübscher Kerl war, erhielt er nie Besuch. Ein seltsamer Vogel war er zudem, sommers wie winters fuhr er den Fluss entlang mit dem Rad nach Fulda ans Gymnasium, wofür er sicherlich über eine Stunde pro Strecke benötigte.«

Der Beamte beendete seinen Bericht. Enttäuscht sah ich ihn an. War ich hierfür durch halb Deutschland gefahren?

»Was davon war jetzt die Kleinigkeit, von der Sie sprachen?«

»Die kommt noch!«

Erfreut, dass ich ihm auf den Leim gegangen war, grinste er breit.

»Eines Nachts, kurz bevor Herr Siegel seine Zelte in unserm schönen Städtchen abbrach, tauchte Evi vor seinem Fenster auf. Sie brüllte so laut, dass die ganze Gasse mithören konnte. Öffentlich brandmarkte sie ihn als Schwein, fragte, wie er ihr nur so etwas habe antun können, und verkündete lautstark, wie sehr er sie enttäuscht habe. Der Auftritt war kurz, aber heftig. Obwohl Evi eines unserer Sorgenkinder ist, hat sie weder zuvor noch danach je etwas Ähnliches gemacht. Else meint, Evis Auftritt habe den Herrn Studienrat so verängstigt, dass er abhaute.«

Elektrisiert richtete ich mich auf.

»Wie alt war diese Evi seinerzeit?«

»Fünfzehn.«

»Ich muss sie unbedingt sprechen!«

»Vergessen Sie's! Die spricht nicht mit uns Polizisten!«

Svenja hatte ihm freiwillig ihre Mobilnummer gegeben. Was wie ein Erfolg klang, war keiner. Mehmet hatte sie mit der Aufforderung bekommen, sie jederzeit anzurufen, wenn er Hilfe oder Ablösung benötigte. Ihre Aktion erweckte bei ihm den gegenteiligen Eindruck, dass sie keine Sekunde länger als nötig neben ihm im Auto sitzen wollte.

Svenja folgte Annika mit Bahn und Bus zurück auf den Hallschlag, während Mehmet sich mit dem Auto möglichst immer in der Nähe aufhielt. Dann machte Svenja Feierabend. Falls Annika heute noch einmal rauskam, würde Mehmet an ihr dranbleiben.

Im Auto sitzend ein Gebäude zu observieren, barg das große Risiko aufzufallen. Der Dienstwagen besaß aus diesem Grund hinten getönte Scheiben und Mehmet kletterte auf die Rückbank, wo man ihn kaum entdecken würde. Es wurde dunkel, die Stunden schlichen zäh dahin. Mehmet fragte sich gerade, wie lange er noch durchhalten müsse, als sich die Haustür öffnete und Annika heraustrat. Zielstrebig lief die Jugendliche los. Lautlos verließ der Fahnder den Wagen und folgte ihr. Einige Minuten später erreichten sie eine Art Aussichtsterrasse, von der aus man die Lichter Cannstatts vor dem Panorama der Stuttgarter Berge samt ihren Funktürmen sah. Im Vordergrund, halb links, ragte der Schornstein der Müllverbrennungsanlage auf. Auch wenn er ihn nicht sah, musste unterhalb der Terrasse der Neckar fließen, sofern man bei ihm von fließen reden konnte. Über das Plateau verteilten sich rostige Gerüste, auf einer Lore ruhte ein großer Steinblock, der Treffpunkt von Annikas Clique. Jedenfalls standen rings um den Block eine Handvoll Jugendlicher, die Annika soeben mit Küsschen und Umarmungen begrüßten. In diesem Augenblick erkannte Mehmet, dass es von hier aus nicht weit zum Weinberghäusle war, in dem man den ermordeten Lehrer gefunden hatte. Sein Jagdinstinkt erwachte.

Langsam, um verräterische Geräusche zu vermeiden, drang er in ein Gebüsch ein, um sich unsichtbar zu machen. Vereinzelte Laternen beleuchteten einen über das Gelände mäandernden Weg. Eine von ihnen warf etwas Licht auf die Gruppe. Zusätzlich wurden einzelne Gesichter bläulich von Smartphones erhellt. Glutpunkte verrieten, wer rauchte.

Mehmet zog aus seiner Jackentasche ein Nachtsichtglas im handlichen Format. Mit ihm konnte er sieben Personen unterscheiden, vier Jungs und drei Mädchen. Genau betrachtet bestand die Gruppe eigentlich nur aus sechs Personen, der kleinste, schmächtigste Junge stand deutlich abseits. Offensichtlich gehörte er nicht richtig dazu. Bei ihm würde er ansetzen. Annika war hingegen bestens integriert, saß zwischen den beiden anderen Mädels, die drei Jungs standen ihr gegenüber.

Die Zeit schlich zäh dahin, nichts geschah. Beißende Herbstkälte fraß sich durch Mehmets Jeans immer tiefer in seine Muskeln und Knochen. Hätte er nur seine Thermo-Unterwäsche aus Merinowolle untergezogen! Nach wenigen Minuten schlotterte er. Hoffentlich hielt die Gruppe nicht mehr lange durch, sondern wechselte bald an einen wärmeren Ort. Leider taten sie ihm nicht den Gefallen. Hatte er nicht genug für heute erreicht? Immerhin kannte er jetzt den Treffpunkt der Clique. Morgen konnte er tagsüber in aller Ruhe eine kleine Kamera anbringen und sich deren Bilder abends bequem vom warmen Wagen aus ansehen. Dann würde er wenigstens auch etwas hören. Wobei er sich von Letzterem nicht viel versprach. Worüber quatschten die schon?

Ein weiterer Junge stieß zur Gruppe, wurde mit lautem Hallo und kräftigem Abklatschen begrüßt. Die Gruppe zentrierte sich um, der Neuankömmling rückte ins Zentrum. Seine Schultern waren deutlich muskulöser, als die der anderen. Unübersehbar war er das Alphatier der Gruppe.

Der schmächtige Junge geriet noch weiter ins Abseits, die übrigen kehrten ihm den Rücken zu, keiner redete mehr mit ihm. Mehmet war sich sicher, dass er nicht mehr lange durchhalten würde. Der Polizist zückte sein Telefon. Beim dritten Klingeln wurde abgehoben.

»Bereit?«

»Aber so was von!«

»Wo seid ihr?«

»Nicht weit vom Römerkastell. Wo bist du?«

»Auf so einer Art Aussichtsterrasse mit verrosteten Gerüsten und …«

»Das ist der Travertinpark. Wen sollen wir …«

»Einen kleinen, schmächtigen Typ. Ich schätze, er macht sich bald auf den Weg.«

»Gut, gib Bescheid, wenn es so weit ist und welche Straße er dann nimmt. Es gibt zwei Möglichkeiten.«

»Okay, aber seid nicht zu hart!«

Keine Reaktion.

»Hast du gehört Leo, nicht zu hart!«

»Alles klar, Mann!«

Nachdem Bianca ihre beiden jüngeren Kinder ins Bett gebracht hatte, schlüpfte sie in ihre Jacke. Entgeistert starrte Fred sie an.

»Wo willst du jetzt noch hin?«

»Es tut mir leid, aber solange noch die Chance besteht Kiara lebend zu finden, habe ich keine Ruhe!«

Wortlos drehte er sich um und ging in die Küche. Bianca schloss die Augen, atmete dann tief ein. Sollte sie hinterher, um ihn versöhnlich zu stimmen? Nein! Sie öffnete die Augen wieder. Fred würde sich schon wieder einkriegen. Ein bisschen frische Luft und ein kleiner Spaziergang taten ihr jetzt gut. Außerdem wohnte Frau Weltke nur wenige Minuten entfernt.

Von der Straße aus rief sie bei dem vor Frau Weltkes Wohnung lauerndem Observationsteam an. Leider gab es nichts Neues, trotzdem kündigte sie den Kollegen ihren Besuch an. Wenige Minuten später saß sie auf der Rückbank des Zivilfahrzeugs. Zu dritt starrten sie auf die dunkle Wohnung. Bianca spürte, wie die Kälte ihr in die Knochen kroch.

»Habt ihr keine Standheizung?«

Beide schnaubten, warfen sich einen Blick zu.

»Das Geräusch der Standheizung wäre zu auffällig. Daher müssen wir uns leider hier den Arsch abfrieren.«

»Oh!«

Bianca hatte nicht gewusst, wie sich eine Observation Ende Oktober bei Temperaturen um den Gefrierpunkt anfühlte. Was, wenn einer der beiden ihretwegen erkrankte?

»Wart ihr schon einmal an der Suche nach einer vermissten Jugendlichen beteiligt?«

»Ja, ich«, meldete sich die Kollegin vom Beifahrersitz. »Die Mutter lag damals dem leitenden Ermittler ständig in den Ohren, bombardierte ihn mit Anrufen. Er hatte alle Hände voll zu tun, sie sich einigermaßen vom Leib zu halten.«

»Entweder stimmt mit Frau Weltke als Mutter etwas nicht, oder hier ist was faul!«, warf der Kollege vom Fahrersitz ein.

Lag die Mutter, ähnlich wie der Lehrer im Weinberghäusle, vergiftet in ihrer Wohnung? Bilder brutaler Intensität drängten sich Bianca auf. Sie schüttelte sich. Ben drehte sich zu ihr um.

»Ich war vorhin im Hof. Es wäre ein Kinderspiel, auf den Balkon der Wohnung zu klettern. Dort steht ein Fenster schräg. Ich könnte in die Wohnung eindringen, ohne Spuren zu hinterlassen.«

Hatte sie richtig gehört? Würde er, wenn sie ihn darum

bäte, etwas strikt Verbotenes tun? Warum? Nur, weil sie in der Hierarchie über ihm stand? Bianca spürte die Versuchung der Macht, öffnete den Mund, ihr zu erliegen.

Aber was, wenn es schiefging? War sie dann schuld, wenn der Kollege Schwierigkeiten bekam und vielleicht sogar seine Pension verlor? Sie schloss den Mund wieder.

»Ich geh mal pissen! Die Frau Kommissarin ist bestimmt so freundlich, solange bei meiner Kollegin die Stellung zu halten!«

Ohne eine Antwort abzuwarten, öffnete Ben die Tür und ging Richtung Innenhof. Bianca war verwirrt und irgendwie auch beschämt. Er hatte genervt geklungen, dabei hatte sie doch nichts falsch gemacht! Oder etwa doch?

»Ähm, pinkelt Ben jetzt einfach hinters Haus?«

»Tja Frau Kommissarin, allzu wählerisch kann unsereiner nicht sein, wenn er stundenlang im Auto ausharren muss. Aber keine Sorge, jetzt gerade geht Ben nicht wirklich pinkeln.«

»Sondern?«

»Sind Sie wirklich so schwer von Begriff?«

Die Beamtin verdrehte die Augen.

»Wollen Sie sagen, Ben steigt jetzt verbotenerweise in Frau Weltkes Wohnung ein?«

Bianca legte eine Hand auf den Türöffner.

»Wo wollen Sie hin? Einen Kollegen verhaften, der sich hier in der Kälte in Ihrem Auftrag den Arsch abfriert?«

Im Blick der Beamtin lag eine Mischung aus Ärger und Verachtung. Biancas Herz raste.

Was sollte sie tun? In der Dunkelheit vor dem Balkon stehend halblaut nach dem Kollegen rufen? Was, wenn er nicht reagierte, wenn sich stattdessen Fenster umliegender Wohnungen öffneten und ein von den Nachbarn alarmierter Streifenwagen mit Blaulicht in den Hof käme? Sie fühlte sich in die Enge getrieben.

Mit fest aufeinander gepressten Lippen nahm sie die Hand vom Türgriff. Stattdessen starrte sie in die Dunkelheit und hoffte inständig, dass sich Ben nicht erwischen ließ. Die Minuten rannen zäh dahin. Ein Taxi fuhr vor, dem eine hochgewachsene Frau in einem roten Mantel entstieg. Der Fahrer gab Gas, die Frau öffnete die Tür des observierten Hauses.

»Scheiße, das ist Frau Weltke!«

In Schlitz hatte Lena für unser Abendessen den Italiener knapp außerhalb der Altstadt gewählt. Nach einem leckeren Mahl saßen wir dort einander gegenüber. Meine Tochter sah mich bittend an. Ich war hin und her gerissen.

»Das entspricht nicht den Vorschriften!«

»Na und? Was riskierst du?«

»Ihre Aussage wäre unter Umständen wertlos.«

Sie schnaubte verächtlich.

»Was ist besser? Eine Aussage, die sich unter Umständen als wertlos erweist oder keine Aussage?«

Da hatte sie Recht. Trotzdem konnte ich mich nicht dazu durchringen, ihren Vorschlag anzunehmen.

»Bitte!«

Lena legte ihre Hand auf meinen Oberarm. Ihre Berührung und ihr bittender Blick taten mir unheimlich gut. Gerührt von ihrem Anblick schluckte ich.

»Ich würde es mir nie verzeihen, wenn dir etwas zustößt!«

Sie zog ihre Hand zurück.

»Ich bin eine erwachsene Frau, die weiß, was sie tut!«

»Okay, dann versuch dein Glück bei dieser Evi, aber ich komme mit!«

»Was? Nein! Auf keinem Fall!«

Ich erhob mich.

»Entweder ich begleite dich, du redest und ich halte mich im Hintergrund oder du bleibst hier! Das ist mein letztes Wort! Jedenfalls müssen wir los. Die Sozialarbeiterin erwartet uns.«

Der Kollege vom örtlichen Revier hatte eine Sozialarbeiterin angerufen, die Evi betreute. Zunächst hatte diese eine Zusammenarbeit mit der Polizei rundweg abgelehnt. Erst als ich ihr erklärte, dass wir uns von ihrem Schützling Hinweise auf einen Mann erhofften, der in Verbindung mit dem Verschwinden einer Dreizehnjährigen stand, erklärte sie sich bereit, uns zu helfen. Vorher brachte sie noch ihre Skepsis zum Ausdruck, ob ihr Schützling mit einem Polizisten reden würde.

Das Treffen war in der Sozialstation vereinbart. Die Sozialarbeiterin hatte klugerweise einen Gruppenraum gewählt, was mir ermöglichte, Abstand zu halten. So lehnte ich in der Nähe der Tür an der Wand, nickte der jungen Frau nur aus der Ferne zu. Angeblich war Evi nie körperlich gewalttätig geworden. Den jahrelangen Drogenmissbrauch sah man ihr jedoch deutlich an.

Meine Tochter steuerte zielstrebig auf sie zu.

»Hi! Ich bin Lena. Du musst Evi sein. Ich möchte dich bitten, mir bei der Suche nach meiner kleinen Schwester zu helfen.«

Die Sozialpädagogin sah mich überrascht an. Ich blieb völlig cool. Evis Gesicht drückte hingegen deutlich ihr Misstrauen aus.

»Ich dachte, du bist Polizistin!«

»Nein, der da ist Polizist.«

Sie zeigte auf mich.

»Er hat versprochen, sich aus unserem Gespräch herauszuhalten. Ich meine, sofern du überhaupt mit mir sprichst. Du bist meine letzte Hoffnung, Kiara noch lebend zu finden. So sieht meine kleine Schwester aus. Du darfst ihr Bild gerne behalten.«

Lena reichte ihr ein Foto der Vermissten.

»Kiara hat mich immer genervt, wie das halt mit jüngeren Geschwistern so ist. Aber ich liebe sie trotzdem total. Es wäre schrecklich, wenn ich Kiara nie wiedersehen würde!«

»Ich weiß nicht, wie ich dir helfen kann.«

Evi schob das Bild zurück zu Lena.

»Außerdem kapiere ich nicht, warum du mit einem Bullen unterwegs bist.«

»Weil ich einen gewalttätigen Typen suche. Der Polizist soll mich vor ihm beschützen und ihn festnehmen.«

»Ich kenne jede Menge Brutalos. Die Bullen stecken mit denen allerdings eher unter einer Decke als sie festzunehmen.« Sie warf mir einen hasserfüllten Blick zu. »Außerdem ist hier drinnen kein Brutalo, vor dem der Bulle dich schützen muss!«

»Da hast du Recht! Herr Hurlebaus, würden Sie bitte draußen warten?«

Es schmerzte, dass meine Tochter mich verleugnete und es ärgerte mich, von ihr herumkommandiert zu werden. Trotzdem war ich schlau genug, ohne Widerworte zu verschwinden.

»Ist es so besser?«

Evi nickte. Ihr kleiner Triumph über einen der von ihr verhassten Polizisten freute sie sichtlich.

»Trotzdem habe ich keine Ahnung, wie ich dir helfen kann.«

»Du kennst doch Stephen Siegel.«

»Klar!«

Ihr Gesicht verfinsterte sich.

»Er ist ein Schwätzer und ein Feigling. Was hat er mit dem Verschwinden deiner Schwester zu tun?«

»Ich glaube, Kiaras Entführer hat ihn als Köder benutzt.« Lena sah genau, wie Evi zusammenzuckte. »Danach hat der Entführer ihn ermordet.«

»Stephen ist tot?«

Lena nickte.

»Nicht nur tot, sondern ermordet.«

Evis Rädchen drehten sich wild. Lena wartete geduldig. Erst nachdem Evi keine Anstalten machte zu reden, stellte sie ihre nächste Frage.

»Wurde Stephen bei dir auch als Köder benutzt?«

»Bei mir? Nein! Was willst du eigentlich von mir?«

»Ich suche einen Brutalo, einen, den Stephen Siegel schon kannte, bevor er nach Stuttgart zog. Vielleicht hast du eine Idee, wer da infrage kommt?«

Evi schwieg, den Blick in weite Ferne oder in die Vergangenheit gerichtet.

»Hast du ihn jemals in Gesellschaft eines Brutalos erlebt?«

»Ja.«

Evi schluckte, sah Lena an.

»Aber nur einmal. Den Namen des Mannes kenne ich nicht.«

Gebannt verfolgte ich das Gespräch der beiden. Die Tür war so lausig, dass ich jedes Wort verstand. Ohne es zu sehen, wusste ich, dass Lena Evi soeben das Bild zeigte, das ich ihr gegeben hatte.

»Sah er zufällig so aus?«, hörte ich durch die Tür meine Tochter fragen.

Mehmet hatte richtig getippt. Soeben verabschiedete sich der schmächtige Außenseiter von der Clique und lief Richtung Straße. Als er eine Laterne passierte, konnte Mehmet seine Gesichtszüge deutlich erkennen. Er tippte auf einen Türken, genauer auf den Sohn türkischer Einwanderer. Der Jugendliche erreichte die Straße, bog dort nicht rechts ab, sondern lief geradeaus Richtung Römerkastell. Mehmet schrieb eine kurze Mitteilung, ehe er dem Jungen mit gebührendem Abstand folgte.

Nach einer Kreuzung tauchten plötzlich zwei Gestalten aus der Dunkelheit auf und schnappten sich ihn.

Der Hallschlag war ein gefährliches Pflaster. Jeder der beiden Angreifer war ein Kopf größer als der Junge. Langsam lief Mehmet auf sie zu. Er sah, wie sie den Jungen hin und her schubsten. Warum rief der Kleine nicht nach Hilfe? Wenn er laut genug brüllte, würde ihn seine Clique noch hören. Wusste er das nicht? Oder glaubte er nicht daran, dass seine Kumpels ihm zu Hilfe kämen? Der Polizist ging gemächlich weiter, sah dem Treiben zu. Einer der beiden Angreifer verpasste seinem schmächtigen Gegner einen Fausthieb, der diesen zu Boden warf.

»Hey! Was ist hier los!«

Mehmet machte drei schnelle Schritte vorwärts. Im Haus links von ihm ging ein Licht an. Der Polizist konnte sehen, dass beide Angreifer blond und blauäugig waren, mit fast kahl rasierten Schädeln.

»Halt dich da raus!«

Der der bisher nicht geschlagen hatte, trat einen Schritt auf Mehmet zu.

»Das hier ist eine Sache zwischen ihm und uns! Geh einfach weiter, dann passiert dir nichts!«

»Ein Angriff auf meinen Bruder ist ein Angriff auf mich!«

Aus den Augenwinkeln sah er, wie der Junge vom Boden aus mit großen Augen zu ihm aufstarrte.

»Bruder? Du bist nicht von hier!«

»Steh auf Bruder.«

Der Junge sah ihn verunsichert an, blieb jedoch vorsichtshalber auf dem Boden liegen.

»Schon gut, komm, wir gehen.«

Der Schläger wandte sich um, machte einen Schritt weg

von Mehmet, während sein Kumpel ihn überrascht ansah. Der auf dem Boden liegende Junge sah seinem Angreifer ungläubig nach, grinste und wollte soeben aufstehen, als der Schläger mit einer raschen Körperwendung sein linkes Bein hochriss, mit dem Fuß exakt dorthin zielend, wo sich soeben noch Mehmets Kopf befunden hatte. Jener hatte den Angriff jedoch vorhergesehen und zwei schnelle, lautlose Schritte hinter seinem Gegner hergemacht. Als jener herumschnellte, zielte nicht nur sein Bein ins Leere, was sein Gleichgewicht gehörig störte, sondern schoss aus nächster Nähe eine eiserne Kralle von unten so heftig an seine Gurgel, dass er sich emporgerissen fühlte. Mehmet unterstützte den Fall seines Gegners, indem er mit seiner Rechten auf Höhe des Bauches in dessen voluminöse Jacke griff und ihn nach vorne riss. Er hätte ihn mit dem Kopf voran auf den Asphalt knallen können, aber diese Zeiten waren vorbei. Daher ließ er die Gurgel seines Gegners erst los, als dessen Beine sich bereits in der Abwärtsbewegung befanden.

Sofort machte Mehmet wieder einen schnellen Schritt rückwärts und wandte sich dem Kumpel des Angreifers zu. Dieser war regungslos stehen geblieben. Jetzt warf er dem Polizisten in Zivil einen beinahe anerkennenden Blick zu, nickte kurz, half seinem Kumpel auf und trollte sich mit diesem davon.

»Echt krass Mann! Wer bist du?«

Der Junge erhob sich, sah dabei bewundernd zu Mehmet auf. Dieser wandte sich wortlos ab, ließ ihn einfach stehen.

»Hey? Wo gehst du hin? Du kannst mich jetzt doch nicht einfach so stehen lassen! Ich verdanke dir mein Leben!«

Mehmet lief weiter.

»Hey, Bruder, du …«

»Fass mich nicht an!«

Mehmet fuhr herum. Der Junge, der seine Hand auf dessen rechte Schulter gelegt hatte, zuckte erschrocken zurück.

»Schon gut Mann! Ich will mich ja nur bei dir bedanken, schließlich stehe ich in deiner Schuld!«

»So?«

Mehmet konnte sich ein Grinsen kaum verkneifen.

»Wie gedenkst du, diese Schuld zu begleichen?«

Der Junge sah ihn erschrocken an.

»Ich … ich weiß nicht.«

»Hast du eine hübsche Schwester?«

»Äh …«

»Was? Ist deine Schwester etwa hässlich?«

»Nein.«

»Aber?«

»Sie ist schon verheiratet.«

Mit gesenktem Kopf und hängenden Schultern stand er vor ihm.

»Wie heißt du?«

»Erkan.«

»Also gut Erkan, warum läufst du alleine durch die Gegend? Kann dich keiner leiden?«

»Doch! Ich bin nicht alleine!«

»So?«

Mehmet blickte demonstrativ in alle Richtungen.

»Ich sehe aber niemanden.«

»Die anderen sind dort hinten!«

Erkan wies in Richtung Travertinpark.

»Schon klar.«

Mehmet machte kehrt, lief weiter Richtung Römerkastell. Wie gehofft, lief Erkan neben ihm her.

»Suchst du eine Frau?«

»Eigentlich bin ich hier wegen einer Wohnung. Aber eine Frau ist immer gut. Kennst du welche?«

»Klar?«

»Hübsche?«

»Und ob!«

Erkan zückte sein Smartphone.

»Hier.«

Er streckte ihm sein Telefon hin. Auf dem Display lächelten vier Mädels in die Kamera. Mehmet konnte sein Glück kaum fassen. Er blieb stehen.

»Die hier ist hübsch. Wie heißt sie?«

»Die? Das ist Annika.«

»Annika? Du verarschst mich!«

»Nein! Ich schwöre!«

»Dann erzähle mir von ihr.«

Bianca blieb schier das Herz stehen, als Frau Weltke das Haus betrat und kurz darauf das Licht in ihrer Wohnung anging. Sie musste ihrem Kollegen helfen, durfte Ben jetzt nicht im Stich lassen! Ohne nachzudenken, stürmte sie auf das Haus zu und klingelte Sturm.

»Ja?«

»Hier Kriminalkommissarin Walter, ich muss Sie sofort sprechen!«

»Jetzt?«

»Ja! Jetzt!«

»Worum geht es?«

»Gibt es noch andere Gründe außer Ihrer Tochter, wegen denen die Polizei dringend mit Ihnen sprechen muss?«

Es knackte in der Sprechanlage. Bianca dachte schon, Frau Weltke ließe sie einfach vor der Tür stehen, als doch noch der Summer ertönte. Bianca drückte gegen die Haustür und trat ein. Auf dem Treppenabsatz stand Frau Weltke, eingehüllt in einen Bademantel, aus dem ihre nackten Beine ragten. Trotz der Kälte stand sie barfuß auf dem Terrazzoboden. Bianca bedauerte die arme Frau. Offensichtlich war sie völlig durcheinander. Ihre Gedanken rasten. Was tat sie hier? Auf jeden Fall etwas Unüberlegtes und Unprofessionelles. Beides war sonst so gar nicht ihre Art. Egal! Irgendwie musste sie Ben helfen! Mit gesenktem Haupt stieg sie die Treppen empor. Erst vor Frau Weltke angelangt, hob sie den Kopf.

»Wer sind Sie?«

Frau Weltke runzelte die Stirn.

»Sagten Sie nicht, sie seien diese Polizistin? Ich habe Sie ganz anders in Erinnerung!«

»Wir begegnen uns soeben das erste Mal.«

»Oh!«

Bianca streckte Frau Weltke ihren Dienstausweis hin. Diese kniff angestrengt ihre Augen zusammen und versuchte, die Plastikkarte zu fixieren. Bianca steckte sie wieder ein. Wahrscheinlich hätte sie der eitlen Dame auch ihren Büchereiausweis hinhalten können, solange diese keine Brille trug.

»Bisher haben meine Kollegin Oleg und mein Kollege Hurlebaus mit Ihnen gesprochen.«

»Kann schon sein, ich bin furchtbar schlecht mit Namen. Warum schicken Sie mir immer jemand anderen?«

»Kann ich reinkommen?«

Frau Weltke zauderte. Bianca warf einen Blick über ihre Schulter. Halb links hinter ihr stand die Tür zum Schlafzimmer offen. Frau Weltke hatte ihren Mantel und ihre Handtasche auf dem Bett abgelegt. Eine Kuhle verriet, dass sie sich selbst aufs Bett gesetzt und nach hinten hatte umfallen lassen.

»Ich bin soeben erst nach Hause gekommen und muss ganz dringend duschen. Hat das nicht Zeit bis morgen?«

Bianca überlegte. Eigentlich hatte sie keine Ahnung, was sie fragen sollte. Zudem wusste sie nicht, ob Ben rechtzeitig abgehauen war oder ob er sich noch in der Wohnung befand. Falls er sich noch dort befand, wäre es besser, die Dame des Hauses mit aufs Präsidium nehmen, als sich in ihre Wohnung zu begeben. Aber unter welchem Vorwand?

»Sind Sie wirklich von der Polizei? Sie scheinen mir etwas verwirrt.«

»Natürlich bin ich Polizistin! Sie haben doch meinen Ausweis gesehen!«

»Den kann man bestimmt auch fälschen. Besser, ich komme morgen zu Ihnen.«

Bianca wollte soeben dem Vorschlag zustimmen, als sie an Frau Weltkes Schulter vorbei eine Hand unter deren Bett hervorkommen sah. Die Hausherrin registrierte Biancas Blick, runzelte ihre Stirn und setzte an, sich umzudrehen.

»Wo waren Sie? Haben Sie sich mit den Entführern getroffen?«

Die Angesprochene hielt abrupt inne, wandte sich wieder Bianca zu.

»Welchen Entführern?«

»Den Entführern Ihrer Tochter!«

»Kiara wurde entführt?«

»Sagen Sie es mir!«

Frau Weltke trat zurück, griff dabei nach der Tür. Hinter ihr schob sich ein Oberkörper unter dem Bett hervor.

»Sie sind bestimmt von der Presse!«

Frau Weltke wollte die Türe schließen. Bianca schnellte nach vorne, stellte ihren Fuß davor.

»Wofür brauchen Sie hunderttausend Euro, wenn nicht als Lösegeld?«

Kiaras Mutter erblasste.

»Werner hat also geplaudert.«

»Natürlich hat er das. Warum sollte er nicht?«

Frau Weltke sank in sich zusammen. Bianca konzentrierte sich darauf, sie anzustarren, um Ben nicht erneut durch ihre Blicke zu verraten. Am Rande ihres Gesichtsfeldes erhob der sich vom Boden.

»Also gut, kommen Sie herein.«

Frau Weltke drehte sich Richtung Wohnung.

In Schlitz rannen die Sekunden unendlich zäh dahin. Es kostete mich Mühe, vor der Tür des Gruppenraums der Sozialstation zu verharren. Hatte Evi nun Herrn Kinkel auf dem Foto erkannt oder nicht?

»Ja, der war es.«

»Bist du dir ganz sicher?«

»Vollkommen, der Typ war es.«

»Bei welcher Gelegenheit hast du ihn gesehen?«

Erneut dehnten sich die Sekunden unendlich, bis Evi endlich antwortete.

»Glaubst du an Wiedergeburt?«

»Ich weiß nicht. Bisher habe ich nie darüber nachgedacht. Glaubst du denn daran?«

»Klar! In meinem letzten Leben verriet ich meinen Liebsten an die Häscher des Tyrannen. Deshalb wurde ich mit meinem jetzigen Leben gestraft. Wenn ich das hier durchstehe, also vor allen Dingen mein beschissenes Leben nicht durch eigene Hand vorzeitig beende, werde ich als Nächstes wieder ein gutes Leben bekommen. Und ganz sicher weder ich nicht wieder jemanden verraten.

Das ist die Wahrheit! Aber hier, in diesem Scheiß-Kaff, weiß das niemand. Hier glauben alle die Lügen der Kirche, oder noch schlimmer, an den Kommerz! Stephen war eine Ausnahme, ein Wissender der verborgenen Wahrheit. Zumindest behauptete er, sie zu kennen. Er wollte mich zu einer Beschwörung mitnehmen. Das war dann aber keine, sondern alles nur Fake!«

Vor der Tür sank ich in mich zusammen. Die Kleine war total durchgeknallt oder auf irgendeinem Drogentrip hängengeblieben!

»Woran hast du gemerkt, dass die Beschwörung nur Fake war?«

»Weil der Mann von dem Foto auf die rothaarige Hexe hörte.«

»Bis er auf die Hexe hörte, kam es dir echt vor?«

»Klar! Du hättest ihn sehen sollen! Eine unheimliche Energie ging von ihm aus! Er besaß eine total irre Aura. Ich hätte alles für ihn getan, wirklich alles! Er sah mich an, lächelte, griff mit seiner Hand wie bei einem kleinen Mädchen unter mein Kinn und ich war gebannt. Zwischen uns flossen kosmische Energien, die in meinem ganzen Körper kribbelten. Seine Güte ließ mich schmelzen und, stell dir vor, er versprach, mich sofort zu erlösen!«

Meine Hand lag auf der Türklinke. Am besten holte ich Lena einfach raus und verbrachte mit ihr noch ein paar schöne Stunden. Dann war die weite Fahrt zumindest nicht ganz umsonst gewesen.

»Dich zu erlösen? Wie?«

»Indem er mit mir Liebe macht.«

Ich hielt inne.

»Mit dir Liebe macht? Du meinst Sex?«

»Klar! Wie machst du denn Liebe?«

»Wie alt warst du …«

»Genau deswegen griff die rothaarige Hexe ein! Sie sagte, ich sei noch zu jung, er würde sich an mir versündigen. Aber wenn man sich liebt, ist es doch egal, wie alt man ist!«

Gebannt hielt ich vor der Tür inne. Hatte Herr Kinkel wirklich die Kleine ins Bett bugsieren wollen und seine Frau hatte ihn im letzten Augenblick davon abgehalten? Aber Frau Kinkel war nicht rothaarig. Allerdings ließ sich so etwas leicht ändern.

»Was ist? Bist du etwa genauso spießig wie die Hexe?«

»Das hat nichts mit Spießigkeit zu tun. Es gibt Gesetze, an die …«

»Pah! Gesetze! Ihr könnt mich alle mal! Wenn man die wirklich braucht, helfen einem Gesetze rein gar nichts! Die sind voll für'n Arsch, deine Gesetze! Was helfen die deiner kleinen Schwester? Hm? Sag mal, was helfen die ihr?«

Ich seufzte. War das unsere Spur? Vielleicht war sie es. Aber von Evi würden wir nie eine Aussage bekommen, mit der wir vor Gericht etwas anfangen konnten.

Bianca packte Frau Weltke am Arm und riss sie förmlich zu sich herum. Ängstlich, als erwarte sie Schläge, starrte diese sie an. Augenblicklich bekam die Kriminalistin ein schlechtes Gewissen.

»Ich will gar nicht zu Ihnen rein, es ist ja schon spät.«

»Oh! Äh …«

»Sagen Sie mir einfach, wofür Sie die Hunderttausend brauchen!«

Der Kommissarin fiel es schwer, nicht an ihrem Gegenüber vorbei auf den hinter ihr mitten in der Bewegung eingefrorenen Kollegen zu starren. Ben sah aus, als stünde er kurz vor einem Herzinfarkt.

»Also gut, für eine Reise und neue Klamotten!«

»Für …«

Fassungslos starrte Bianca auf ihr Gegenüber.

»Das ist jetzt nicht Ihr Ernst!«

Frau Weltkes Augen funkelten.

»Es wundert mich nicht, dass jemand wie Sie nicht versteht, welchen Bedarf eine Frau von Welt hat. Bestimmte Ziele muss man jetzt ansteuern, ehe sie vom Massentourismus verdorben sind! Aber das kapiert eine wie Sie eben nicht! Bestimmt sind Sie eine von den engstirnigen Ökos, die einem das Fliegen verbieten wollen! Das war's dann wohl!«

Erneut wandte sie sich in Richtung ihrer Wohnung. Bianca, mittlerweile mächtig verärgert, griff grob nach Frau Weltkes Oberarm und zog kräftig, so kräftig, dass der Bademantel verrutschte.

»Hey! Was soll das! Spinnen Sie jetzt total?«

Völlig unerwartet stand Bianca einer anderen Frau gegenüber, einer kampfbereiten Furie. Der Bademantel war so weit verrutscht, dass Bianca sehen konnte, was sie darunter trug. Mit offenem Mund starrte sie auf ein enges Top mit weitem Ausschnitt und einen Ledermini. Frau Weltke nahm den Blick wahr und zog mit einer hastigen Bewegung den Mantel wieder zu.

»Sind Sie völlig übergeschnappt? So geht man doch nicht mit einer Mutter um, die krank vor Sorge um ihre Tochter …«

»Eigenartiger Aufzug für eine …«

»Es geht Sie einen Scheißdreck an, wie ich mich kleide! Und noch viel weniger, wofür ich mein Geld ausgebe! Ich werde …«

Bianca schaltete auf Durchzug, ließ die Tirade routiniert über sich ergehen, während Ben im Hintergrund ein freches Grinsen aufsetzte und mit emporgerecktem Daumen abging. Bianca fühlte sich in eine jener albernen Krimikomödien versetzt, die ihr Mann Fred liebte, sie selbst jedoch verabscheute. Schließlich ließ sie die zeternde Furie einfach stehen, wandte sich wortlos von ihr ab.

Draußen schüttelte sie sich und holte tief Luft. Das war knapp gewesen. Und wofür das Ganze? Mit dem festen Vorsatz, Ben gehörig die Meinung zu geigen, nahm sie auf der Rückbank des Observationsfahrzeuges Platz.

»Danke Bianca, du warst echt cool!«

»Und wofür das Ganze? Dass ihr Männer immer so ungeduldig sein müsst! Mit ein paar Minuten mehr Geduld hättest du auch ohne Einbruch herausgefunden, dass sie nicht erschlagen in ihrer Wohnung liegt! Wenn du das nächste Mal …«

»Zumindest weiß ich jetzt, wofür sie die Hunderttausend braucht!«

»… wieder illegal … Was hast du gesagt?«
Ben grinste.
»Wofür?«, fragten seine Kolleginnen im Chor.
»Wie alt schätzt ihr sie?«
»Ich brauche ihr Alter nicht zu schätzen, ich kenne es!«
»Wie alt ist sie?«
»Vierundvierzig.«
»Wisst ihr auch, wo sie gerade herkam?«
Bianca schnaubte.
»Vom Strich! So sah sie zumindest aus.«
»Wow! Von dir hätte ich so eine Bemerkung nicht erwartet, du wirkst so überkorrekt!«
Bianca errötete, während ihre Kollegen feixten.
»Äh, entschuldigt, das war jetzt unsachlich. Ich bin gerade etwas überspannt.«
»Du liegst trotzdem richtig, auch wenn du vom Falschen ausgehst!«
»Wie bitte? Jetzt kapiere ich überhaupt nichts mehr!«
»Du denkst, dass sie anschaffen war, also Sex für Geld anbot. Damit liegst du falsch. Richtig liegst du hingegen damit, dass sie von der käuflichen Liebe kam.«
»Du meinst, sie war bei einem Prostituierten? Vierundzwanzig Stunden lang?«
»Den Typen, von dem sie kam, würde man wohl treffender als Heiratsschwindler bezeichnen.«
»Woher weißt du das?«
»Der PC in ihrem Schlafzimmer lief, auch wenn der Bildschirm sich im Ruhemodus befand und dunkel war. Als ich auf eine Taste drückte, öffnete sich ein Chat in einem Partnerportal. Sie muss es gestern sehr eilig gehabt haben, sich in Juans Arme zu werfen.«
Er grinste anzüglich.
»Wer ist Juan?«
»Der Typ, auf den sie abfährt. Er behauptet zweiund-

zwanzig Jahre alt zu sein, was vermutlich gelogen ist. Frau Weltke macht sich ihm gegenüber jedenfalls neun Jahre jünger. Juan drückt im Chat auf die Tränendrüse, behauptet, einzig nach Deutschland gekommen zu sein, um möglichst schnell das Geld für die Herz-OP seines geliebten Vaters zu verdienen. Aber das sei schwerer als gedacht, zudem seien alle Menschen hier sooo schrecklich kalt. Frau Weltke deutet an, über entsprechende Mittel zu verfügen, ein warmes Herz zu besitzen und anlehnungsbedürftig zu sein. Juan zeigt sich erfreut und offen. Das war übrigens das erste Treffen der beiden.«

Bianca war einerseits froh, dass Ben durch seine riskante Aktion ihre Ermittlungen einen Schritt weitergebracht hatte. Andererseits bedauerte sie, dass sie das alles nicht offiziell wussten, also auch kaum verwenden konnten. Da fiel ihr noch etwas ganz Anderes ein.

»Warum hast du dich eigentlich ausgerechnet unter ihrem Bett versteckt?«

»Was hast du?«

Die Beamtin sah ihren breit grinsenden Kollegen ungläubig an, ehe sie ihn auf den Oberarm boxte.

»Die Lektüre des Chats war so spannend, dass ich Frau Weltkes Rückkehr zu spät bemerkte. Ich konnte gerade noch den Bildschirm ausschalten, als auch schon die Wohnungstür aufging. Mir blieb nichts Anderes übrig, als mich unters Bett zu flüchten. Als sie erst ihren Mantel drauf warf und sich dann selbst aufs Bett fallen ließ, wurde mir ganz anders. Ohne Biancas Einsatz hätte sie mich erwischt!«

»Warum bist so eilig darunter hervorgekrochen? Hättest du nicht warten können, bis ich sie weglocke?«

Er schüttelte den Kopf.

»Das war mir zu riskant. Als du Sturm geläutet hast, fuhr sie hoch, zog eilig ihre hochhackigen Stiefel und ihre Netzstrumpfhose aus und pfefferte beides unters Bett. Wenn sie es geschafft hätte, dich abzuwimmeln, hätte sie beides vermutlich wieder hervorgeholt und mich dabei entdeckt.«

Die Beamtin pfiff.

»Das war dann wohl dein erotisches Erlebnis des Jahres.«

»Leider ist mir entgangen, was sie sonst noch trug.«

Ben grinste. Bianca zauderte kurz, beschloss dann, er habe sich eine kleine Freude verdient.

»Ein enges Top mit weitem Ausschnitt und einen schwarzen Ledermini.«

»Stimmt, du hast ja schon erwähnt, dass sie nuttig aussah.«

Seine Kollegin drehte sich zu Bianca um.

»Stell dir vor, du kommst nach Hause und legst dich auf dein Bett, ohne zu ahnen, dass sich darunter ein fremder Mann versteckt!«

»Iiiihhhh!«, machten die beiden Frauen im Chor.

Im Bett liegend schwirrte Bianca der Kopf. Etwas an Frau Weltke störte sie, und zwar gewaltig. Okay, die war gnadenlos oberflächlich, fixiert auf Geld, Aussehen und Lustgewinn. Trotzdem war sie auch eine Mutter, eine die ihr Kind auf die Naturis Schule schickte und sich hier im Stuttgarter Westen für einen privaten Spielplatz engagierte. Zumindest glaubte Bianca, sie bei einem Treffen des Vereins »Raum für Kinder« gesehen zu haben. So einer Mutter war es doch nicht egal, wie es ihrer Tochter ging! War Frau Weltke so cool, weil sie wusste, wo Kiara sich befand und dass es ihr gut ging? Hatte sie eine Entführung inszeniert, um Geld aus ihrem Ex-Mann herauszupressen?

Die Gedanken kreisten wild in ihrem Kopf, ließen sich einfach nicht stoppen. Schließlich sah sie ein, dass an Schlaf nicht zu denken war. Leise erhob sie sich und schlich ins

Wohnzimmer. Was konnte sie nur tun, um endlich die Gedanken loszuwerden und einzuschlafen? Sie hatte einmal gelesen, die Gedanken des Tages in einem Tagebuch festzuhalten, würde helfen.

Das Tagebuch! Wie hatte sie nur vergessen können, dass laut Frau Wanningers Aussage Herr Siegel ein Tagebuch führte! In diesem Augenblick war sich Bianca sicher, was der Mörder des Lehrers in dessen Waiblinger Zimmer gesucht hatte!

Olga bevorzugte es, lange zu schlafen. Dafür nahm sie es auch in Kauf, manchmal bis spät nachts zu arbeiten. Heute hatte sie sich für die Befragung Frau Habermehls wieder viel zu früh aus den Federn gequält. In diesem Augenblick bat die Kommissarin die offensichtlich nervöse Mutter einer Mitschülerin von Kiara in ihr Büro.

»Ich weiß nicht, ob es richtig ist, was ich hier tue.«

Fragend sah sie Olga an.

»Wir sind für jede Hilfe dankbar. Immerhin geht es um ein verschwundenes Mädchen im Alter Ihrer Tochter.«

Frau Habermehl seufzte gequält.

»Seit Kiara verschwunden ist, kann ich kaum noch schlafen. Ständig muss ich daran denken, dass es auch meine Leonie sein könnte. Seit Tagen mache ich mich verrückt vor Sorge und dann …«

Sie hielt inne, senkte den Kopf.

»Und dann?«

Olga beugte sich vor und lächelte Frau Habermehl auffordernd an. Diese hob den Kopf. Tränen sammelten sich in ihren Augen.

»Dann äußert ausgerechnet mein kleiner Engel so etwas Furchtbares!«

»Womit hat Ihre Tochter Sie so erschreckt?«

Die Mutter holte tief Luft.

»Leonie äußerte voller Inbrunst, sie hoffe, die Hexe sei tot und komme nie wieder zurück an ihre Schule!«

Olga zuckte zusammen.

»Verstehen Sie? Es war nicht nur so dahingesagt, sondern Leonie meinte es wirklich so! Ist das nicht furchtbar?«

»Wie kommt Ihre ...«

»Ich wusste wirklich nicht, was in der Klasse lief! Sie müssen mir glauben! Ich hatte wirklich keine Ahnung davon! Natürlich bemerkte ich, wie Leonie ihre Unbeschwertheit verlor, wie sie häufig Bauch- und Kopfschmerzen bekam und nicht mehr in die Schule wollte. Aber wer denkt denn an so was?«

Frau Habermehl schloss die Augen, Tränen strömten ihre Wangen hinab.

»Was genau hat Leonie Ihnen über Kiara erzählt?«

»Dass sie eine Hexe ist, eine böse Hexe!«

»Was hat Kiara ihren Mitschülern angetan?«

»Alle haben Kiara bewundert! Alle hingen an ihren Lippen, glaubten ihr jedes Wort! Jedes Mal, wenn Kiara erzählte, jemand aus der Klasse habe etwas Peinliches oder Gemeines angestellt, tat sie entsetzt. Dabei waren alles nur Lügen! Kiara erzählte erfundene Schandtaten ihrer Klassenkameraden und tat dabei auch noch so, als habe sie Angst vor denen! Wenn jemand sich ihre Lügen nicht gefallen ließ und sich wehrte, machte Kiara ihn gnadenlos fertig! Das war keine Kunst, schließlich hielt Kiaras Fünferbande zusammen, droschen sie zu fünft mit Worten und Fäusten auf einen Einzelnen, wehrlosen ein.

Auch die Lehrer standen auf Kiaras Seite, besonders Frau Wanninger ließ sich von ihr um den Finger wickeln. Einzig bei Annika, einem Mädchen der Fünferbande, regte sich schließlich doch ihr schlechtes Gewissen. Sie wollte Kiara

Einhalt gebieten. Die flippte daraufhin so aus, dass Annika weinend aus der Schule floh. Anschließend machte Kiara den anderen unmissverständlich klar, dass es ihnen genauso ergehen würde, sollte einer es wagen, bei den Erwachsenen zu petzen!

Deshalb hielt Leonie noch Tage nach Kiaras Verschwinden aus Angst den Mund. Und wissen Sie, was am Schlimmsten ist? Eigentlich bin ich total sauer auf die Schule. Wie können die unsere Kinder so im Stich lassen? Trotzdem fühle ich mich wie eine Verräterin, empfinde es als falsch, hier zu sein und mit Ihnen über Schulinterna zu sprechen! Sie werden mich doch nicht bei den anderen Eltern verraten?«

»Nein, keine Sorge. Was hat Ihre Tochter Ihnen über Herrn Siegel erzählt?«

Frau Habermehl zuckte zusammen, als habe sie ein Peitschenhieb getroffen.

»Warum wollen Sie das wissen?«

»Immerhin war er der Klassenlehrer und somit dafür verantwortlich, jeden seiner Schüler vor Übergriffen durch Mitschüler zu schützen.«

»Dann hat er offensichtlich versagt.«

Für einen kurzen Augenblick blitzte etwas Schreckliches in den Augen der Mutter auf. Hass? Bitterkeit?

»Was hat Leonie über ihren Klassenlehrer erzählt?«

»Sie fand ihn toll.«

»Toll?«

»Ja toll! Leonie schwärmte richtiggehend für ihn!«

»Bereitete Ihnen das keine Sorgen?«

»Im Gegenteil, ich fand es spitze! In Anbetracht meiner eigenen Schulzeit war ich extrem froh, meine Tochter von einem derart begeisterten und begeisternden Pädagogen unterrichtet zu wissen! Es war ja auch nicht so, dass Herr Siegel etwas im Verborgenen tat, im Gegenteil, für seine zahlreichen Exkursionen mit der Klasse suchte er ständig Eltern, die ihn dabei begleiteten. Dennoch war das Interesse der Eltern so groß, dass einem nur hin und wieder die Gnade zu Teil wurde, Stephen begleiten zu dürfen. Können Sie sich so etwas an einer staatlichen Schule vorstellen?«

»Das große Interesse der Eltern oder der Mütter?«

Ihr Gegenüber errötete.

»Bleibt so etwas nicht immer an uns Müttern hängen?«

»Wie wirkte Herr Siegel denn als Mann auf Frauen? Sie alle sind nicht nur Mütter, sondern auch Frauen.«

Frau Habermehl wandte sich ab, schaute aus dem Fenster. Olga betrachtete sie eingehend. Die Vierzigjährige war schlank, weder besonders attraktiv noch hässlich. Kein Ring zierte ihre Finger. Besaß sie einen Partner? War sie zufrieden mit diesem? Abrupt wandte sich Frau Habermehl wieder der Kommissarin zu.

»Also gut! Anfänglich kam er sehr gut bei den Müttern an. Es wurde bald gelästert, wie übermäßig sich einige Mütter stylten, wenn sie Stephen auf einer Exkursion begleiten durften. Wir wussten durchaus, dass unsere Töchter alle mehr oder weniger in ihn verliebt waren und verstanden das. Er sah gut aus, besaß eine tolle Ausstrahlung und war äußerst sympathisch, ein Typ zum Knuddeln. Aber das ließ rasch nach. Die meisten von uns merkten bald, dass er nicht von dieser Welt war.«

»Was genau meinen Sie damit?«

»Wenn man den ganzen Tag mit einem Mann unterwegs ist und sich gut mit ihm versteht, ertappt man früher oder später den Kerl dabei, wie er einem auf die Brust oder auf den Hintern starrt. Nicht so bei Stephen. Er war für unsere weiblichen Reize unempfänglich. Als ich das erste Mal mit ihm unterwegs war, zweifelte ich an meiner Attraktivität. Aber es waren immer zwei Mütter zur Unterstützung eingeteilt. Beim zweiten Mal war ich mit so einer blonden Tussi eingeteilt, die es offensichtlich wissen wollte, so hatte sie sich gestylt. Wo wir auch hinkamen, die Männer drehten sich reihenweise nach ihr um, warfen ihr flirtende Blicke zu oder machten sie an. Nur Stephen nahm sie als Frau überhaupt nicht wahr.«

Tiefe Befriedigung zeigte sich in ihrem Gesicht.

»Und da wurden Sie nicht misstrauisch?«

»Warum sollte ich?«

»Na, ein Lehrer, der offensichtlich keine Frauen mag, steht vielleicht auf Kinder!«

»Er könnte auch schwul sein, asexuell oder was weiß ich! Aber wie bereits gesagt, war er schlicht und einfach nicht von dieser Welt. Stephen berührte einen gerne, fasste kurz an den Oberarm oder so. Aber diese Berührungen hatten absolut nichts Sexuelles. Vielmehr war er selbst ein Kind, ein großes Kind.

In der Zeitung habe ich mal gelesen, dass es asexuelle Menschen gibt, die mit Sex schlicht nichts anfangen können. Ich bin mir sicher, Stephen gehörte zu ihnen.«

»Wie kam er mit Kiara klar?«

»Prima. Die beiden verstanden sich, lachten viel miteinander.«

»Lief zwischen den beiden was?«

»Ich glaube nicht …«, sie stoppte, runzelte die Stirn. Nach einer kurzen Pause mit aus dem Fenster gerichtetem Blick fuhr sie fort, »… sagen wir besser, bis gestern hätte ich es eindeutig verneint. Heute bin ich mir nicht mehr sicher. Schließlich hätte ich es auch nicht für möglich gehalten, dass Kiara eine Hexe ist. Vielleicht hat sie ihn ja verhext?

Trotzdem halte ich es für ausgeschlossen, dass er Kiara entführt hat. Stephen war harmlos, wollte immer spielerisch etwas entdecken. Vor Kiara hatte man hingegen automatisch Respekt, auch als ich noch nicht im Entferntesten ahnte, was für üble Dinge sie trieb, spürte ich die von ihr ausgehende Macht.«

Erst nachdem sie geendet hatte, sah sie die Polizistin wieder an. Sie wirkte ernster, gefasster, aber auch offensichtlich besorgt.

»Sie verraten den anderen Eltern doch wirklich nicht, dass ich mit Ihnen geredet habe?«

»Darauf können Sie sich hundertprozentig verlassen!«

»Das ist gut! Wissen Sie, an der Naturis Schule steht der Mensch im Mittelpunkt. Das muss ich ernst nehmen und kann nicht einfach hier schlecht über andere Menschen reden!«

Frau Habermehl stand auf und verabschiedete sich hastig. Olga sah ihr kopfschüttelnd nach. Der Spruch, bei der Naturis Schule stehe der Mensch im Mittelpunkt, stieß ihr sauer auf. Klar, zunächst klang er positiv, aber letztendlich war er nur eine hohle Phrase, könnte ihn doch auch ein Scharfschütze in einem Bürgerkrieg als Beschreibung seiner Tätigkeit von sich geben.

Olgas Drang, Kiara zu finden, ließ spürbar nach. Frau Habermehl hatte soeben Annikas Aussage untermauert. Sie suchten nicht länger ein armes, unschuldiges Mädchen, sondern …

Eine E-Mail ging ein. Dankbar über die Ablenkung öffnete Olga die Nachricht umgehend. Es handelte sich um eine anonyme, von der Zentrale an sie weitergeleitete E-Mail. Der Betreff lautete »Die verschwundene Dreizehnjährige«. In knappen Worten kündigte der Verfasser wichtige Hintergrundinformationen an. Im Anhang befanden sich mehrere Bilder. Olga zögerte, öffnete die Dateien aber schließlich. Zunächst begriff sie nicht, um was es sich bei den Bildern handelte. Als sie es endlich erkannte, sprang sie erregt auf und stürzte zur Tür. Dort hielt sie inne, kehrte um und lud die Bilder auf ihr Telefon. Dann eilte sie zu Bianca, Kollege Hurlebaus war schließlich noch in Hessen.

Bei Bianca saßen zwei Kollegen, die Frau Weltkes Finanzen überprüft hatten. Olga saß zunächst wie auf Kohlen, lauschte dann aber deren Bericht zunehmend gebannt. Die Mutter der Verschwundenen lebte einzig von den Unterhaltszahlungen, hatte ihr Konto bis zum Anschlag überzogen und sich auch sonst über alle Maßen verschuldet. Ihr Ex-Mann hatte angedroht, die Zahlungen an sie ganz einzustellen und künftig nur noch für die gemeinsame Tochter Unterhalt zu leisten. Mit anderen Worten besaß die Dame ein starkes Motiv, ihren Ex mit einer fingierten Entführung zu erpressen. Aber warum war bei diesem dann noch keine Lösegeldforderung eingegangen? Oder spielte Herr Weltke ihnen etwas vor? Wandte er sich trotz seiner autismusbedingten Korrektheit nicht an die Polizei?

Endlich verabschiedeten sich die beiden Kollegen.

»Hier, das muss ich dir unbedingt zeigen!«

Olga legte ihr Handy vor Bianca ab.

»Was ist das?«

»Bilder eines Chatverlaufs einer Partnerbörse. Lies den Chat am besten selbst.«

»Woher hast du sie?«

»Die gingen letzte Nacht anonym bei uns ein.«

Bianca errötete, ahnte sie doch, wer der anonyme Absender war. Still dankte sie Ben. So konnten sie seine illegal erworbenen Informationen nutzen. Außerdem hatte er ihr zugleich die schwere Entscheidung abgenommen, was sie den Kollegen sagen sollte.

Der Höhepunkt des Chatverlaufs bildete ein Foto von Frau Weltke in Reizwäsche. Natürlich stellte das Bild für Bianca nicht etwa den Höhepunkt dar, weil sie auf Frauen in Reizwäsche stand. Das war eindeutig nicht der Fall. Vielmehr wurde hierdurch klar, um wen es sich bei Athene66 handelte.

»Hammer! Das erklärt, woher Frau Weltke gestern Abend kam, als ich sie zufällig in einer mehr als heißen Aufmachung bei ihrer Rückkehr antraf…«

Bianca berichtete knapp, wobei sie Bens illegale Aktion ausließ. Olga hörte zu, berichtete anschließend von Frau Habermehls Aussage. Danach saßen die beiden schweigend beieinander. Schließlich seufzte Olga.

»Mein Drang, Kiara zu finden, hat spürbar nachgelassen.«

»So darfst du nicht denken! Okay, sie ist ein kleines Biest, aber in erster Linie ist sie ein Opfer ihrer Eltern! Bei *der* Mutter und *dem* Vater ist es kein Wunder, was aus ihr geworden ist!«

Biancas Handy klingelte. Sie warf einen Blick aufs Display.

»Guten Morgen Jens, Olga sitzt bei mir.«

»Gut. Die Fahrt nach Hessen hat sich gelohnt. Hat Herrn Kinkels Observation euch zu Kiara geführt?«

»Nicht, dass ich wüsste. Was hast du herausgefunden?«

Ich berichtete ihnen von Evis Aussage, insbesondere davon, dass sie Herrn Kinkel auf einem Foto erkannt hatte. Schließlich stand somit fest, dass die beiden Lehrer schon vor ihrem Umzug nach Stuttgart miteinander befreundet gewesen waren.

»... Evi wurde von den beiden mit in den Wald zu einer Köhlerhütte genommen. Dort fand eine Geisterbeschwörung statt, bei der alle in Kutten gekleidet, Bier aus Tonbechern tranken, während Evi sich als göttliches Medium nackt dem Meister darbot.«

»Genau wie bei dem Ritual am Weinberghäusle!«

»Die Übereinstimmung kann kein Zufall sein! Kinkel ist unser Mann!«

»Wie glaubwürdig ist diese Evi?«

Einmal mehr hatte Bianca zielsicher einen Punkt getroffen.

»Schwer zu sagen, aber...«

»Hast du ihr nur ein Bild von Herrn Kinkel gezeigt oder hat sie ihn unter mehreren ...«

»Nur ein Bild von ihm!«

Bianca schwieg. Vor meinem inneren Auge erschien ihr vorwurfsvolles Gesicht. Sie enttäuschte mich nicht.

»Dir ist schon klar, dass jeder halbwegs kompetente Anwalt solche Indizien zerpflücken wird!«

»Evi ist ohnehin für jeden gegnerischen Anwalt ein gefundenes Fressen. Sie nimmt Drogen, ist psychisch krank und sieht in jedem Bullen einen Feind.«

»Wie hast du sie dann dazu gebracht, mit dir zu reden?«

»Gar nicht! Meine Tochter sprach mit ihr. Die meiste Zeit lauschte ich durch die geschlossene Tür dem Gespräch der beiden.«

»Spinnst du? Dann ist ihre Aussage wertlos!«

»Immerhin berichtete Evi aus eigenem Antrieb von einer Geisterbeschwörung, deren Ablauf einem von Herrn Kempf erwähnten Vorfall bei seinem Weinberghäusle entspricht! Das kann kein Zufall sein!«

»Trotzdem kannst du vorerst eine weitere Befragung Herrn Kinkels vergessen. Ab sofort vertritt ihn Dr. Kessler. Jede weitere Befragung darf nur in seiner Anwesenheit stattfinden.«

»War nicht Herr Amthor …«

»Staranwalt Dr. Kessler hat seinem unbekannten Kollegen ein Angebot gemacht, dem der nicht widerstehen konnte.«

Dr. Kessler war einer der besten Anwälte der Stadt. Wie ein Stück Hundekot eine Schmeißfliege, zog ihn die hohe Medienpräsenz des Falles an. Er würde unsere Ermittlungen gegen Herrn Kinkel erschweren. Trotzdem war ich erleichtert.

»Wir waren ebenfalls nicht untätig. Frau Weltke …«

Die Kolleginnen brachten mich auf den neuesten Stand. Schwere Entscheidungen standen an. Trifft man bei einer normalen Mordermittlung zu viele falsche Entscheidungen, findet man den Mörder nicht. In unserem aktuellen Fall würde bei zu vielen Fehlern eine Dreizehnjährige in einem

Kerker verdursten oder ein Mann, der bereits einmal zu Unrecht verdächtigt worden war, Selbstmord begehen. Wir stimmten unsere nächsten Schritte ab, dann beendete ich das Telefonat. Nachdenklich stieg ich die Hoteltreppe hoch auf unser Zimmer. Lena empfing mich mit einem Lächeln und einem erwartungsvollen Blick.

»Was musst du als Nächstes tun?«

»Nach Marburg fahren, um an Herrn Kinkels ehemaliger Schule mit Lehrern zu reden, die ihn von früher kennen. Tut mir leid, aber du wirst dir etwas Zeit ohne mich vertreiben müssen.«

»Kein Problem, aber vorher gehst du mit mir noch dort hoch.«

Sie zeigte durchs Fenster auf den imposanten, aus Bruchsteinen gemauerten Turm, der zur Weihnachtszeit zur größten Kerze der Welt mutierte. Ich erklärte mich einverstanden. Wir checkten aus und spazierten zum Hinterturm. Ein krummes, hutzeliges Männchen von über achtzig Jahren fuhr uns in einem alten Aufzug hoch zur Aussichtsplattform. Ich war froh, diese Höhe nicht über Treppen erklimmen zu müssen. Oben erklärte uns das Männchen die aus seiner Sicht interessanten Aspekte seiner Heimatstadt, meist den Niedergang der Textilindustrie, in der er selbst einst gearbeitet hatte.

Anschließend ließ er uns die Aussicht genießen. Dicht nebeneinander betrachteten wir einen dunklen Höhenzug, auf dem sich vereinzelt Windräder gemächlich drehten.

»Das ist der Vogelsberg.«

»Woher weißt du das?«

»Ich will Lehrerin werden, da muss man so Dinge wissen.«

»Aha.«

»Über den Vogelsberg dampfte einst eine Schmalspurbahn von hier nach Frankfurt. Jetzt verläuft auf der Trasse ein Radweg, der sehr schön sein soll. Was hältst du davon, wenn wir beide dort eine Radtour machen?«

»Klingt gut.«

»Okay, aber nicht irgendwann, sondern noch diesen Herbst!«

»Einverstanden.«

Einträchtig standen wir nebeneinander. Ich fühlte mich in Lenas Gesellschaft pudelwohl. Mit geschlossenen Augen beschwor ich die Erinnerungen an den gestrigen Abend herauf. Bei einer Tankstelle hatten wir uns zwei Dosen kaltes Bier besorgt und diese, dick eingepackt, auf einer Bank zwischen Stadtkirche und Hinterturm sitzend, geleert. Ein Sternenhimmel, unter dem ich mich klein und bedeutungslos fühlte, versetzte mich im Verbund mit der Nähe meiner an mir lehnenden Tochter in eine weiche, wehmütige Stimmung. Ich hatte Lena nach ihrem Leben befragt und sie mir bereitwillig Auskunft gegeben. Schließlich fragte sie mich über den Fall aus und ich gab ihr genauso bereitwillig Auskunft. Zu guter Letzt diskutierten wir ernsthaft miteinander, wie Evis Aussage einzuordnen war und was das für Herrn Kinkel bedeutete.

Völlig ausgekühlt, waren wir müde, sie bei mir untergehakt, den kurzen Weg hinab zu unserem kleinen Boutique-Hotel zurückgegangen. Das Hotel Schachtenburg, untergebracht in zwei alten Fachwerkhäusern, war außen historisch detailgetreu renoviert, innen mit einem Touch von Luxus und Dekadenz verunstaltet. Unser Zimmer war jedenfalls für meinen Geschmack mit seinen türkis-goldenen Betten zu kitschig. Der Umstand, es mir mit Lena zu teilen, hatte es für diese Nacht dennoch zum besten Ort auf der Welt gemacht.

Von dem auf Frau Weltke angesetzten Observationsteam erfuhr Bianca, dass jene in der Gegend zwischen Stiftskirche und Breuninger eifrig shoppte. Die Frau war quasi pleite, trotzdem kaufte sie bei den teuren Läden ein? Wie war das möglich? Warum saß sie nicht, wie es sich gehörte, weinend zu Hause und wartete auf ein Lebenszeichen ihrer Tochter?

Bianca fuhr zu Herrn Weltkes Arbeitsstelle. Dieser empfing sie umgehend.

»Bringen Sie mir Neuigkeiten von Kiara?«

»Leider nicht.«

»Was führt Sie dann hierher?«

»Haben Sie ganz sicher keine Lösegeldforderung erhalten?«

»Absolut sicher! Genau das Gleiche fragte mich Ihr Kollege bereits. Warum fragen Sie erneut?«

»Wir wundern uns über das Verhalten von Kiaras Mutter.«

»Was macht sie?«

»Sie schmeißt viel Geld für Klamotten aus dem Fenster und hat Sex mit deutlich jüngeren Männern.«

»Beides tut sie, weil sie sich schlecht fühlt.«

»Wie bitte?«

Ratlos sah die Polizistin den Autisten an.

»Frau Rust hat mir einmal erklärt, dass Sex und Shoppen Karinas Wege sind, sich besser zu fühlen. Manchmal bin ich ganz froh, anders zu sein als ihr.«

»Wir sind nicht alle so! Wieso sind die Konten Ihrer Ex-Frau heillos überzogen und ihre Kreditkarten gesperrt?«

»Karina kann nicht mit Geld umgehen. Sie glaubt, ihr stehe es jederzeit in jeder Menge zu und gibt es mit vollen Händen aus.«

»Okay, aber woher nimmt sie in diesem Augenblick das Geld zum Shoppen?«

»Das weiß ich nicht.«

»Ganz sicher nicht von Ihnen?«

»Nein. Wie ich bereits sagte … Moment!«

Fassungslos starrte er die Polizistin an.

»Sie verfolgen die Hypothese, dass ihre eigene Mutter Kiara entführte, um mich zu erpressen?«

Mehmet lief pfeifend durch den Flur der K1. Bei der K4 war es okay, aber wenn er ehrlich war, wollte er mittelfristig lieber hierher wechseln. Daher war für ihn der Observationsauftrag für die K1 ein Geschenk des Himmels. Kollegin Oleg würde staunen, dass er ihr schon heute Vollzug melden konnte. Er klopfte und sie bat ihn herein.

»Ich dachte, ich bringe dir meinen Bericht persönlich vorbei.«

»So schnell?«

Er lächelte stolz, während sie das mehrseitige Dokument entgegennahm.

»Was steht drin?«

»Das Annikas Clique nichts mit dem Mord und Kiaras Verschwinden zu tun hat.«

»Wie kamt ihr zu dem Ergebnis?«

»Es gelang mir, das Vertrauen eines Mitglieds der Gruppe zu gewinnen. Der …«

»Du bist ja einer von den ganz fixen. Wie hast du das so schnell geschafft?«

»Ich rettete ihn vor zwei Schlägern.«

Olga fixierte den jungen Kollegen scharf. Dieser lächelte, als könnte er kein Wässerchen trüben. Dabei würde sie wetten, dass Mehmet erst die Schläger auf den Jungen ansetzte, vor denen er ihn anschließend rettete. Aber in ihrem Job war es besser, nicht alles zu wissen.

»Okay, was hat er dir erzählt?«

»Arda ist der unbestrittene Boss der Clique und Annika seine Braut. Eine wie auch immer geartete Racheaktion hätte nur mit Ardas Segen stattfinden können. Als ich ihn gut im Blick hatte, schickte ich ihm ein Bild von Kiara. Arda zeigte es umgehend einem neben ihm sitzenden Kumpel. Die beiden feixten und starrten lüstern auf das Foto. Er schrieb mir zurück, dass mein Picture nice sei. Wir schrieben ein bisschen hin und her, wobei ich mich als Kiara Weltke zu erkennen gab. Auch auf den Namen reagierte er nicht. Daher bin ich mir sicher, dass er Kiara nicht kennt und nichts mit ihrem Verschwinden zu tun hat.«

Ein unorthodoxes Vorgehen, aber aus Olgas Sicht durchaus plausibel.

»Okay, gut gemacht, danke!«

»Weißt du eigentlich, dass man von Annikas Haus bis zu dem Weinberghäusle, in dem ihr den Lehrer gefunden habt, zu Fuß keine halbe Stunde braucht? Mit dem Fahrrad ist man in weniger als einer Viertelstunde dort.«

»Was soll das jetzt? Erst bescheinigst du der Clique ihre Unschuld und dann weist du auf ihre räumliche Nähe zum Tatort hin?«

»Ich bleibe dabei, dass die Clique nichts damit zu tun hat, lege meine Hände aber nicht für Annika ins Feuer. Um jemanden zu vergiften, braucht man keine Clique.«

Olga bedankte sich bei Mehmet, dann machte sie sich auf dem Weg nach Mühlhausen. Herr Kempf war aus dem Krankenhaus entlassen worden und hatte sich bereit erklärt, sie zu empfangen. An der von ihm genannten Adresse stieg die Kommissarin aus dem Auto und sah sich um. Die gesichtslosen Häuser aus den Sechzigerjahren enttäuschten Olga, hatte sie doch einen stilvollen Hof mit einer Scheune, an der Wilder Wein emporrankte und Kopfsteinpflaster erwartet.

Frau Kempf hatte extra für die Kommissarin Kaffee gekocht

und sogar einen Apfelkuchen gebacken, was jene rührte. Beides schmeckte ausgezeichnet. Sie gönnte sich ein zweites Stück Kuchen, während sie den alten Wengerter genau beobachtete. Er blätterte in einer Mappe mit einem guten Dutzend Porträtaufnahmen Jugendlicher in Kiaras Alter. Olga hatte genau registriert, dass Herr Kempf bei Kiaras Bild gezögert und es sich besonders lange betrachtet hatte. Jetzt verglich er es stirnrunzelnd mit dem Bild einer Jugendlichen, die eine weit entfernte Ähnlichkeit mit Kiara besaß.

»Ha, wissed se, s'isch scho a Woile her, aber wenn oine von denna in meim Wengert gwäh isch, dann di do!«

Mit dem Zeigefinger tippte er auf Kiaras Bild.

In Marburg hatte Herr Kinkel an der Realschule im Märchenviertel unterrichtet. Auf meinen Stuttgarter Polizeiausweis reagierte die Rektorin mit einem Stirnrunzeln. Als ich Frau Schiller mein Anliegen vortrug, wollte sie mich zunächst wegschicken.

»Bitte! Wir suchen fieberhaft nach einer verschwundenen Dreizehnjährigen. Jede Stunde Verzögerung kann den Tod des Mädchens bedeuten! Ich bin nicht aus Spaß den weiten Weg gefahren!«

»Und Bernd steckt in der Sache drin?«

»Das wissen wir nicht. Allerdings haben wir Hinweise darauf.«

Sie nahm wieder Platz.

»Hoffentlich schwerwiegende Hinweise! Das mit Bernd war eine furchtbare Sache! Es wäre schrecklich, verdächtigte man ihn erneut zu Unrecht!«

»Vielleicht wurde er damals gar nicht zu Unrecht verdächtigt.«

»Wie meinen Sie das?«

Sie starrte mich schockiert an.

»Nun, meines Wissens wurde der seinerzeit von seiner Anwältin erkämpfte Vaterschaftstest nie durchgeführt. Er könnte also tatsächlich der Vater des Kindes Ihrer ehemaligen Schülerin sein.«

Mit offenem Mund glotzte die Schulleiterin mich an.

»Menschen ahnen oft nicht, was auf sie zukommt, wenn ihr verbotenes Tun öffentlich wird. Das Denken eines Mannes, der auf Minderjährige steht, kreist um die Befriedigung seiner Lust. Er redet sich selbst ein, dass es schon gutgehen wird und glaubt, sein Einfluss auf sein Opfer sei so groß, dass es nicht reden wird. Erst wenn plötzlich die Polizei vor seiner Tür steht, sein Umfeld ihn ausgrenzt und er öffentlich medial geschlachtet wird, kapiert er, was er eigentlich getan hat. Viele verfallen dann in eine Art Schockstarre, bekommen trotzdem nichts anderes hin, als zu leugnen. Als seine Anwältin den Vaterschaftstest erstritt, erkannte er, dass er dringend handeln muss. Er bedrohte daraufhin das junge Mädchen massiv, woraufhin sie ihre Aussage zurückzog. So in etwa könnte es gewesen sein.«

»Das wäre ja furchtbar! Aber was habe ich damit zu tun?«

»Immerhin handelte es sich um ihre Schülerin. Wem hat sie sich damals anvertraut?«

Die Rektorin schluckte.

»Chantal vertraute sich unserer Schulsozialarbeiterin an, die daraufhin zu mir kam.«

»Und Sie haben mit Chantal gesprochen, weil sie einen Ihrer Lehrer schwer belastete?«

Frau Schiller schloss die Augen, nickte dann aber.

»Was hat Ihnen Chantal damals erzählt?«

Eine Weile saß sie reglos da, gab sich dann aber einen Ruck und öffnete die Augen.

»Sie erzählte mir eine haarsträubende Geschichte. Im Nachhinein ärgerte ich mich mehr als einmal darüber, ihr überhaupt zugehört und sie nicht gleich weggeschickt zu haben. Es passte so überhaupt nicht zu Bernd.«

»Was erzählte Ihnen Chantal?«

Chantal irrte ziellos durch dreckige Buden. In ihren superkurzen Shorts fühlte sie sich unpassend, trugen fast alle Frauen hier doch lange Kleider oder zumindest Röcke. Sie seufzte. Aufgrund einer Fernsehsendung hatte ihre Mutter neuerdings einen Mittelalter-Spleen. Hoffentlich endete dieser bald, so wie bisher alle Spleens ihrer Mutter rasch vorübergegangen waren. Etwas durchzuhalten war einfach nicht deren Ding, egal ob es sich um Arbeitsstellen, Männer oder Hobbys handelte. Gerade flirtete ihre Mutter mit einem Typen mit dicken Oberarmen und einer Lederschürze, während ihre Tochter sehen konnte, wo sie blieb.

Das Klirren von Metall und johlende Anfeuerungsrufe weckten Chantals Neugierde. Sie bog um eine Ecke und stand vor einer dicht stehenden Menschenmenge. Geübt drängelte sie sich durch und bekam große Augen. Auf einem schlammigen Platz droschen zwei Männer mit echten Schwertern aufeinander ein, dass es nur so krachte. Beide trugen Kettenhemden, Helme und Schilde, sonst läge schon längst einer der Kerle tot im Dreck. Aber auch so konnte es nicht mehr lange dauern, so heftig, wie die Kontrahenten aufeinander einschlugen.

Irritiert sah Chantal sich um. Warum beendete keiner der Erwachsenen den Kampf? Stattdessen lachten die Zuschauer und feuerten die Kämpfer sogar noch an! In diesem Augenblick entglitt einem der Kämpfer sein Schwert. Sofort schoss der blitzende Stahl des anderen in Richtung seiner Kehle. Chantal stieß einen spitzen Schrei aus und schlug ihre Hände vor den Mund. Die Waffe hielt rechtzeitig inne. Der Bedrohte zog seinen Helm ab und kniete vor dem Sieger nieder, was das Publikum mit lautem Gejohle und vereinzelten Buhrufen quittierte. Ein dritter Mann eilte hinzu, riss den Arm des Siegers in die Höhe und verkündete, der Graf habe das Schwertkampf-Turnier gewonnen, woraufhin die Zuschauer klatschten und pfiffen. Als auch dieser seinen Helm abnahm, fielen Chantal beinahe die Augen aus dem Kopf.

»Herr Kinkel, Herr Kinkel, Herr Kinkel!«, jauchzte sie, wobei sie aufgeregt hüpfend ihm zuwinkte.

Tatsächlich drehte ihr Lehrer seinen Kopf in ihre Richtung. Sein Blick glitt von ihrem Gesicht ausgehend an ihrem Körper hinab, verharrte auf ihren Brüsten. Erschrocken erstarrte Chantal. Ihre Wangen prickelten. Nie zuvor hatte ein Mann sie so angesehen. Die Blicke des Riesen im Kettenhemd wanderten weiter und strichen ihre nackten Beine hinab, die mit einer Gänsehaut reagierten. Er lächelte, setzte sich in Bewegung und kam auf sie zu.

»Nun holde Jungfer, darf der Sieger des Schwertkampfes euch zu einem Becher Met einladen?«

Chantal dachte zunächst, sich verhört zu haben. Verstohlen warf sie einen Blick nach rechts und nach links. Er stand ruhig vor ihr, blickte lächelnd auf sie herab. Schüchtern nickte sie, woraufhin er ihr seinen Arm darbot. Sie hakte sich bei ihm unter. Ihr, in einen stattlichen Ritter verwandelter Lehrer, führte sie zu einem Stand mit groben Holztischen, darüber ein Segel aus dunkelbraunem Stoff als Sonnenschutz. Eine Schönheit mit langen rotblonden Haaren in einem Kleid aus grüner Seide, das eng geschnürt ihre Wespentaille betonte und ihre Brüste zu einem reizvollen Dekolleté formte, schenkte aus einem Krug eine helle Flüssigkeit in Becher. Chantals Blicke konnten sich kaum von der Frau lösen. Was gäbe sie dafür, wenn sie selbst zu einer solchen Schönheit heranwüchse!

In diesem Augenblick nahm die Frau den Ritter an Chantals Seite wahr. Ein Strahlen ging über ihr Gesicht, das sofort erstarb, als sie Chantal an seinem Arm bemerkte. Sie setzte einen giftigen Pfeil der Eifersucht in Richtung der Jugendlichen ab, ehe ihr Gesicht einen neutralen Ausdruck annahm. Chantal wäre in diesem Augenblick fast geplatzt vor Stolz, war doch sonst sie es, der nichts anderes übrig blieb, als das Gift der Eifersucht zu versprühen. Es tat gut, selbst einmal dessen Ziel zu sein, noch dazu von solch einer Frau! Die Schönheit kam an ihren Tisch, stellte zwei grobe Tonbecher vor ihnen ab und füllte diese aus dem Krug.

»Ich vermute, ihr habt den Kampf gewonnen?«

»Wie immer Frau, wie immer!«

Er lachte breit.

»Und das Mädchen? Ist sie euer Preis?«

»Mir scheint, die Jungfer ist mir bereits in einem früheren Leben begegnet. Um das zu prüfen, sitzt sie hier.«

Die Frau nickte und ging ab. Der Graf hob seinen Becher und sah sie an. Chantal zögerte kurz, griff dann beherzt das vor ihr stehende Gefäß. Sie prosteten einander zu und tranken. Das Getränk schmeckte bitter. Chantal hätte es am liebsten ausgespuckt, traute sich jedoch nicht.

»Nun holde Jungfer, ich bin mir sicher, ihr wart in einem euren früheren Leben mindestens ein Edelfräulein, wenn nicht gar mehr.«

»Früheres Leben?«

Fassungslos starrte sie ihren Lehrer an. Was war mit dem los? Warum redete der so ganz anders als im Matheunterricht? Egal! Sie zuckte mit den Schultern. Immerhin lud er sie gerade ein. Der Kinkel war beliebt, nicht nur bei ihren Mitschülerinnen, sondern auch bei den Lehrerinnen. Nie hätte sie geglaubt, dass er sie auch nur eines Blickes würdigen könnte.

Als sie später an der Seite ihrer Mutter in der Regionalbahn nach Hause fuhr, erzählte jene pausenlos von ihrem neuen

Schwarm. Eigentlich ertrug Chantal derartige Elegien ihrer Mutter nicht mehr. Heute lächelte sie jedoch nur still vor sich hin. Gerne würde sie von sich und Herrn Kinkel, der in seinem anderen Leben ein Graf war, erzählen. Aber das ging nicht. Ihre Freundschaft war ein Geheimnis zwischen ihnen beiden. Oder war es gar eine beginnende Liebe? Jedenfalls hatte Chantal ihm versprechen müssen, mit niemandem darüber zu reden, vor allen Dingen nicht in der Schule. Dort müssten sie sich wie bisher begegnen, so tun, als kannten sie einander nicht persönlich. Wenn sie sich daran hielt, würde er sie nächsten Samstag zu einem geheimnisvollen Ritual mitnehmen. Dort würden sie dann herausfinden, wer Chantal in ihren früheren Leben war. Chantal fand das reichlich abgedreht und auch verwirrend, trotzdem würde sie ihrer Mutter eine Lüge auftischen, um Samstagnacht mit dem Grafen zu verbringen. Immerhin nahm der sie wahr, sah in ihr gar ein Edelfräulein! Sie lächelte. Bestimmt war sie einst wirklich ein solches.

Wie abgemacht stand Chantal am nächsten Samstag nach Einbruch der Dunkelheit am Ende der Weidenhäuser Brücke über die Lahn. Ein alter, hellblauer VW-Bus hielt neben ihr. Die Beifahrertür schwang auf. Der Mann hinterm Steuer war ein Lehrer an ihrer Schule und ihr dennoch fremd. Er lächelte sie einladend an, so ganz anders als an der Schule. Erneut war er ihr vertraut und zugleich fremd.

»Du bist mutig, das gefällt mir. Steig ein.«

Chantal zog sich lächelnd hoch in das Gefährt. Erst als sie fast ganz drinnen war, sah sie auf den hinteren Sitzbänken mehrere Gestalten in dunklen Roben sitzen, die Kapuzen so über das Haupt gezogen, dass deren Gesichter nicht zu erkennen waren. Chantal erstarrte.

»Keine Angst, wir müssen mindestens ein halbes Dutzend sein, um die Geister erfolgreich zu rufen. Nimm Platz.«

Eine Gänsehaut kroch Chantals Nacken hoch. Sie bekam keine Luft mehr. Verkrampft ließ sie sich auf den Beifahrersitz plumpsen. Der Graf beugte sich über sie, um ihre Tür zu schließen. Dann gab er Gas. Erst jetzt erkannte sie ihren schrecklichen Fehler. Würde sie die Nacht überleben? Ihre Mutter wähnte sie bei einer Freundin, niemand wusste, worauf sie sich eingelassen hatte! Tränen kullerten ihre Wangen hinab.

Ihr Lehrer redete freundlich auf sie ein, fragte interessiert nach und munterte sie auf. Auch auf den hinteren Bänken setzten leise Gespräche ein, denen Chantal entnahm, dass dort nur Frauen saßen. Sie entspannte sich etwas. Als sie es wagte, einen Blick nach hinten zu werfen, erkannte sie im Licht der Scheinwerfer eines entgegenkommenden Autos die rothaarige Schönheit unter einer der Kapuzen. Eigentümlicherweise entspannte sie das noch mehr. Den Schildern entnahm Chantal, dass sie in den Vogelsberg fuhren.

Auf einem dunklen Waldparkplatz parkten sie. Alle stiegen aus, eine der Frauen legte Chantal einen weißen Umhang um. Die anderen entzündeten Fackeln und gingen auf einem breiten Weg in den Wald hinein. Mit etwas Abstand folgten die Frau und Chantal den anderen. Im dunklen Wald rings um sie herum raschelte es. Ein Käuzchen rief, dem in der Ferne ein anderes antwortete. Chantal drängte sich dicht an ihre Begleiterin, die ihr einen Arm um die Schulter legte und sie behutsam streichelte. Auf einmal begriff Chantal, dass sie soeben ein echtes Abenteuer erlebte. Eine freudige Erregung ergriff sie.

Nach einem kurzen Fußmarsch bogen sie um einen moosbewachsenen Felsen. Unter riesigen Bäumen loderte eine große Flamme. Zwischen dem Feuer und einer Holzhütte stand eine weitere Gestalt in einer dunklen Robe. Sie hob zum Gruß eine Hand, goss dann aus einem großen Krug eine goldgelbe Flüs-

sigkeit in Becher. Jene wurden herumgereicht, jeder trank mehrere Schlucke, ehe er das Gefäß weitergab. Ein Gesang setzte ein, nicht aus Worten, sondern aus kehligen Tönen. Plötzlich hielten einige Kapuzenträgerinnen kleine Trommeln in den Händen, schlugen damit einen wilden Rhythmus. Ekstatisch tanzten alle ums Feuer, während die Becher weiter kreisten.

Chantal geriet in eine euphorische Stimmung. Der Graf überragte die anderen um Haupteslänge. In diesem Augenblick hielt er inne, riss die Arme zum Sternenhimmel empor und rief von dort die Geister zu ihnen herab. Er forderte die Anwesenden auf, ihr jetziges Ich in einen hinteren Winkel ihres Geistes zu verbannen, um Platz für ihre früheren Ichs zu schaffen. Chantal fühlte sich seinen Worten ausgeliefert, spürte eine zunehmende Distanz zu ihrem Körper. Der Graf verkündete, es werde Zeit für die Jungfer, die man benötige, damit die Geister sich zeigen. Chantal wusste, dass sie damit gemeint war, und lächelte freudig. Ihre Begleiterin von vorhin legte erneut den Arm um ihre Schulter, führte sie sanft in die Hütte. Dort zog sie ihr erst den Umhang und dann ihre Kleidung aus, was Chantal in Trance willig geschehen ließ. Die Frau nahm ein Töpfchen mit einer wohlriechenden Creme und rieb sie mit ihren sanften Händen damit ein. Chantal spürte eine wohlige Erregung. Als die weichen Hände ihre Brüste erreichten, entschlüpfte ihr ein Stöhnen. Sie wünschte sich sehnlichst, die erregenden Hände würden sie auch unten streicheln und tatsächlich bewegten jene sich langsam in die gewünschte Richtung. Chantal schloss die Augen, als die junge Frau plötzlich innehielt. Sie zog ihr wieder die weiße Robe an, was Chantal zutiefst bedauerte. Ihre Begleiterin führte sie nach draußen. Der Graf sang dunkle Sätze vor, der Chor ihm jene nach. Chantal wurde ans Feuer vor den Grafen gebracht. Erst dort, in der Mitte des ekstatischen Geschehens, entblößte ihre Begleiterin die Jungfer. Gebannt starrte Chantal auf das mächtig vor ihr aufragende Mannsbild, das sie mit einer Gier anstarrte, die sich ihr noch nie zuvor im Gesicht eines Mannes offenbart hatte. Er löste seinen Gürtel und öffnete seine Robe. Im Zentrum seines muskulösen Körpers reckte sich sein mächtiges Geschlecht.

An dieser Stelle beendete Frau Schiller ihren Bericht, dem ich fasziniert gelauscht hatte. Ich schluckte und räusperte mich.

»Wow! Wie alt war Chantal damals?«

»Dreizehn.«

»Kann eine Dreizehnjährige sich so etwas ausdenken?«

Die Rektorin holte tief Luft.

»Genau das fragte ich mich damals auch, zumal Chantal in ihren Aufsätzen und bei ihren Ausreden wenig Fantasie besaß. Ihr Bericht passte so gar nicht zu meinem Bild von meinem Lehrerkollegen. Nach reiflicher Überlegung riet ich ihrer Mutter dennoch zu einer Anzeige.«

»Viele Menschen verstehen es sehr gut, ihre dunklen Seiten zu verbergen. Wieso wurde eigentlich der vom Gericht angeordnete Gentest nicht durchgeführt?«

»Weil der Test noch gar nicht vom Gericht angeordnet, sondern lediglich von Herrn Kinkels Anwältin dort beantragt worden war. Meines Wissens machte Chantals Anwältin ihr klar, dass sie wohl kaum um den Test herumkomme. Daraufhin flippte die Jugendliche völlig aus und zog ihre Aussage zurück. Sie wollte auf keinem Fall einen Gentest.«

»Sie wissen erstaunlich gut Bescheid.«

»Chantal war eines unserer Sorgenkinder, du denen man oft eine besonders enge Beziehung entwickelt.«

»Haben Sie heute noch Kontakt zu ihr?«

»Jedes Jahr besucht sie unser Sommerfest. Zwischendurch schaut sie auch hin und wieder vorbei. Als Schülerin hat sie gegen uns rebelliert, im Rückblick war die Schule ihre beste Zeit.«

»Und Chantal hat nie gesagt, wer der Vater ihres Kindes ist?«

»Nein, nie.«

»Gestern hat eine junge Frau eine Aussage über ein Reinkarnationsritus im Vogelsberg gemacht, die perfekt zu Chantals erster Aussage passt. Auch bei ihr spielt ein Lehrer eine Rolle.«

»Doch nicht etwas Herr Kinkel?«

»Nein, aber er könnte der am Feuer wartende Mann gewesen sein. Was, wenn Chantal Ihnen die Wahrheit erzählte und Herr Kinkel später das Mädchen so massiv einschüchterte, dass sie ihre Aussage zurückzog?«

»Das wäre ganz furchtbar!«

Die Rektorin schlug die Hände vors Gesicht.

»Wenn ich Chantal davon überzeugen kann, dass sie von Herrn Kinkel nichts mehr zu befürchten hat, sagt sie uns heute vielleicht die Wahrheit. Es wäre mir eine große Hilfe, wenn Sie mich bei dem Gespräch unterstützen.«

Frau Schiller zauderte.

»Was macht Sie so sicher, dass mein ehemaliger Kollege der Vater von Chantals Tochter ist?«

»Soeben hörte ich zum dritten Mal in Verbindung mit Herrn Kinkel von einer Geisterbeschwörung am Feuer mit einem nackten Mädchen. Das kann kein Zufall sein!«

Eben jener Herr Kinkel hatte sich schweren Herzens dazu durchgerungen, einem Psychologen eine zweite Chance zu geben. Nicht etwa, weil er glaubte, dass der ihm helfen könnte, zumindest nicht so, wie er es sich vorstellte. Er tat es einzig seiner Frau zuliebe, die draußen im Wartezimmer saß.

Bisher war das Gespräch in etwa so verlaufen, wie er es erwartet hatte. Der Psychologe, diesmal wollte er es bei einem Mann versuchen, hatte ihn nach seiner vorherigen Therapie befragt und warum er diese abgebrochen hatte. Jetzt sah Dr. Wagner ihn seit einiger Zeit nachdenklich an. Herr Kinkel fühlte sich zunehmend unwohl. Endlich räusperte der Psychologe sich und fragte weiter.

»Habe ich richtig verstanden, dass Ihre Bedingung für unsere Zusammenarbeit lautet, wir schließen manche Bereiche Ihres Lebens aus?«

»Ja.«

»Sie wollen mir dabei nicht einmal sagen, um welche Bereiche es sich handelt?«

Der Lehrer nickte.

»Das klingt ja gerade so, als hätten Sie schreckliche Dinge getan.«

Als Dr. Wagner es so klar formulierte, zuckte er zusammen, was seinem Gegenüber natürlich nicht entging, worüber er sich wiederum ärgerte.

»Ich unterliege einer strengen Schweigepflicht, die selbst in der Vergangenheit begangene Verbrechen einschließt. Selbst wenn Sie mir von einem Mord erzählten, müsste ich das für mich behalten. Andernfalls drohten mir harte Konsequenzen.«

»Das weiß ich!«

Verstand der Typ denn gar nichts? Dabei war Dr. Wagner doch angeblich vom Fach! Er lebte nur noch, weil er es irgendwie schaffte, an manche Dinge nicht zu denken, zumindest fast nie. Wie sollte es da möglich sein, darüber zu reden?

Als Herr Weltke begriff, warum Bianca bei ihm war, verfiel er in einen wirren Zustand. Erregt vor sich hin faselnd schritt er in seinem geräumigen Büro ein exaktes Quadrat nach dem anderen ab. Bianca sah ihm erst perplex zu, sprach ihn dann an, was er ignorierte. Auf der Suche nach Hilfe verließ sie sein Büro und sprach die im Vorzimmer sitzende Sekretärin an. Diese eilte zu ihrem Chef, wies vorher die Polizistin an, draußen zu warten.

Nach einer halben Stunde wurde Bianca wieder zu Herrn Weltke gerufen, der sich beruhigt hatte.

»Was ich nicht verstehe: Selbst, wenn Karina unsere Tochter entführt hat…«

»Vielleicht eher, Ihnen eine Entführung vorgetäuscht!«

Verwirrt sah er Bianca an. Sie fürchtete schon, er würde erneut aufspringen und Quadrate laufen, als er sich einen Ruck gab.

»Selbst, wenn Karina Kiara entführt hat, wäre es doch trotzdem verboten, von mir ein Lösegeld zu fordern! Was hat sie also davon?«

»Menschen stehlen, brechen ein oder entführen andere Menschen, um auf verbotene Wege an Geld zu kommen.«

»Das ist mir bekannt, auch wenn ich nicht nachvollziehen kann, warum man so etwas tut. Und wenn ich Karina anzeige, nachdem ich ihr das Geld gebe? Dann kommt sie ins Gefängnis und Kiara ist frei.«

»Aber nur, wenn ihre Ex-Frau so dumm wäre, unter ihrem eigenen Namen Geld von Ihnen zu fordern.«

»Wie sollte sie es denn sonst machen?«

Die Polizistin sah ihr Gegenüber fassungslos an.

»Schauen sie keine Krimis im Fernsehen?«

»Nein.«

»Lesen Sie auch keine Krimis?«

»Krimis sind Zeitverschwendung! Würden Sie mir bitte endlich meine Frage beantworten?«

»Entführer machen so etwas in anonymer Form, also ohne Absender. Entweder schneiden sie Wörter aus einer Zeitung aus und kleben sie zu einem Brief zusammen, in dem sie den Tod der entführten Person androhen, sollte nicht eine bestimmte Summe Geld gezahlt werden. Oder sie drucken diesen auf einem geläufigen Druckermodell aus, das sie anschließend beseitigen, um ihre Spuren zu verwischen.

Den Brief senden sie dann ohne Absender per Post oder werfen ihn persönlich ein.«

»Letzteres wohl kaum, da ich in einer gesicherten Wohnanlage mit Videoüberwachung lebe. An die Briefkästen kommt man nur ran, wenn ein Bewohner einen einlässt. Außerdem schmeiße ich Briefe ohne Absender ungeöffnet weg. Gleiches gilt für Briefe von Absendern, die ich nicht kenne. Das sind ohnehin alles nur Bettelbriefe oder Werbesendungen und somit Zeitverschwendung.«

Bianca stellte sich vor, dass die Entführer Brief um Brief verfassten, die Herr Weltke allesamt ungeöffnet wegwarf.

»Haben Sie eigentlich jemals mit Karina zusammengewohnt?«

»Natürlich! Warum fragen Sie das?«

»Weiß Ihre Ex von Ihrer Angewohnheit, einen Teil der Briefe ungeöffnet wegzuwerfen.«

Er dachte nach.

»Ich glaube nicht. Wir wohnten nur wenige Monate zusammen und besaßen damals ein großes Haus mit einem Mädchen, das mir die Post ins Büro legte und meinen Papierkorb leerte. Karina interessierte sich nie für meine Arbeit. Frau Rust meinte, dass Karina sich auch nie für mich interessierte.«

»Würden Sie bitte anonyme Briefe ab heute nicht mehr wegwerfen, sondern sie ungeöffnet uns geben?«

»Selbstverständlich.«

Bianca verabschiedete sich mit einem gestressten Blick auf

die Uhr. Eigentlich war die Zeit zu knapp, aber sie musste einfach ein weiteres Mal nach Waiblingen fahren! Auf der Fahrt quer durch die Stadt beschäftigte sie sich eingehend mit der Frage, wo der tote Lehrer sein Tagebuch versteckt haben konnte. Als sie eine halbe Stunde später in seiner Kammer im alten, krummen Fachwerkhaus stand, war die Antwort so einfach, dass sie sich wunderte, wie der Mörder und sie selbst bei der ersten Durchsuchung des Zimmers das Versteck hatten übersehen können. Am Kopfende des Bettes hob sich ein kurzes Stück Diele leicht vom Boden ab. Es ließ sich mühelos herausnehmen. Darunter lag ein in Leder gebundenes Buch, das sich als Tagebuch des toten Lehrers entpuppte.

In Marburg erklärte die Schulleiterin sich schließlich bereit, mich zu einem Gespräch mit Chantal zu begleiten. Allerdings bestand Frau Schiller darauf, Kommissarin Bach einzubeziehen, die seinerzeit die Ermittlungen geleitet hatte. Da ich es eilig hatte, wollte ich es vermeiden, aber die Rektorin blieb hart und so fügte ich mich schließlich. Zunächst rief die Rektorin in Gießen an und erklärte Frau Bach die Situation, dann verlangte jene mich zu sprechen. Frau Schiller stellte mir freundlicherweise ihr Büro für ein ungestörtes Gespräch zur Verfügung. Daher nannte ich der Kollegin Ermittlungsdetails. Sie versprach, nur kurz ihren Chef zu informieren und sich dann direkt mit uns vor Chantals Wohnung in Marburg-Waldtal zu treffen, immerhin ging es um das Leben einer Jugendlichen. Sicher war das ein Grund. Aber vermutlich brannte die Kollegin auch darauf, die erlittene Schmach auszuwetzen.

Alles in allem dauerte es zwei Stunden, bis wir tatsächlich vor Chantals Haus in Waldtal hielten. Bei Marburger-Waldtal handelte es sich um eine brutalistische Stadtutopie der Siebzigerjahre, von denen über die Republik verteilt zu viele existierten. Die hier war wenigstens im Kleinformat. Rund ein Dutzend hässlicher Betonklötze gruppierte sich in einem weiten, durchbrochenen Karree um eine schäbige Grünfläche samt Spielplatz.

Vor dem Haus erwartete uns tatsächlich Kollegin Bach. Die Schulleiterin und die Polizistin erkannten einander. Wir begrüßten uns kurz, dann übernahm die Rektorin die Führung. Im Fahrstuhl stank es beißend nach Urin. Wir verließen ihn fluchtartig wieder und entschieden uns für die Treppe. Außer Atem klingelte die Schulleiterin bei ihrer ehemaligen Schülerin. Der Umstand, dass Frau Schiller telefonisch ihren Besuch angekündigt hatte und die junge Frau daher zu Hause war, beruhigte mich. So öffnete sich auch tatsächlich rasch die Tür.

Als Chantal ihre ehemalige Rektorin erblickte, lief ein Strahlen über ihr Gesicht, das jedoch sofort wieder erlosch, als sie Kollegin Bach und mich erblickte.

»Oh!«

»Der Polizist hier ist sich sicher, dass du mir seinerzeit die Wahrheit erzählt hast! Es tut mir leid, dass ich an deinen Worten zweifelte. Ich möchte mich dafür bei dir entschuldigen.«

Chantal war instinktiv einen Schritt zurückgewichen. Jetzt musterte sie mich interessiert. Ich lächelte sie an.

»Wieso glauben Sie mir?«

»Darf ich Ihnen das bitte drinnen erklären?«

Sie überlegte kurz, nickte dann und verschwand in ihre Wohnung. Wir folgten ihr. Die Tür war von innen durch zwei zusätzliche, stabile Riegel gesichert, welche über die gesamte Breite der Tür reichten. In der Wohnung war es eng und ärmlich, aber ordentlich. War das immer so? Oder hatte sie wegen des angekündigten Besuchs von Frau Schiller aufgeräumt?

Chantal hatte Kaffee gekocht und Kekse auf einem Teller drapiert. Wortlos holte sie aus der Küche zwei weitere Tassen, dann lümmelte sie sich aufs Sofa. Mit einer Geste wies sie mir den Sessel ihr gegenüber zu, wo ich Platz nahm.

»Nun?«

»Ich bin von der Stuttgarter Kripo …«

»Dorthin ist er abgehauen!«

»… und suche eine dreizehnjährige Schülerin der Schule, an der Herr Kinkel jetzt unterrichtet …«

Sie richtete sich etwas auf.

»Was ist mit ihr passiert?«

»Das wollen wir herausfinden. Sie ist spurlos verschwunden, auch ihre engsten Freundinnen wissen nicht, wo sie ist. Daher gehen wir von einem Verbrechen aus. Entweder, sie wurde entführt und wird irgendwo festgehalten. Dann müssen wir sie schleunigst finden, ehe sie verdurstet oder verhungert. Oder sie wurde ermordet.«

Chantal schluckte.

»Wieso glauben Sie, dass ich Frau Schiller damals die Wahrheit erzählte?«

»Weil ich durch deine Rektorin zum dritten Mal in Verbindung mit Herrn Kinkel von einer Geisterbeschwörung am Feuer mit einem nackten Mädchen erfuhr. Das erste Mal hörte ich im Zusammenhang mit dem in Stuttgart verschwundenen Mädchen davon …«

Ich verschwieg ihr absichtlich den toten Lehrer, wollte ich sie doch nicht noch zusätzlich verängstigen.

»… Das zweite Mal hörte ich, dass er vor zwei Jahren hier in Hessen und zwar im Vogelsberg …«

»Im Vogelsberg?«

Ihre Augen leuchteten auf. Sie erhob sich in eine aufrechte Position und rutschte ganz nach vorne an die Kante.

»Genau dort!« Ich nickte und lächelte ihr aufmuntert zu. »Im Vogelsberg, wo es auch dir passierte.«

»Mir ist gar nichts passiert!«

Sie sank wieder zurück und verschränkte die Arme vor dem Körper.

»Mir ist klar, dass er dich damals massiv bedrohte. Wahrscheinlich drohte er dir mit dem Tod, solltest du deine Aussage nicht zurücknehmen. Aber wenn du gegen ihn aussagst, kommt er für den Rest seines Lebens hinter Gitter! Er kann dir nichts anhaben!«

Ich sah sie bittend an. Sie rührte sich nicht. Auch Kommissarin Bach und Rektorin Schiller starrten gebannt auf die junge Frau. Frau Schiller legte vorsichtig ihre Hand auf das Knie der neben ihr sitzenden jungen Frau.

»Chantal, du …«

Sie versuchte das Mädchen zu ermutigen, während ich fieberhaft überlegte. Warum redete sie selbst jetzt noch nicht? Offensichtlich sehnte sie sich nach einer Rehabilitation, nach einer öffentlichen Anerkennung, damals nicht gelogen zu haben. Wenn es weitere Fälle gab, würde Herr Kinkel mit Sicherheit …

»Er war damals nicht allein!«

Chantal, die Frau Schillers Worte geduldig über sich hatte ergehen lassen, zuckte zusammen, sah mich dann aber interessiert an.

»Wer war bei Herrn Kinkel, als er dich bedrohte? Eine der Frauen von der Rückbank des Busses? Oder der Mann, der euch beim Feuer erwartete?«

»Woher wissen Sie, dass es ein Mann war? Ich habe ihn Frau Schiller gegenüber nie erwähnt!«

»Weil beim anderen Fall im Vogelsberg ein zweiter Mann dabei war, ein kleinerer, schlankerer, der auf den ersten Eindruck sehr nett und sympathisch war!«

Ihrem Blick entnahm ich, dass sie sich von mir erkannt fühlte.

»War er es?«

Sie reagierte nicht. Also tastete ich mich weiter vor.

»Nein, es war eine von den Frauen …«, sie nickte kaum merklich, »… doch womit jagte diese dir so eine Heidenangst ein? Mit einer Waffe?«

Erneut nickte sie ganz schwach.

»Einem Messer oder einem Schwert?«

Ihr Kopf zuckte leicht.

»Nicht? Womit dann? Es muss eine altertümliche Waffe gewesen sein, eine die ins Mittelalter passt.«

Chantal schloss die Augen. Gleich würde sie losheulen. Wahrscheinlich durchlitt sie erneut die schreckliche Situation.

»Wir werden seine Helferinnen mit ihm verhaften! Die kommen ebenfalls nicht straflos davon! Also, womit hat sie dich bedroht?«

Es arbeitete schwer in ihr, ich litt mit ihr.

»Mit einer Armbrust«, flüsterte sie, öffnete dann die Augen. »Sie schoss so knapp an meinem Kopf vorbei, dass die Feder am Ende des Pfeils meine Wange streifte. Dann drohte sie, wenn ich nicht meinen Mund halte, wird ein aus der Dunkelheit kommender Pfeil mich und mein Kind durchbohren. Seit jener Nacht war ich nie mehr im Dunkeln draußen. Sobald es dunkel wird, schließe ich alle Fenster, lasse die Läden herunter und niemanden mehr herein!«

Sie weinte hemmungslos, Frau Schiller zog sie in ihre Arme und streichelte ihr über den Rücken. Die Kollegin und ich wechselten betroffene Blicke. Ich würde die Schweine aus dem Verkehr ziehen, koste es, was es wolle.

Eine Viertelstunde später rief ich vom Auto aus bei meiner Chefin an, um ihr zu berichten, was ich herausgefunden hatte. Sie hörte konzentriert zu, fragte vereinzelt gezielt nach.

»… deshalb schlage ich vor, Herrn Kinkel durch das Observationsteam zur Befragung aufs Präsidium bringen zu lassen.«

»Nicht so eilig! Lass uns heute Abend zusammensitzen, am besten mit allen, inklusive der Staatsanwältin.«

»Warum sollen wir so vorsichtig sein, etwa nur, weil er einen neuen Anwalt hat?«

»Dr. Kessler ist ein Grund, möglichst sorgfältig zu arbeiten, aber nicht der einzige! Beim Ehepaar Kinkel tut sich was. Dr. Kessler ließ gestern die beiden von einer Mitarbeiterin in ein Haus im Nordschwarzwald bringen, vermutlich um sie von der Presse abzuschirmen. Bei der Abholung musste die Mitarbeiterin lange vor dem Haus der Kinkels warten. Als sie das zweite Mal klingelte, kam er alleine mit einer kleinen Reisetasche heraus, die er im Kofferraum verstaute. Mit hängendem Kopf stieg er zu der Frau ins Auto.

Als sie losfuhr, öffnete er jedoch die Tür und sprang wieder raus. Er stürmte zurück ins Haus. Nach zehn Minuten brachte er seine Frau mit. Er führte sie an der Hand, zog sie förmlich hinter sich her. Von ihrer Körpersprache her wirkte sie äußerst unwillig, stieg aber trotzdem ein.

Die Kollegen verfolgten das Fahrzeug bis nach Kniebis. Die Ablösung machte heute früh eine interessante Entdeckung. In aller Frühe, noch in der Dunkelheit, stand Frau Kinkel auf. Ohne Licht im Haus zu machen, zog sie sich an und verließ es durch die Terrassentür auf der Rückseite. Über das Grundstück des Nachbarhauses, Kniebis ist eine Streusiedlung, die Häuser stehen großzügig verteilt, mit Bäumen zwischen ihnen, kam sie hinter dem Wagen des Observationsteams auf die Straße. Die Kollegin im Fahrzeug erkannte sie nicht, aber dass eine Person im Dunkeln durch die Gegend schlich, erschien ihr verdächtig. Also weckte sie ihren Partner und folgte ihr.

Frau Kinkel fuhr mit dem ersten Bus nach Freudenstadt und von dort mit der Bahn weiter nach Stuttgart. Zuletzt hörte ich, dass sie in der gemeinsamen Wohnung mehrere große Koffer packte. Zwischendurch wurde sie beim Packen immer wieder von ihren Gefühlen übermannt, setzte sich und barg ihr Gesicht in ihren Händen.«

»Verlässt sie ihn?«

»Warum sonst hätte sie sich heimlich aus dem Haus schleichen sollen?«

»Vielleicht aus Rücksicht, um ihren Mann und Dr. Kesslers Assistentin nicht zu wecken?«

Die Kriminaldirektorin schnaubte hörbar.

»Das glaubst du doch selber nicht! Aber warten wir ab. Wenn sie mit den Koffern zurück nach Kniebis fährt, lassen wir sie in Ruhe. Falls sie sich absetzt, holen wir sie her und reden ohne Dr. Kessler mit ihr. Dann konfrontieren wir sie auch mit deinen neu gewonnenen Informationen. Wenn ihr Gatte wirklich nachts nackt um Lagerfeuer tanzte und Mädchen missbrauchte, muss sie davon etwas mitbekommen haben.«

Meine Tochter Lena fuhr, während ich meinen Bericht tippte und an die Kollegen schickte. Nach einer kurzen Pause löste ich sie ab. Die Fahrt nach Stuttgart dauerte deutlich länger als erwartet. Obwohl ein Berg Arbeit auf mich wartete, quälte ich mich am Präsidium vorbei durch den Feierabendverkehr hinab in den Stuttgarter Westen. Ich hatte die Tage mit Lena sehr genossen und empfand das starke Bedürfnis, sie heimzufahren. Zum Abschied umarmten wir uns fest und küssten uns auf die Wangen. Dann quälte ich mich durch die Innenstadt, vorbei an der Bahnhofsbaustelle, wieder hinauf ans Präsidium, wo ich erst eine halbe Stunde vor der angesetzten Besprechung eintraf. Bianca war, wie so oft, um diese Zeit zu Hause bei ihrer Familie. Also schaute ich bei Olga vorbei.

»Hast du schon das Neueste von Frau Kinkel gehört?«

»Nein, ich bin eben erst aus Marburg zurückgekommen.«

»Sie hat unser Observationsteam am Bahnhof auf äußerst brutale Weise abgeschüttelt. Unser Kollege und ein unbeteiligter Passant sollen schwer verletzt sein.«

»Wow! Dabei hielt ich sie bisher für harmlos!«

Einmal mehr überraschte mich der Fall. War Frau Kinkel die Komplizin ihres Mannes? Und warum hatte sie die Kollegen abgeschüttelt? Um zu flüchten? Oder wollte sie Kiara freilassen, beziehungsweise sie zumindest mit Wasser und Nahrung versorgen?

Aus Neugierde ging ich schon vor der Zeit in den Besprechungsraum. Dort spekulierten die Kollegen wild über die Hintergründe von Frau Kinkels Aktion. Es zeigte sich, dass niemand etwas Konkretes wusste. Die Tandem-Partnerin des schwer verletzten Kollegen stand unter Schock, Kriminaldirektorin Lansik war bei den beiden im Klinikum. Die Staatsanwältin Frau Dr. Werner erschien pünktlich, wusste aber nichts. Mit einer Viertelstunde Verspätung traf endlich Frau Lansik ein und eröffnete die Sitzung.

»Bestimmt haben Sie alle vom Unfall unseres Kollegen Meyer gehört. Ich komme gerade von ihm. Sein Zustand ist stabil. Ob er dauerhafte Schäden davonträgt, können die Ärzte noch nicht sagen.«

Empörtes Gemurmel ertönte ringsum. Jeder würde sein Bestes geben, um Frau Kinkel dingfest zu machen.

»Was genau hat Frau Kinkel ihm angetan?«

Die Staatsanwältin sprach aus, was uns alle interessierte.

»Nichts. Wie kommen Sie darauf…«

Überrascht sah die Kriminaldirektorin in die Runde, begriff dann jedoch rasch.

»Ich glaube, hier liegt ein Missverständnis vor! Polizeihauptmeister Meyer trägt selbst die Schuld an seinem Unfall.«

»Unfall? Es heißt, Frau Kinkel habe ihn vor ein Auto gestoßen!«

»Der Kollege wurde zwar angefahren, aber nur in Folge seiner Unachtsamkeit! An der Bushaltestelle gegenüber dem Bahnhof sprang Frau Kinkel aus dem Taxi und eilte Richtung Klettpassage. Das Taxi samt ihren Koffern fuhr hingegen weiter. Unsere Kollegen diskutierten kurz, dann riss Meyer auf der Beifahrerseite die Tür auf und sprang hinaus. Ein zwischen den Autos hindurchrasender Elektroscooter krachte ungebremst in ihn hinein. Der Kollege und der Fahrer des Scooters wurden schwer verletzt, während die am Steuer sitzende Kollegin einen Schock erlitt.«

Betretendes Schweigen folgte, das in ein aufgeregtes Gemurmel überging. Ich wollte lieber weiterarbeiten, als mich mit Nebenschauplätzen aufzuhalten.

»Wo ist Frau Kinkel jetzt?«

»Das wissen wir nicht. Laut unserem Team in Kniebis ist sie dort nicht wieder aufgetaucht.«

»Wohin brachte das Taxi ihre Koffer?«

»Das wissen wir ebenfalls nicht. Herr Meyer notierte sich die Nummer des Taxis auf seinem Block. Leider ging dieser im Chaos nach dem Unfall verloren.«

Sie sah in die Runde.

»Ihr wisst, was das bedeutet.«

Im Chor stöhnten wir auf. Es würde uns unzählige Stunden kosten, das Taxi mit den Koffern zu ermitteln und Videoaufnahmen nach Frau Kinkels Verbleib zu sichten.

»Was ist mit ihrem Handy?«

»Seit gestern ausgeschaltet. Wir können sie nicht orten.«

Frau Dr. Werner stand auf.

»Dieses Ausmaß an Dilettantismus ist skandalös! Die Öffentlichkeit schaut auf uns und Ihr Kollege springt einfach aus dem Auto, ohne sich umzusehen! Wir stehen wie die Deppen da! Vom Bürger erwarten wir, dass er seine Autotür mit dem holländischen Griff öffnet, aber nicht einmal unsere eigenen Beamten …«

»Es reicht!«

Ich erhob mich ebenfalls.

»Dem Kollegen unterlief ein Fehler, den er mit seiner Gesundheit bezahlte! Das ist ärgerlich, lässt sich aber nicht ändern! Wir sind hier, um die Ermittlungen voranzubringen, und nicht, um uns von Ihnen abkanzeln zu …«

»Halten Sie Ihren Mund, Hurlebaus!«

Kriminaldirektorin Lansik blieb sitzen, starrte mich aber mit unverhohlener Wut an.

»Wer Fehler macht, muss sich auch Kritik anhören! Dass Sie ein Mann sind gibt Ihnen noch lange nicht das Recht, Frau Dr. Werner in aller Öffentlichkeit …«

»Das hat doch absolut nichts mit Mann und Frau …«

»Es reicht! Ich will kein Wort mehr von Ihnen hören!«

Der Raum knisterte vor Spannung. Alle starrten mich an, war ich doch dafür bekannt, mir nichts gefallen zu lassen. Mir lag auf der Zunge zu fragen, ob die Kriminaldirektorin ihre Tage hat.

Nichts von dem Trubel im Präsidium ahnend, brachte Bianca ihre Kinder ins Bett. Als dort Ruhe einkehrte, nahm sie das gefundene Tagebuch zur Hand. Der erste Eintrag war gut fünf Jahre alt. Auf den ersten Seiten las sie, dass Herr Siegel sich seinerzeit stark bemüht hatte, Teile seines Wesens vor seinen Mitmenschen zu verbergen. Jagdfieber erfasste Bianca, vermutete sie doch, er verbarg damals seine Neigung zur Pädophilie.

Bald wich ihr Fieber jedoch Verwirrung und Ratlosigkeit, schrieb der Verfasser des Buches doch von einem Grafen,

Edelfräulein, Feen und Hexen. Bianca vermutete, der Lehrer sei an einer Psychose erkrankt und sein Geschreibsel wertlos. Müde und enttäuscht legte sie das Buch beiseite und schlief umgehend ein.

Mitten in der Nacht erwachte ich schweißgebadet aus einem Alptraum mit Kiara in der Hauptrolle. Von ihr zu träumen war bei einem derart emotionsbeladenen Fall zu erwarten. Dass ich sie im Traum vom Opfer zur Täterin machte, hingegen nicht, will heutzutage doch jeder, selbst meine erfolgshungrige Vorgesetzte, in den Augen der anderen Opfer sein und auf keinen Fall Täter. Die Lansik hatte mir als leitendem Ermittler verboten, mich schützend vor die Kollegen zu stellen und der Staatsanwältin Dampf zu machen. Als ich das nicht widerspruchslos hinnahm, hatte sie mich allein aufgrund meines Mannseins zum Täter erklärt und die Staatsanwältin Kraft ihres Geschlechts zum Opfer. Dabei sollte die Werner einfach nur ihren Job ordentlich erledigen und nicht über uns Polizisten herziehen!

Mein Instinkt hatte mich davor gewarnt, es mit meiner Chefin auf die Spitze zu treiben. So hatte ich entgegen meinen Gewohnheiten die Klappe gehalten. Nach der Sitzung hatten einige Kollegen mich halblaut bedauert oder waren über die Lansik hergezogen. Nur Olga hatte mich davor gewarnt, mir die Lansik zum Feind zu machen. Aber auf deren Abschussliste stand ich vermutlich eh schon längst. Oder warum hatte sie immer mir die heiklen Fälle aufgedrückt, über die man leicht stolpern konnte? Und warum war sie der Staatsanwältin so eilfertig beigestanden? Wirklich nur, weil beide dem gleichen Frauenclub angehörten? Diese und ähnliche Fragen hinderten mich lange daran, wieder einzuschlafen.

Um neun quälte ich mich ausgelaugt ins Präsidium. Dort nahm ich mir die Ermittlungsakte der Gießener Kollegen zur Hand und blätterte sie durch. Bereits am Anfang enthielt sie eine dicke Überraschung. Ich griff zum Telefon und wählte die Nummer der Kollegin Bach.

»Hat Herr Kinkel gestanden?«

»Nein, wir durften ihn bisher noch nicht einmal zur Befragung holen.«

»Warum nicht?«

»Weil ihn ein Staranwalt verteidigt, mit dem sich die Staatsanwältin nicht anlegen will.«

»Obwohl es um das Leben einer Dreizehnjährigen geht?«

»Scheint so.«

»So ein Feigling! Was kann ich für dich tun? Du rufst wohl kaum an, um dich über eure zögerliche Staatsanwältin auszuheulen.«

»Eigentlich will ich dich fragen, warum du Herrn Kinkel damals nicht mit dem Mittelaltermarkt und der Geisterbeschwörung am Lagerfeuer konfrontiert hast?«

»Weil ich davon gestern zum ersten Mal hörte. Wie du den Protokollen entnehmen kannst, war bei der Befragung seinerzeit eine Psychologin zugegen. Chantal war massiv eingeschüchtert. Sie erzählte mir viel weniger als ihrer Rektorin. Eigentlich nur das Wesentliche: Sie sei Herrn Kinkel privat zufällig begegnet, er habe sie überredet, ein Bier mit ihr zu trinken und so weiter. Mir war schon damals klar, dass eine detailliertere Aussage wünschenswert wäre, aber das funktioniert bei so jungen Zeugen eben nicht immer.«

Würde es einen Unterschied machen, Herrn Kinkel mit Chantals detaillierter Aussage zu konfrontieren?

Die Sitzung um elf wurde wieder abgesagt. Dafür erlaubte die Staatsanwältin endlich, Herrn Kinkel zu einer weiteren Befragung zu holen. Es dauerte, diesen von Kniebis nach Stuttgart zu bringen. Sein Anwalt Dr. Kessler ließ noch länger auf sich warten. Die Stunden zogen sich endlos dahin. Einige Kollegen telefonierten währenddessen alle Taxiunternehmen ab, ohne das Taxi zu finden, welches Frau Kinkel gefahren hatte. Noch ominöser war, dass sie auf keinem der Überwachungsvideos der Klettpassage oder des Bahnhofes zu sehen war. Amerikanische TV-Serien haben halt nichts mit unserer Arbeit zu tun.

Endlich, es war bereits nach sechzehn Uhr, erschien der Staranwalt und wir konnten die Befragung starten. Frau Dr. Werner und Olga saßen hinter der Scheibe bereit, Bianca war zu Hause bei ihren Kindern und ich durfte die Befragung starten. Ich beschloss, Herrn Kinkel zu überraschen.

»Wie oft haben Sie schon mit dem Schwert gekämpft?«

Meine Überraschung glückte, zumindest sah mich der Lehrer ziemlich perplex an.

»Noch nie!«

»Nun, das wundert mich jetzt. Immerhin haben Sie vor einigen Jahren das Schwertkampfturnier …«

Er lachte nervös auf, ehe er mich unterbrach.

»An einem solchen habe ich schon dreimal nicht teilgenommen!«

»… auf dem Mittelaltermarkt in Lautenbach gewonnen!«

»Dem Mittelaltermarkt?« Er erblasste sichtlich. »Warum fragen Sie mich ausgerechnet nach dem Mittelaltermarkt?«

»Weil Sie dort Ihrer damaligen Schülerin Chantal begegnet sind! Auf dem Markt haben Sie die Dreizehnjährige zum Biertrinken überredet!«

Der Pädagoge schloss die Augen, Schmerz durchzuckte sein Gesicht. Herrn Dr. Kessler entging nicht, was soeben mit seinem Mandanten passierte. Er beugte sich zu mir.

»Was ist der Hintergrund Ihrer Fragen?«

»Die Konfrontation Ihres Mandanten mit der Aussage einer jungen Frau, die aussagte, er habe sie vor fünf Jahren im Alter von Dreizehn sexuell missbraucht.«

»Diese liegt Ihnen bestimmt schriftlich vor?«

Kommentarlos schob ich ihm eine Kopie von Chantals unterschriebener Aussage über den Tisch zu. Der Anwalt zog sie zu sich, um sie zu lesen. Sein Mandant lehnte sich zu ihm, um mitzulesen. Bald keuchte er, dann entschlüpfte ihm erneut ein Klagelaut. Herr Kinkel schlug mit der Stirn auf den Tisch. Würde er gleich wieder ausflippen? Auch der an der Tür postierte Beamte beäugte ihn misstrauisch. Unvermittelt richtete der Pädagoge sich jedoch wieder auf und sah mich an.

»Ich gestehe hiermit alles! Ich war es, der Chantal ...«

Sein Anwalt packte ihn mit entsetztem Gesicht am Oberarm.

»Sie müssen sich nicht selbst ...«

»Ich will es aber!«

Er funkelte Dr. Kessler gefährlich an, der daraufhin samt seinem Stuhl zurückrutschte.

»Ich habe seinerzeit Chantal missbraucht und jetzt Kiara. Um meine Tat zu vertuschen, brachte ich Kiara anschließend um.«

Hier stimmte ganz entschieden etwas nicht.

»Wie haben Sie Kiara getötet?«

»Dazu sage ich nichts! Mein Geständnis muss Ihnen reichen!«

»Wo ist Kiaras Leiche?«

»Ich habe die Morde gestanden, mehr erfahren Sie von mir nicht!«

Mehrmals versuchte ich noch vergeblich, ihm Täterwissen zu entlocken. Er blieb, entgegen Dr. Kesslers wiederholten Rates, bei seinem Schuldeingeständnis, weigerte sich jedoch beharrlich, Details zu nennen.

Schließlich verkündete ich eine Pause. Frustriert ging ich in den Nebenraum. Dort saß Frau Dr. Werner mittlerweile alleine.

»Wo ist Kommissarin Oleg?«

»Die wollte etwas überprüfen. Da sind Sie mit Ihrer Fragetechnik ja nicht weit gekommen. Sein Geständnis ist nichts wert. Wenn er es vor Gericht widerruft, stehen wir mit leeren Händen da!«

»Das ist mir klar! Wollen Sie nicht persönlich Ihr Glück versuchen?«

»Das werde ich, schlimmer als bei Ihnen kann es nicht werden.«

Sie packte langsam und systematisch ihre Unterlagen in ihre Mappe. Dann erhob sie sich und ging nach nebenan. Durch die Scheibe sah ich zu, wie sie Herrn Dr. Kessler per Handschlag begrüßte. Die beiden wechselten ein paar Höflichkeitsfloskeln, dann reichte sie auch Herrn Kinkel die Hand.

Sie stellte dem Verdächtigen ein reduziertes Strafmaß in Aussicht, wenn er gut kooperiere. Herr Kinkel reagierte nicht. Etwas arbeitete schwer in ihm, nur was? Litt er unter dem Verschwinden seiner Frau? Der Pädagoge blieb stumm, saß der Staatsanwältin schließlich mit geschlossenen Augen gegenüber, was mich freute und sie sichtlich ärgerte. Schließlich gab sie auf und beendete offiziell die Befragung. Herr Kinkel wurde vorläufig in Gewahrsam genommen. Der Beamte führte ihn ab und auch sein Anwalt verließ das Befragungszimmer. Obwohl ich keine Lust dazu verspürte, gab ich mir einen Ruck und ging nach nebenan zur Staatsanwältin.

»Er war's nicht.«

»Denken Sie, das weiß ich nicht selber?«

Sie unterbrach das Ordnen ihrer Unterlagen, um mir einen giftigen Blick zu zuwerfen.

»Die Frage ist nur, wen er deckt, wem er Zeit für eine Flucht erkaufen will. Vielleicht seiner Frau?«

»Nein, seinem Bruder!«

Olga war unbemerkt eingetreten. Ich fuhr herum. Gemeinsam mit Frau Dr. Werner sah ich sie fragend an.

»Sein Bruder heißt Karl, ist drei Jahre jünger und sieht ihm selbst für einen Bruder ungewöhnlich ähnlich. Das hier ist sein Passfoto.«

Sie legte ein auf DIN-A4 vergrößertes Porträtbild auf den Tisch. Ich hätte es ohne Weiteres als Herrn Bernd Kinkels Passfoto angesehen.

»Gemeldet ist er in Marburg.«

»In Marburg? Wo genau?«

Olga warf einen Blick auf ihre Notizen.

»Die Straße heißt Am Rain und liegt im Stadtteil Waldtal.«

»Da ist auch Chantal gemeldet! Welche Hausnummer?«

Sie nannte die Nummer und ich gab diese in eine elektronische Karte ein.

»Der wohnt tatsächlich im gleichen Karree wie Chantal, genau ihr gegenüber!«

»Glaubst du, die beiden kennen sich? Gehört Chantal zu jenen, die sich vom Staat als Alleinerziehende alimentieren lassen, während der Kindsvater nebenan wohnt und sie in Wirklichkeit eine Familie sind?«

»Das kann sein, muss aber nicht. Das sind anonyme Betonsilos in einem sozialen Brennpunkt. Wenn Herr Bernd Kinkel nie den Bus benutzt und mit dem Auto bis vor seinen Block fährt, dessen Eingang von Chantals Haus aus gesehen auf der Rückseite liegt, begegnen die beiden sich vielleicht nie.«

»Willst du behaupten, das Ganze sei nur ein Zufall?«

»Nein, das nicht. Vielleicht will er von seiner Wohnung aus unbemerkt einen Blick auf sein Kind erhaschen oder er will sie im Blick behalten, um bei Bedarf eingreifen zu können. Scheiße!«

Ohne eine Erklärung nahm ich mein Telefon und rief bei der Kollegin Bach aus Gießen an.

»Habt ihr Herrn Kinkel jetzt endlich befragen dürfen?«

»Ja und er hat ein Geständnis abgelegt, dabei war er es höchstwahrscheinlich nicht.«

»Aha. Wie kommt ihr da drauf?«

»Er hat einen drei Jahre jüngeren Bruder, der ihm enorm ähnlich sieht. Der wohnt in Waldtal im Block genau gegenüber von Chantals Haus.«

»Du meinst, die kennen sich …«

Nach einigen weiteren Erklärungen machte sich die Kollegin sofort auf den Weg zu Chantal. Frau Dr. Werner erklärte sich bereit, einen Haftbefehl für Karl Kinkel zu beantragen. Da wir noch so gut wie nichts über ihn wussten, war es allerdings fraglich, ob der Richter diesen ausstellen würde. Olga und ich sahen uns an. Sie seufzte.

»Schlaf wird überschätzt, legen wir halt eine Nachtschicht ein.«

Der Gefängnisarzt hatte ihm Pillen zur Beruhigung verabreicht, aber nur schwache. Herr Kinkel tigerte die drei möglichen Schritte in seiner Zelle hin und her. In seinem Inneren durchlebte er erneut die schrecklichste Zeit seiner Jugend. Um weiterem Leid zu entgehen, hatte er damals nur den Ausweg gesehen, seinem Leben ein Ende zu setzen. Er hatte sich schon die Eisenbahnbrücke ausgesucht, von der er sich stürzen wollte. Keiner der Erwachsenen hatte etwas bemerkt. Kein Wunder, hatte sich doch kein Erwachsener für ihn interessiert.

Sein kleiner Bruder Karlchen hatte es hingegen bemerkt und ihn auf eine schreckliche Art gerettet. Karlchen selbst hatte für seine Rettungstat einen hohen Preis bezahlt. Kein Wunder, eigentlich wäre es doch seine Aufgabe gewesen, den Jüngeren zu beschützen. Unter seinem Versagen litt er bis heute. Einige Erwachsene, besonders die Frau vom Jugendamt, hatten zwar geahnt, was Karlchen getan hatte, aber keiner hatte es laut ausgesprochen.

Wäre es besser gewesen, wenn einer es getan hätte? Er wusste es nicht. Vielleicht hätte man Karlchen helfen können, wenn es möglich gewesen wäre, über das Geschehene zu reden. Aber alle hatten es vorgezogen zu schweigen.

Nach der Rettungstat seines kleinen Bruders waren für ihn gute Zeiten angebrochen. Er hatte sein Abitur gemacht und Lehramt studiert. Viele Jahre war es ihm gelungen, die finsteren Zeiten fast vollständig zu verdrängen. Nur das Wissen um Karls Schicksal und dass er selbst für immer in dessen Schuld stand, hatte stets düster im Hintergrund gedräut.

Karl und sein Mittelaltertick! Dass er nicht schon in Marburg erkannt hatte, dass sein kleiner Bruder dahintersteckte! Forderte Karl jetzt seinen Lohn für seine Hilfe ein? Das wäre nur gerecht und er würde zahlen! Ohne die Liebe seiner Frau machte sein Leben ohnehin keinen Sinn mehr.

Auf der Fahrt nach Marburg plagte Kommissarin Bea Bach das schlechte Gewissen. Warum hatte sie es seinerzeit versäumt, zu prüfen, ob der beschuldigte Lehrer einen ihm zum Verwechseln ähnlichen Bruder hatte? Nach dem Telefonat mit dem Kollegen Hurlebaus hatte sie die Angaben im Passregister überprüft. Die Fotos der beiden sahen sich nicht nur zum Verwechseln ähnlich, auch die Augenfarbe stimmte überein und bei der Körpergröße wichen sie nur einen Zentimeter voneinander ab. So etwas konnte man doch nicht ahnen! Wie waren die Stuttgarter Kollegen da nur drauf gekommen?

Siedend heiße Scham befiel sie, als sie an die Jahre zurückliegende Befragung Chantals dachte. Direkt nach der Befragung war ihr klar gewesen, dass diese schlecht gelaufen war. Sie hätte es damals mit ihrem Vorgesetzten besprechen und ihm vorschlagen sollen, Chantal von einem Kollegen neu befragen zu lassen. Aber dafür war sie zu stolz gewesen, hatte es lieber darauf geschoben, dass Befragungen Jugendlicher immer schwierig waren.

Wenn sie ehrlich war, hatte sie seinerzeit Chantal nicht als glaubwürdig angesehen und sich deshalb so schnell zufriedengegeben. Waren wegen ihrer Nachlässigkeit weitere Mädchen vergewaltigt worden? Befand sich Kiara in diesem Moment in Karl Kinkels Gewalt? Könnte sie sich das jemals verzeihen? Unbewusst gab sie Gas.

»Hey, hier sind Achtzig erlaubt!«

Ihr Kollege Ralf sah sie prüfend an.

»Entschuldige, ich habe einfach Angst, zu spät zu kommen.«

»Die musst du aushalten. Wir haben keinen Grund für Blaulicht, also fahr bitte so, wie es die Straßenverkehrsordnung vorschreibt. Lass uns lieber vorab überlegen, was wir dort eigentlich tun sollen. Ich meine, ich habe kapiert, was los ist. Nur weiß ich nicht genau, was wir dort sollen.«

»Wir müssen verhindern, dass einer als Jugendlichen missbrauchten Frau erneut etwas Schlimmes zustößt, und zwar vom gleichen Täter wie damals!«

»Schön und gut, aber wie? Willst du mit der Tür ins Haus fallen und sie fragen, ob sie eigentlich weiß, dass der vermutliche Vater ihres Kindes im Haus gegenüber wohnt? A apropos Kind, wo ist das eigentlich?«

»Noch bei einer Pflegefamilie. Chantal hat ihre Tochter jedes zweite Wochenende, wird sie aber bald ganz bekommen.«

Bianca hatte tagsüber den Bericht ihres Kollegen samt der Aussage von Chantals ehemaliger Schulleiterin gelesen. Schon bei der Erwähnung des Mittelaltermarktes in den Akten hatte sie an Lehrer Siegels Tagebuch denken müssen. Als sie las, dass der Schwertkämpfer dort als Graf angesprochen wurde, hatte sie beschlossen, am Abend das Tagebuch weiterzulesen.

Nachdem die Kinder im Bett waren, zog sie sich zum Missfallen ihres Mannes ins Schlafzimmer zurück und nahm erneut das Tagebuch zur Hand. Sie blätterte darin herum und begann, bereits am Vorabend gelesene Passagen ein zweites Mal zu lesen. Jetzt erschien ihr der Schreiber in keiner Weise mehr psychotisch. Er glaubte halt an Wiedergeburten, was letztendlich nur eine der zahlreichen Formen esoterischen Glaubens darstellte, die sich mit dem zunehmenden Bedeutungsverlust der christlichen Kirchen immer stärker ausbreiteten. Außerdem war Herr Siegel nie in der Postmoderne angekommen, sondern lebte von seinem Selbstverständnis her in einer arg idealisierten Form des Mittelalters.

Berücksichtigte sie beide Aspekte, las sich das Tagebuch fast normal. Der Mann schrieb nieder, was ihn beschäftigte. Manchmal folgten die Einträge täglich aufeinander, dann gab es wieder Abstände von mehreren Wochen oder gar Monaten zwischen den Notizen. Außerdem benutzte er keine Klarnamen, sondern nannte die Personen Graf, Elfe und so weiter. Letztendlich war das nichts anderes, als wenn Kriminelle Decknamen benutzten, um der Polizei ihre Arbeit zu erschweren. Ließen diese sich plausibel realen Personen zuordnen, waren Dokumente wie das Tagebuch durchaus gerichtlich verwertbar.

Auf Basis der neuesten Ermittlungsergebnisse stand für Bianca fest, dass mit dem Grafen Karl Kinkel gemeint war. Herr Siegel kannte diesen offensichtlich schon viel länger als seinen älteren Bruder, dessen Kollege er später an der Naturis Schule geworden war.

Anfänglich hatte er zum Grafen aufgesehen, war dieser für ihn eine mächtige Instanz, ja gar eine Art Guru gewesen. Seinen Empfehlungen war er gefolgt, hatte sich auf seinen Rat hin an der Naturis Schule in Stuttgart beworben.

In den letzten Monaten war es zunehmend zu Spannungen und Differenzen zwischen den beiden gekommen. Der Lehrer hatte zunehmend die Sichtweisen seines Gurus hinterfragt, ihm sogar offen widersprochen, was zu Spannungen innerhalb der Gruppe geführt hatte, in der außer den beiden Männern offensichtlich nur Frauen waren. Lag hier das Motiv? War Karl Kinkel der Mörder von Herrn Siegel?

Im Präsidium saß ich bei Olga im Büro und sah sie neugierig an.

»Wie kamst du eigentlich darauf, dass Herr Kinkel seinen jüngeren Bruder schützen will?«

»Als du ihn mit dem Thema Mittelalter konfrontiert hast, war er zunächst völlig überrascht, dann brach offensichtlich für ihn eine Welt zusammen. Wäre er wirklich selbst der Täter, hätte er hingegen damit gerechnet, mit dem Thema konfrontiert zu werden. Als er sich kurz darauf selbst als Täter bezeichnete, war mir gleich klar, dass er jemanden schützen will, und zwar nicht seine Frau. Daraufhin fiel mir ein, dass jene sich in unserem ersten Gespräch über den Bruder ihres Mannes aufgeregt hatte, für den ihr Gatte so viel getan und der ihn dennoch, wie alle anderen, im Stich gelassen hatte.

Spontan kam mir die Idee, der Bruder könnte auf Abstand gegangen sein, um nicht an die große Ähnlichkeit zwischen ihnen zu erinnern und sich damit selbst in Gefahr zu bringen. Also sah ich im Passregister nach. Dort fand ich die Bestätigung.«

»Wir müssen dringend Frau Kinkel finden. Nur wie?«

»Unsere liebe Staatsanwältin kümmert sich um den Verbindungsnachweis von Frau Kinkels Telefon. Zur Vorbereitung ihrer Flucht muss sie mit jemandem telefoniert haben, sei es auch nur mit einem Hotel oder einer Fluglinie. Ich mache denen Feuer unterm Hintern.«

»Okay. Herr Kinkel wurde nach Stammheim gebracht. Ich fahre hin und versuche, aus ihm etwas herauszubekommen.«

Um diese Zeit war ich in einer Viertelstunde dort. Auf der Fahrt erhielt ich einen Anruf von Bianca, die mir ihre Erkenntnisse aus dem gelesenen Tagebuch mitteilte. Ich hörte gebannt zu, auch noch, als ich bereits vor meinem Ziel parkte. Schließlich bedankte ich mich bei ihr. Ob sie ihre Arbeitsstunden zu Hause aufschrieb? Wie ich sie kannte, vermutlich nicht.

Gefängnisse sind nie schön. Stammheim, einer der prominentesten Knäste der Republik, empfand ich als besonders bedrückend. Jedes Mal wenn ich davor stand, musste ich daran denken, dass dort seinerzeit die RAF-Prominenz kollektiv Selbstmord begangen hat. Ich schüttelte mich, um die deprimierenden Bilder loszuwerden, nur, um mit noch schrecklicheren konfrontiert zu werden. Mit erschreckender Deutlichkeit sah ich Herrn Kinkel sich in Krämpfen auf dem nackten Boden seiner Zelle wälzen, sein Gesicht schmerzverzerrt, Schaum trat aus seinem Mund. Mir wurde schwindelig. An der Mauer suchte ich Halt, schloss meine Augen und konzentrierte mich auf meinen Atem. War das wieder eine meiner Visionen, die mich in letzter Zeit heimsuchten? Leider hatten sich jene allzu oft als zutreffend erwiesen. Im Besucherraum wartete ich angespannt darauf, ob mir der Beamte Herrn Kinkel oder eine Todesnachricht bringen würde.

Als sich die Tür öffnete, verspürte ich Erleichterung. Diese hielt jedoch nur so lange an, bis wir uns von Angesicht zu

Angesicht gegenübersaßen. Der Mann war gebrochen, sein Lebenswille erloschen.

»Was wollen Sie noch? Ich habe gestanden! Also lassen Sie mich gefälligst in Ruhe sterben!«

Ich sah ihn schockiert an.

»Was haben Sie soeben gesagt?«

Er senkte seinen Blick auf die Tischplatte.

»Was Sie soeben gesagt haben!«

Ich beugte mich über den Tisch, um Blickkontakt aufzunehmen.

»Dass Sie mich in Ruhe lassen sollen.«

Seine Stimme war nicht mehr aggressiv, sondern nur noch müde und erschöpft.

»Ich weiß, dass Sie den Mädchen nichts angetan haben! Reden Sie mit mir, dann kann ich Ihnen helfen!«

Er schnaubte leicht. Ein winziger Funken Interesse glomm auf.

»Dürfen Sie überhaupt mit mir reden? Ich meine, ohne meinen Anwalt?«

»Sie sind ein erwachsener Mann. Ich kann Sie nicht dazu zwingen, mit mir zu reden. Aber Herr Dr. Kessler wird mir Feuer unterm Hintern machen, wenn er erfährt, was ich hier tue.«

Ein winziges Lächeln erschien.

»Sie gefallen mir. Sie sind anders als die verbiesterten Beamten, mit denen ich letztes Mal zu tun hatte.«

»Danke. Dann erzählen Sie mir bitte von Ihrem Bruder. Wo finde ich ihn?«

Sein Lächeln erstarb. Er schloss seine Augen.

»Sie haben es also bereits herausgefunden.«

»Was habe ich herausgefunden?«

Reglos, wie eine Buddha-Statue mit geschlossenen Augen, saß er mir gegenüber.

»Sie meinen, dass Ihr Bruder schreckliche Dinge getan

hat und versucht, Sie dafür büßen zu lassen? Warum wehren Sie sich nicht dagegen? Karl intrigiert aufs Übelste gegen Sie und Sie lassen es sich gefallen?«

»Das würde Karl nie tun.«

Seine Stimme war ein Flüstern, kaum zu hören.

»Natürlich würde er das! Er hat es in Marburg getan und erst vor wenigen Tagen hier in Stuttgart erneut! Ihr toter Kollege Siegel und Ihr Bruder kannten sich aus dem Vogelsberg. Wahrscheinlich bekam Herr Siegel von Ihrem Bruder den Tipp, sich an der Naturis Schule zu bewerben, weil die nicht so genau nachfragen und auch einen Pädagogen mit pikanter Vergangenheit nehmen.

Woher wusste Herr Siegel wohl von Ihrer Vorgeschichte? Weil Ihr Bruder es ihm erzählte! Am Nachmittag vor Kiaras Verschwinden sprach Ihr Kollege mit einer Lehrerin darüber. Das war kein Zufall! Gemeinsam mit Ihrem Bruder wollte er Ihnen die Sache anhängen!«

Es war nicht zu übersehen, wie sehr er unter meinen Worten litt. Als ich geendet hatte, schüttelte er bedächtig den Kopf und erhob sich. Ich stand ebenfalls auf. Er drehte sich um und lief zur Tür, neben der ein Beamter wartete.

»Ich will zurück in meine Zelle.«

»Bitte helfen Sie uns! Es ist Ihnen doch nicht egal, wenn ein unschuldiges Mädchen zu Tode gequält wird!«

Erneut zuckte er zusammen. Langsam drehte er sich zu mir um.

»Kiara war kein Engel, sondern eine Hexe, auch wenn die Wanninger das nie wahrhaben wollte!«

»Sie haben mitbekommen, was Kiara ihren Mitschülern angetan hat?«

»Natürlich.«

»Warum schritten Sie dann nicht ein?«

»Weil sie dann Lügen über mich verbreitet hätte! Kiara hätte behauptet, ich hätte sie unsittlich berührt. Dann wäre es für mich endgültig vorbei gewesen. Ich dachte, wenn ich nur wegschaue, komme ich vielleicht davon. Aber das war naiv. Es ist vorbei. Als Lehrer wird man früher oder später zum Feigling.«

»Wieso reden Sie eigentlich von Kiara in der Vergangenheit? Vielleicht lebt sie ja noch!«

Er zuckte mit den Schultern.

»Kann schon sein, aber ich glaube es nicht. Für mich und für Kiara ist es vorbei.«

»Nichts ist vorbei! Sie müssen nur endlich anfangen, sich gegen Ihren Bruder zu wehren!«

»Sie verstehen das nicht! Vielleicht hat er wirklich versucht, mich reinzureiten. Vielleicht war es aber auch Kollege Siegel aus eigenem Antrieb. Sie haben Recht, die beiden kannten sich.«

»Woher wissen Sie …«

»Am Tag vor Kiaras Verschwinden sagte Stephen unvermittelt zu mir, er soll mich von meinem Bruder grüßen. Ich war total verwirrt, dachte, ich hätte mich verhört. Ehe ich nachfragen konnte, schloss sich die Tür seiner U-Bahn. Durch die Scheibe grinste er mich an, bis seine Bahn losfuhr. Ich wollte ihn am nächsten Tag zur Rede stellen, hatte zugleich aber Angst davor.«

»Dann …«

»Und falls Karl dahintersteckt, geschieht es mir ohnehin Recht! Ich habe es verdient!«

»Wieso sollten Sie es verdient haben, für die Taten eines anderen ins Gefängnis zu kommen? Keiner hat so etwas verdient! Sie müssen nur endlich anfangen, sich zu wehren und mit mir reden!«

»Ich will zurück in meine Zelle!«

»Nein, Sie müssen …«

»Bringen Sie mich in meine Zelle!«

So ging es einige Zeit hin und her. Herr Kinkel ignorierte

meine Fragen und wiederholte ein ums andere Mal, dass er zurück in seine Zelle wolle. Schließlich sah der Beamte mich an, zuckte mit den Schultern und schloss die Tür auf. Augenblicklich trat Herr Kinkel durch.

»Warten Sie!«

Ich griff nach der Schulter des Beamten, der sich anschickte dem Gefangenen zu folgen.

»Was soll das?«

Ungehalten starrte er mich an.

»Entschuldigung! Herr Kinkel ist hochgradig selbstmordgefährdet. Wurde er gründlich untersucht, ob er Gift …«

»Für wie blöd halten Sie uns eigentlich? Wir kennen unseren Job!«

Verärgert folgte er Herrn Kinkel und schlug die Tür hinter sich zu. Belämmert glotzte ich auf die Stahltür. Ich war mir absolut gewiss, soeben den Pädagogen letztmals lebend gesehen zu haben.

Als Kommissarin Bach an Chantals Tür klingelte, war ihr mulmig zumute. Die Worte der jungen Frau im Ohr, sich nach Einbruch der Dunkelheit immer in ihrer Wohnung zu verbarrikadieren, stellte sie sich gut sichtbar vor den Spion. Nichts rührte sich in der Wohnung. Trotzdem war sich die Polizistin sicher, durch die Tür hindurch beäugt zu werden.

»Bitte! Öffnen Sie die Tür! Ich habe wichtige Neuigkeiten für Sie. Die würde ich Ihnen gerne sagen, ohne das gesamte Haus mithören zu lassen!«

Sie wartete angespannt. Gerade als ihre Hoffnung schwand, hörte sie, wie Schloss um Schloss aufgesperrt wurde. Chantal öffnete die Tür einen Spalt, ließ die Sicherungskette jedoch eingehängt.

»Was für Neuigkeiten?«

»Können wir bitte drinnen reden?«

»Ich lasse nach Einbruch der Dunkelheit niemanden rein!«

»Aber wir sind Polizisten!«

»Na und? Was für Neuigkeiten haben Sie?«

Sollte sie es ihr wirklich durch den Türspalt hindurch sagen?

»Wenn Sie so misstrauisch sind, kommen Sie eben morgen um elf Uhr zu uns nach Gießen aufs Präsidium!«

Die Kommissarin nickte ihrem Kollegen Ralf zu. Gemeinsam liefen sie Richtung Treppe.

»Schon gut, warten Sie!«

Die Tür wurde geschlossen und kurz darauf ganz geöffnet. Wie beim letzten Besuch lief Chantal wortlos Richtung Sofa. Eine Last fiel von der Polizistin ab. Ralf schloss hinter sich die Tür und blieb auf halber Strecke zwischen Tür und Couch stehen, während Kommissarin Bach im Sessel gegenüber der jungen Frau Platz nahm. Auf einem großen Bildschirm lief stumm ein Fantasystreifen. Soeben hackte eine zierliche Frau einem Riesen mit einem einzigen Schwertstreich den Kopf ab.

»Welche Neuigkeit ist so wichtig, dass Sie mich um diese Uhrzeit stören müssen?«

»Herr Kinkel wohnt bereits seit vielen Jahren hier in Waldtal, und zwar im Haus gegenüber.«

Chantal blickte mit offenem Mund die Polizistin an, blinzelte mehrmals.

»Das kann nicht sein! Sie haben selbst gesagt, dass er seit Jahren in Stuttgart lebt. Außerdem hätte ich ihn dann doch gesehen!«

»Ich rede nicht von Bernd Kinkel, sondern von Karl Kinkel.«

»Karl …? Wer soll das sein?«

»Bernds drei Jahre jüngerer Bruder. Die beiden sehen einander verdammt ähnlich.«

Die Polizistin zeigte der jungen Frau einen großformatigen Abzug des Passbildes. Diese starrte gebannt darauf.

»Ist das der Bruder?«

»Ja.«

»Er sieht aus wie mein Lehrer.«

»Stimmt, die Ähnlichkeit zwischen den Brüdern ist frappierend.«

Besorgt registrierte die Kommissarin, wie sich die Atmung ihres Gegenübers beschleunigte. Tränen sickerten ihre Wangen hinab.

»Wieso wohnt er hier in Waldtal? Warum lässt er mich nicht wenigstens jetzt in Ruhe?«

»Vielleicht will er aus der Ferne seine Tochter …«

Ein gequälter, unmenschlicher Laut entschlüpfte Chantal. Hektisch hechelnd kippte die junge Frau auf die Seite. Die Polizistin sprang auf.

»Die Hyperventiliert! Hol aus der Küche eine Plastiktüte!«

Sie beugte sich über Chantal, fasste sie an die Schulter und suchte ihren Blick, während Ralf in die winzige Küche eilte und dort alle Schubladen und Türen aufriss.

»Versuchen Sie sich zu beruhigen! Sie müssen vor allen Dingen langsamer atmen. Atmen Sie langsam ein und lange aus, langsam ein und … Wo zum Teufel bleibt die Tüte? Die wird uns gleich ohnmächtig!«

Chantals Blick flatterte. Die Kommissarin fluchte, würde ein Rettungswagen doch jede Menge Aufmerksamkeit erregen, die es zu vermeiden galt.

»Hier!«

Ralf hielt ihr eine zerknittere Papiertüte vom Bäcker hin.

»Was soll das?«

»Wer hat heutzutage noch Plastiktüten? Versuch es doch zumindest! Ich suche weiter.«

Einen Unmutslaut ausstoßend nahm sie die Tüte und presste sie der jungen Frau über den Mund.

»Atmen Sie in die Tüte, sonst atmen Sie zu viel CO_2 ab … Scheiße! Die Tüte ist gerissen!«

Auf der Rückfahrt von Stammheim ans Präsidium rief mich Olga an.

»Hast du was erreicht?«

»Minimal, Herr Kinkel bestätigte, dass sein Bruder und Herr Siegel sich kannten. Außerdem gibt es ein dunkles Kapitel in der gemeinsamen Geschichte der Brüder, zumindest steht der ältere tief in der Schuld des jüngeren. Deswegen deckt er ihn. Außerdem bin ich mir sicher, dass er sich umbringen will.«

»Kein Wunder, schließlich wiederholt sich gerade sein Albtraum. Seine Frau hat ihn verlassen und sein Bruder ihn verraten. Aber die im Knast sind Profis und werden es zu verhindern wissen.«

»Hoffen wir es! Hast du was herausgefunden?«

»Seine Frau hat mehrmals mit einer Frau Kalweit telefoniert, zuletzt spät abends, bevor sie sich am nächsten Morgen aus dem Haus schlich. Frau Kalweit ist als einzige Person in einem Einfamilienhaus in Degerloch gemeldet.«

»Also handelt es sich um eine alleinstehende Frau, die viel Platz hat?«

»Exakt.«

»Dann fahren wir dort vorbei. Ich bin gleich am Präsidium und lese dich auf.«

»Perfekt, ich verlasse soeben das Gebäude.«

Zwanzig Minuten später parkten wir in einem ruhigen Wohngebiet zwischen der Bundesstraße und der Ortsmitte

Degerlochs. Der Stadtteil war über die Grenzen Stuttgarts hinaus für den ersten Fernsehturm der Welt und das Stadion der Kickers bekannt. Wer hier wohnte, war wohlhabend, wenn nicht gar reich, vielleicht bis auf wenige Ausnahmen.

Frau Kalweits Adresse entpuppte sich als hässlicher Betonbau aus den Siebzigern. Im Garten wucherte das Grünzeug ungebremst vor sich hin, über dem Balkon hing eine halb zerfetzte Markise und auch sonst erweckte das Haus trotz der Dunkelheit einen verwahrlosten Eindruck. Olga und ich warfen uns einen Blick zu, dann drückte ich dreimal hintereinander lange die Klingel.

»Ja?«

»Kriminalpolizei, wir müssen dringend mit Ihnen reden.«

Es knackte, als die Sprechanlage eingehängt wurde. Ich betätigte den Lichtschalter, drückte das schief in seinen Angeln hängende Törchen auf und stolperte über abgesunkene Waschbetonplatten auf das Haus zu. Der Eingang lag auf der rechten Gebäudeseite. Links der Tür befand sich ein schmales, bodentiefes Fenster. Im Flur stand eine fünfzigjährige Frau. Ihre schwarz gefärbten Haare hatten einen zentimeterbreiten, hellgrauen Ansatz und in ihrem Gesicht rangen Furcht und Streitlust miteinander. Ich presste meinen Dienstausweis an die Glasscheibe, ging mit meinem Gesicht dicht heran, damit sie es mit dem Foto abgleichen konnte. Dann zeigte ich Richtung Tür. Sie nickte, strich mit den Händen über ihren Rock und öffnete.

»Was wollen Sie?«

»Das wissen Sie ganz genau.«

Ich lächelte, ihr Gesicht rötete sich.

»Wenn Sie mir mit Rätseln kommen …«

»Natürlich will ich Ihren Gast sprechen! Oder soll ich sagen Ihre Gästin?«

»Warum können Sie Brigitte nicht einfach in Ruhe lassen? Sie hat Schreckliches durchgemacht!«

»Weil wir verzweifelt versuchen, das Leben eines entführten Mädchens zu retten! Denken Sie, es macht uns Spaß, bis spät in die Nacht zu arbeiten und Ihre Vorwürfe anzuhören? Ist Ihnen das Martyrium …«

»Schon gut, kommen Sie herein!«

Frau Kinkel trat hinter ihrer Gastgeberin aus einer Seitentür des Flures und winkte uns zu sich. Wir folgten ihr in einen äußerst sparsam möblierten Raum mit Travertinfliesen. Ein Zweisitzer aus dem Designerladen war die einzige Sitzgelegenheit, also blieben wir stehen.

»Wie kann ich helfen?«

»Höchstwahrscheinlich hat Ihr Mann weder mit dem Mord noch mit den verschwundenen Mädchen zu tun.«

»Das spielt keine Rolle mehr, unsere Ehe ist am Ende.«

»Kennen Sie seinen Bruder?«

»Karl?«

Sie schloss die Augen.

»Steckt er dahinter?«

»Also kennen Sie ihn?«

»Nein, wir sind uns nie begegnet.«

»Das erscheint mir äußerst ungewöhnlich. Wie lange sind Sie und Ihr Mann schon zusammen?«

»Wir waren sechzehn Jahre ein Paar.«

»Und trotzdem trafen Sie nie seinem Bruder?«

»Anfangs störte es mich. Erst dachte ich, Bernd versteckt mich vor Karl, dann, dass er Karl vor mir versteckt. Aber man gewöhnt sich daran.«

»Was wissen Sie über Karl?«

»Er war von klein auf ein Sorgenkind, um das sich diverse Ärzte, Psychologen, die Psychiatrie und alle möglichen anderen Helfer kümmerten. Geholfen haben alle nicht. Soweit ich weiß, besitzt er keinen Schulabschluss und hat nie normal gearbeitet.«

»Was meinen Sie mit Letzterem?«

»Mit dem Arbeiten?«

»Ja.«

»Karl hatte nie einen Job. Er zieht mit seiner Truppe über Mittelaltermärkte, um dort selbst gebrautes Bier zu verkaufen.«

»Seiner Truppe?«

»Karl glaubt an Wiedergeburten. Er scharte eine Truppe Jünger um sich, die seinen Glauben teilen und mittels Tänzen ums Feuer Kontakt mit früheren Reinkarnationen ihrer selbst aufnehmen. So erzählte es mir zumindest Bernd. Warum wollen Sie das alles wissen?«

In Marburg kam Kommissarin Bachs Kollege erneut aus der Küche, diesmal eine nagelneue, für den Biomüll gedachte Tüte aus stabilem, braunem Papier in der Hand. Bea blies diese auf und stülpte sie Chantal über den Mund. Es war zum Haare raufen, die Tüte war zwar stabil, dafür aber so grob, dass sie es nicht schaffte, jene auch nur halbwegs dicht um den Mund der jungen Frau zu legen. Bea warf das unnütze Ding weg und zückte ihr Telefon. Sie hatte bereits die 112 eingetippt, als ihr Kollege mit einer Plastiktüte eines Textildiscounters in der Hand aus dem Schlafzimmer stürmte.

Ralf blies jene auf, legte sie Chantal um den Mund und redete beruhigend auf sie ein. Endlich beruhigte sich die junge Frau zusehends, während die Polizistin ihr schlechtes Gewissen plagte. War es richtig, wegen der Festnahme eines Verbrechers die Gesundheit der jungen Frau zu riskieren?

Chantal signalisierte, dass es ihr besser gehe und sie die Plastiktüte nicht mehr benötige. Sie setzte sich wieder aufrecht aufs Sofa.

»Danke, dass Sie keinen Arzt gerufen haben!«

»Oh! Warum das denn?«

»Das sind eh alles nur Quacksalber. Der Schwertkämpfer auf dem Mittelaltermarkt war also nicht mein Lehrer, sondern dessen Bruder?«

»Davon gehen wir derzeit aus.«

»Und der Bruder wohnt gegenüber?«

»Zumindest ist er dort gemeldet.«

»Alleine?«

Bea war klar, dass Chantal in diesem Augenblick an die Armbrustschützin dachte.

»Das wissen wir noch nicht. Bei so einem großen Haus lässt sich das nicht so einfach sagen.«

»Und jetzt?«

Chantal stand kurz vor einer erneuten Panikattacke.

»Bringen wir Sie erst einmal weg von hier.«

»Wohin?«

»Zunächst ins Frauenhaus, dort sind Sie sicher.«

»Heißt das, Sie glauben mir endlich?«

Herausfordernd sah die junge Frau die deutlich ältere Kommissarin an. Bea errötete unter deren Blicken.

»Ja, das heißt es. Bitte entschuldigen Sie, dass ich damals Zweifel an Ihren Worten hegte!«

»Okay. Ich packe schnell ein paar Klamotten und meine Zahnbürste.«

Chantal sprang vom Sofa auf. Keine Minute später war sie abmarschbereit. Als der Polizist ihre Wohnungstür öffnete und sie ihm hinausfolgte, zitterte sie am ganzen Körper. Bea legte schützend den Arm um ihre Schulter. Die Beamten trugen unter ihren Jacken Schutzwesten, was Bea Sicherheit vermittelte. Sie stiegen die Treppe hinab. Unten signalisierte Ralf, dass er den Wagen direkt vor die Tür vorfahren werde. Bea nickte und ihr Kollege verschwand in der Dunkelheit. Wartete dort draußen eine Armbrustschützin? Oder sogar mehrere? Hielt eine schusssichere Weste eigentlich auch den

Pfeil einer Armbrust ab? Oder würde die Heckenschützin ohnehin auf ihren Kopf oder Hals zielen?

Der Wagen fuhr vor. Geduckt rannten die beiden Frauen ihm entgegen. Bea erwartete jeden Augenblick, einen Pfeil zischen zu hören, während Chantal leise vor sich hin wimmerte. Sie erreichten das Dienstfahrzeug. Bea riss die hintere Tür auf und stieß Chantal förmlich hinein. Dann stieg sie eilig vorne ein. Erst als sich die Beifahrertür hinter ihr schloss, wurde sie ruhiger. Ralf fuhr los. Bea warf einen letzten Blick auf das Gebäude, in dem Karl Kinkel wohnte.

»Dich schnappe ich mir!«

Sie hatte es nur leise vor sich hingemurmelt, aber Ralf hatte sie verstanden. Er grinste schief.

»Hoffen wir, dass die Schwaben einen guten Job machen.«

»Ja, hoffen wir, dass die dort unten nicht nur Autos bauen können.«

Als hätte der schwäbische Kollege sie gehört, rief er genau in diesem Augenblick an. Nach einem Blick auf das Display ihres Handys informierte sie Ralf:

»Kollege Hurlebaus, gleich wissen wir mehr.«

Er nickte, Bea nahm das Gespräch an. Sie lauschte konzentriert, signalisierte hin und wieder Zustimmung, dann beendete sie das Gespräch.

»Und?«

»Der Haftbefehl ist unterwegs, wir sollen ihn uns schnappen!«

»Gott sei Dank.«

Bea informierte den Leiter des SEK, das die Festnahme vornehmen sollte. Dieser erwiderte, zwei Mann seien bereits vor Ort, der eigentliche Trupp sei noch auf dem Weg.

»Nehmt euch vor Armbrustpfeilen in Acht!«

»Ist das dein Ernst?«

»Die Stuttgarter Kollegen meinen, wir haben es mit einer Gruppe Mittelalter-Freaks zu tun. Mindestens einer von denen ist geübter Schwertkämpfer und ein weiteres Mitglied eine exzellente Armbrustschützin. Also passt auf!«

»Gut, neuerdings gehören wieder Kettenhemden zu unserer Ausrüstung, um uns vor Messerangriffen zu schützen. Die ziehen wir über.«

Mehrere Stunden gingen ins Land. Erst um drei Uhr morgens stürmte das SEK die Wohnung. Ein Rammbock öffnete brachial die Tür, acht schwer bewaffnete Beamte stürmten die winzige Wohnung. Sie überwältigten zwei Frauen, die vom Lärm geweckt aufrecht nebeneinander in einer Matratzenlandschaft saßen. Die lauten Rufe, das hektische Zucken roter Laserstrahlen und gleißender Lichtkegel verängstigte eine der beiden so sehr, dass sie in die Hose pinkelte. Je ein kräftiges Mannsbild packte eine der Frauen, drehte sie auf den Bauch und fixierte mit Kabelbindern ihre Hände hinter dem Rücken. Geübt und effektiv wurde die Wohnung oberflächlich untersucht. Dann stieg der Kommandoführer die Treppe zu den wartenden Kriminalbeamten hinunter.

»Und?«

»In der Wohnung haben wir keine Waffen gefunden, das hier war umsonst.« Er hob sein schweres Kettenhemd an. »Aber besser einmal zu viel das Ding angelegt, als einmal zu wenig. Den Gesuchten haben wir nicht angetroffen, sondern nur zwei Frauen. Ihr könnt rein.«

Bea und Ralf stiegen die Treppe empor. Alles an der Wohnung war billig und lieblos. Um zu verhindern, dass die beiden Frauen sich in irgendeiner Form absprechen konnten, hatten die Beamten eine in die Küche gebracht. Mit einem Blick verständigten die beiden Kriminalisten sich. Bea ging zu der auf dem Bett sitzenden Bewohnerin.

»Was soll das? Wieso brechen Sie hier mitten in der Nacht ein?«

»Wir suchen Herrn Karl Kinkel. Wann haben Sie ihn zuletzt gesehen?«

»Noch nie! Ich kenne den Typen nicht!«

»So? Immerhin wohnen Sie in seiner Wohnung. Sein Name steht unten am Briefkasten.«

»Da stehen viele Namen! Keiner von denen wohnt hier! Ich habe die Wohnung von einer Karin Förster gemietet.«

»Wie kann die Ihnen eine Wohnung vermieten, die ihr nicht gehört?«

»Wir haben einen Vertrag zur Untermiete. Bis heute hat sich keiner daran gestört. Dann kommen Sie hier schwer bewaffnet hereingestürmt und versetzen uns so in Angst, dass Selina in ihr Höschen pinkelte! Was soll das …«

»Wieso haben Sie nicht die fremden Namen unten am Briefkasten entfernt?«

»Geht nicht!«

Sie schüttelte den Kopf.

»Die Bude hier ist billig und immerhin ein Dach über dem Kopf. Bei dem ganzen Studi-Gesocks, denen es Papi fett hinten reinschiebt, ist es schwer, in Marburg überhaupt eine Bude zu finden. Wir wohnen billig, müssen aber alle Namen am Briefkasten stehen lassen.«

Die Kommissarin befragte die Frau noch länger, bekam aber nichts Relevantes aus ihr heraus. Sie ahnte, was hier ablief. Ralf war fast gleichzeitig wie sie mit der Befragung der zweiten Frau, einer achtzehnjährigen Spanierin, fertig. Im Bad verständigten die Kriminalisten sich leise und wurden sich schnell einig, dass die Aktion ein Flop war. Es kostete sie einige Überwindung, die beiden Frauen aufs Revier bringen zu lassen, damit sie die Wohnung gründlich durchsuchen konnten. Ihnen war klar, dass sie hier nichts finden würden. Sie taten es nur, um sich auf keinem Fall vorwerfen zu müssen, durch ihre Schlamperei den Tod eines Mädchens mitverschuldet zu haben.

Auch wenn er die moderne Technik verabscheute, konnte er doch nicht gänzlich auf sie verzichten. Sein Handy war billig und alt, aber stets eingeschaltet. Die eingehende Nachricht riss ihn aus dem Schlaf. Störungen mitten in der Nacht bedeuteten nichts Gutes. Er langte nach dem kleinen Gerät und drückte mit seinen großen Fingern so lange auf den Tasten herum, bis sich die Nachricht öffnete. Angestrengt entzifferte er die Worte. Leise seufzend nahm er zur Kenntnis, dass seine Erwartung nicht enttäuscht wurde. Immer hatte er diesen Augenblick gefürchtet.

»Gute Nachrichten?«

Das Piepen hatte sie also auch geweckt.

»Wie man es nimmt, zumindest keine unerwarteten.«

Sie drehte sich zu ihm. Er spürte ihre warmen, weichen Brüste auf seinem Oberarm. Ihre schlanken Finger krochen unter sein Gewand und kraulten seine Brust.

»Du bist mein Held und wirst es immer bleiben«, flüsterte sie ihm heiser ins Ohr. »Ich wollte nie das langweilige Leben meiner Eltern führen und werde dir überallhin folgen.«

Er schluckte.

»Wirklich überallhin?«

»Ja. Zweifelst du daran?«

Ihre kraulende Hand kroch tiefer an ihm hinab. Erregung stieg in ihm auf. Sie hatte ihn in der Hand.

»Unsere Seelen sind füreinander bestimmt, nichts und niemand kann uns trennen. Weißt du das nicht?«

»Doch, natürlich«, krächzte er heiser.

Sie schob sich auf ihn, rieb sich an ihm. Er stöhnte vor Lust, streifte ihr das Nachthemd über den Kopf, wühlte sich dann aus seinem Gewand und dachte bald nicht mehr an die Nachricht und die auf ihn harrende Entscheidung.

Ihre geschenkte Ablenkung war schön und er genoss sie in vollen Zügen. Die dräuende Gefahr steigerte den Genuss. Obwohl er sie mehrmals verzögerte, endete sie schließlich doch. Sie sank in sich zusammen, kuschelte sich in seine Armbeuge und er streichelte ihren Rücken, bis ihre tiefen und regelmäßigen Atemzüge verrieten, dass sie wieder schlief.

MeToo hatte etwas verändert, selbst im Kreis seiner Anhängerinnen. Stephens Verrat schmerzte ihn besonders. Er wusste, es würde nicht wie bisher weitergehen. Sollte er ihnen ein letztes Gefecht liefern? Gab es für einen Krieger einen ehrenvolleren Tod, als im Kampf zu sterben?

Als ich am nächsten Morgen den Flur der Kriminalinspektion 1 betrat, wurde ich gleich zu Kriminaldirektorin Lansik zitiert. Meine Eingeweide zogen sich zusammen. Angespannt betrat ich ihr Büro.

»Guten Morgen Jens, nimm bitte Platz.«

Sie wies auf ihre Besprechungsecke und erhob sich hinter ihrem Schreibtisch. In einer Übersprunghandlung strich sie nicht vorhandene Falten ihres Rockes glatt. Während sie auf mich zulief, musterte ich ihr Gesicht eingehend.

»Ist jemand gestorben?«

Ein winziges Zucken huschte über ihr Gesicht.

»Scheiße!«

Ich sprang auf und drosch mit der Faust gegen die Wand. Sie zuckte zusammen, sagte jedoch nichts. Wir standen einander gegenüber.

»Herr Kinkel?«

»Die JVA Stammheim informierte uns …«

»Mit Gift?«

»Woher weißt du das?«

Ihr Blick verriet weniger Überraschung, sondern eher Misstrauen.

»Ich wusste es nicht, es war mehr eine Ahnung. Gestern Abend war ich noch bei ihm.«

»Darüber hat mich die JVA ebenfalls informiert. Entgegen Herrn Dr. Kesslers direkter Anweisung hast du ihn ohne seinen Anwalt befragt.«

»Herr Kinkel ist ein erwachsener Mann und kann selbst entscheiden, ob er mit mir reden will oder nicht.«

»Ein Beamter der JVA äußerte den Verdacht, du hättest ihm das Gift zugesteckt.«

»Was?« Ungläubig starrte ich sie an. »Bestimmt der Typ, der Herrn Kinkel in seine Zelle zurückbrachte! Den wies ich noch explizit darauf hin, dass ich den Häftling für akut selbstmordgefährdet halte, und dass sie gut auf ihn aufpassen sollen!«

Sie reagierte nicht, sah mich einfach nur an, als wisse sie mit mir und meinen Worten nichts anzufangen.

»Die stehen jetzt in der Öffentlichkeit ganz schlecht da und suchen einen Sündenbock, möglichst einen außerhalb ihrer Mauern. Und du bist so dumm, dich als solchen anzubieten! Das fände ich gar nicht so schlimm, wenn es nur dich beträfe. Aber denkst du bei deinen Eigenmächtigkeiten auch an uns? Daran, dass du uns damit ebenfalls schadest?«

Mit uns meinte sie natürlich sich und ihre ach so wichtige Karriere. Meine gescheiterte Ehe kam mir in den Sinn. Zwischen meiner Ex und mir entstand eines Tages ein feiner Riss, aus dem ein Graben wurde, der sich zum Abgrund weitete.

»Warum bist du hingefahren?«, riss sie mich aus meinen Gedanken.

»Weil es verdammt noch mal zu meinen Aufgaben gehört, Verdächtige zu befragen! Egal …«

Ich versuchte, meine Vorgesetzte von meiner Sichtweise zu überzeugen. Sie wollte nichts hören, rügte mich für die häufiger werdenden Fehler in meinem Handeln, wobei sie besonders den Schuss bei Herrn Kinkels Festnahme hervorhob. Dann schickte sie mich einfach weg.

So war ich schon lange nicht mehr abgekanzelt worden. In meinem Büro schloss ich die Augen und holte tief Luft. Der Tod des unschuldigen Lehrers nahm mich mit. Eigentlich wollte ich durch meine Arbeit die Welt gerechter machen und die Schwachen schützen. Und ja, wer handelte, machte Fehler. Zählen sollte nur das Resultat am Ende. Ein Klopfen riss mich aus meinen Gedanken. Bianca trat ein.

»Herr Kinkel hat sich in Stammheim umgebracht!«

Bei meinen Worten schrak sie zurück. Sie sah mich unsicher an, schluckte.

»Du tust gerade so, als sei ich schuld daran!«

»Bist du das nicht? Zumindest teilweise? Dein empörter Moralismus …«

Als ich sah, wie sehr sie unter meinen Worten litt, bremste ich mich und holte tief Luft.

»Ach egal! Hast du Herrn Siegels Tagebuch komplett gelesen?«

Bianca sah mich unsicher an, antwortete dann aber mit belegter Stimme.

»Ja, wie ich schon am Telefon erwähnte, eskalierte in den letzten Wochen sein Konflikt mit dem Grafen, also vermutlich Karl Kinkel. Hier könnte das Motiv für den Mord am Lehrer liegen.«

»Welche Rolle spielte Kiara bei deren Streit?«

»Ich glaube keine. Allerdings schrieb Herr Siegel nicht über die Schule, seine Schüler oder überhaupt sein reales Leben. Sein Tagebuch beschäftigt sich nur mit seinem mittelalterlichen Leben und den Personen aus dieser Szene.«

»Aber war Kiara nicht ein Teil der Szene? Zumindest war sie Teil des Rituals vor dem Weinberghäusle!«

»Über den Abend im Weinberg hielt er nur fest, dass ihr Ritual unterbrochen wurde, worunter der Kontakt zu seinen früheren Leben dauerhaft leiden könnte …«

Ich verdrehte die Augen.

»… Kiara oder auch allgemein ein jungfräuliches Medium erwähnt er mit keinem Wort. Übrigens habe ich gezielt bei allen von ihm beschriebenen Beschwörungsritualen darauf geachtet, was er über die jeweils anwesenden Mädchen schrieb. Immerhin gehen wir davon aus, dass in seinem Beisein schwerer sexueller Missbrauch stattfand. Daher glaube ich …«

Unvermittelt brach sie ab, starrte mit offenem Mund Löcher in die Luft.

»Was glaubst du?«

Bianca reagierte erst nicht, schüttelte sich dann.

»Er erwähnte die Mädchen mit keinem Wort, auch nicht verklausuliert. Ich vermute, er besaß starke psychische Verdrängungsmechanismen, die alles abspalteten, was nicht zu seinem Selbstbild eines reinen, unschuldigen Menschen passte.«

An dieser Stelle musste ich unwillkürlich grinsen, hielt mich aber zurück, sie zu fragen, ob sie ähnliche Mechanismen besaß.

»So schlimm wie er, bin ich nicht!«, verteidigte sie sich trotzdem.

»Stimmt, bei dir habe ich noch Hoffnung!«

Sie verdrehte die Augen.

»Herr Siegel war nicht unschuldig! Immerhin führte er im Vogelsberg Evi dem Grafen zu und lieferte sie dem sexuellen Missbrauch durch ihn aus! Das Gleiche hatte er mit Kiara vor, auch wenn durch Wengerter Kempf das Schlimmste verhindert wurde.«

»Nicht unbedingt, die Beschwörung wurde zwei Wochen später im Wald wiederholt. Ob erneut mit Kiara, oder mit einem anderen Mädchen, wissen wir nicht. Zumindest hielt Herr Siegle in seinem Tagebuch erleichtert fest, dass die Beschwörung funktionierte und er unbeeinträchtigt mit seinen früheren Leben in Kontakt treten konnte.«

»Schön für ihn. Verstehe ich dich richtig, dass er hierzu auf die Hilfe des Grafen angewiesen war?«

Bianca nickte.

»War es dann nicht äußerst riskant, sich mit ihm zu streiten? Worüber stritten die beiden eigentlich?«

»Über eine Frau.«

Wir überlegten noch hin und her, dann rief ich in Biancas Beisein bei Kommissarin Bach in Marburg an.

»Ah, Hurlebaus, auf deinen Anruf habe ich schon gewartet.«

»Habt ihr ihn?«

»Leider nicht ...«

Sie fasste die Ereignisse der Nacht zusammen.

»Vielleicht gehören die beiden Frauen aus der Wohnung zu Kinkels Truppe?«

»Möglich, aber unwahrscheinlich. Wir haben die Wohnung gründlich durchsucht und keinerlei Bezug zum Mittelalter oder zu ihm gefunden. Das ganze Konstrukt dient vornehmlich der Erschleichung von Sozialhilfe. Außer Angela Kaiser, die tatsächlich dort wohnt, sind fünf weitere Personen in der Wohnung gemeldet. Wenn ein Brief für einen der anderen kommt, macht sie ein Foto des Briefes und sendet es an eine E-Mail-Adresse. Kurz darauf verschwinden dann die Briefe aus dem Briefkasten.«

»Also ein groß angelegter Sozialhilfebetrug?«

»Das wird sich zeigen. Trotz der durchgearbeiteten Nacht bin ich auf dem Weg zum Jobcenter. Mal sehen, was die dazu meinen. Leider werden die auch nicht wissen, wo der Gesuchte sich tatsächlich aufhält.«

»Was ist mit den Nachbarn?«

»Zwei Kollegen gehen im Haus von Tür zu Tür, zeigen Herrn Kinkels Foto herum und fragen, ob jemand etwas weiß. Mach dir aber keine großen Hoffnungen.«

Ich bedankte mich und wir beendeten das Gespräch. Olga

war kurz nach Beginn des Telefonats eingetreten und hatte mitgehört. Jetzt schüttelte sie den Kopf.

»Dieser Karl Kinkel macht das bestimmt nicht nur, um sich Sozialhilfe zu erschleichen. Der weiß genau, dass früher oder später eines der Mädchen reden wird und die Behörden dann nach ihm fahnden. Die Meldeadresse in Waldtal nutzt er als Vorwarnsystem im Falle von Ermittlungen, um sich aus dem Staub zu machen!«

»Du meinst, die Mieterinnen warnen ihn?«

»Oder jemand anderes aus dem Haus, der ihn kennt. Der Einsatz des SEKs blieb garantiert nicht unbemerkt.«

»Mit anderen Worten, er spürt den Fahndungsdruck und Kiara ist in akuter Gefahr?«

»Falls sie überhaupt noch lebt.«

»Wir müssen ihn finden, und zwar schnell! Frau Kinkel wusste nur, dass er auf einem halb verfallenen Hof irgendwo im Vogelsberg wohnt und über Mittelaltermärkte tingelt, um selbst gebrautes Bier zu verkaufen. Vielleicht finden wir ihn über die Veranstalter derartiger Märkte?«

»Das glaube ich kaum. Sollte er persönlich als Händler dort in Erscheinung treten, werden die auch nur seine falsche Marburger Adresse haben. Wahrscheinlich schickt er aber jemand völlig Unauffälliges vor, vermutlich eine Frau. Chantal erzählte doch, an dem Stand habe eine auffallend attraktive Rothaarige ausgeschenkt.«

»So viele Stände, die selbst gebrautes Bier auf Mittelaltermärkten ausschenken, wird es nicht geben. Wir suchen die Veranstalter und telefonieren sie ab.«

»Ich habe eine bessere Idee!«

Bianca strahlte. Wir sahen sie auffordernd an.

»Für so einen Stand brauchen die doch Massen von Tonbechern …«

»Die Kundenliste der Töpferei in Butzbach!«, riefen Olga und ich im Chor.

Rasch ermittelten wir drei Adressen im Vogelsberg, eine bei Büdingen, eine bei Grünberg und eine nicht weit von Lauterbach, die allesamt mehrmals Tonbecher bei der Töpferei in Butzbach bestellt hatten.

»Wenn wir jetzt noch die Marktveranstalter abtelefonieren …«

»Das dauert zu lange! Ich fahre hin und überprüfe die drei Adressen! Morgen ist Kinkel garantiert abgetaucht. Was er vorher mit Kiara anstellt, will ich mir nicht ausdenken. Heute haben wir eine höhere Chance, sie lebend zu befreien!«

Die beiden Kolleginnen sahen mich überrascht an, wechselten dann fragende Blicke, während ich meine Schutzweste aus dem Schrank holte.

»Ich komme mit!«

Bianca sah Olga, die ebenfalls ihre Pistole und Weste holen ging, neidisch nach. Sie als Mutter dreier Kleinkinder konnte nicht spontan auf unbestimmte Zeit los.

»Telefoniere du die Veranstalter ab. Vielleicht findest du etwas heraus, das uns die Arbeit erleichtert.«

Sie nickte, zog dann enttäuscht ab. Olga erschien mit ihrer Ausrüstung. Ich griff noch eine Schachtel Ersatzmunition, dann brachen wir auf. Sie stieg auf der Beifahrerseite ein.

»Wo fangen wir an?«

»Bei der Adresse in der Nähe von Lauterbach handelt es sich um ein einsam gelegenes Gehöft. Die anderen beiden Adressen sind näher an den Ortschaften.«

»Gut, ich versuche, während der Fahrt möglichst viel über die Adressen in Erfahrung zu bringen. Vielleicht sind die Objekte von ihren Bewohnern gemietet und die Besitzer können uns etwas über ihre Mieter verraten?«

Während der monotonen Autobahnfahrt schlief ich vor Erschöpfung fast hinter dem Steuer ein. Kein Wunder, arbeitete ich doch seit Wochen zu viel und schlief zu wenig. Lange würde ich das nicht mehr durchhalten. Sollten wir Kiara heute nicht finden, würde ich zwei Tage freinehmen. Schon jetzt behagte mir die Vorstellung nicht, in eine Schießerei mit diesen Mittelalterfreaks zu geraten. Auf eine größere Entfernung war eine Armbrust womöglich zielgenauer als unsere Pistolen.

Neben mir gab Olga ihr Bestes. Sie blieb beharrlich und freundlich, ließ sich von zahllosen Misserfolgen nicht entmutigen. Schließlich geriet sie an jemand offensichtlich Auskunftsfreudigen. Sie hörte fast nur noch zu, stellte ab und zu gezielte Fragen, die ihren Gesprächspartner zu ausführlichen Antworten anregten. Endlich kamen sie zum Ende. Meine Kollegin verdrehte die Augen.

»So schlimm?«

»Im Gegenteil, durchaus interessant, nur ein bisschen arg viel Unwichtiges. Der Hof im oberen Lautertal gehört einer gewissen Erna Krick, die mit ihren hundertzwei Jahren …«

»Wow!«

»… die älteste Bewohnerin des Kreises ist. Der Bürgermeister wollte sie anlässlich ihres hundertsten Geburtstages mit einem Festakt im Rathaus ehren. Die Angestellte, mit der ich sprach, musste in seinem Auftrag Frau Krick aufsuchen, um sie zu überreden. Sie meinte, die Dame habe sich ihr gegenüber extrem ablehnend und unfreundlich verhalten.

Es ist kaum zu glauben, aber Frau Krick wohnt trotz ihres Alters ganz alleine in der zum Hof gehörenden Mühle. Der Hof selbst liegt mehrere Hundert Meter entfernt und wird von einer Gruppe bewirtschaftet, über die man im Kreis viel munkelt. Die besitzen weder Strom noch Telefon und auch keinen Traktor. Von Hand und mit einem Pferdegespann bauen sie Gemüse und Kartoffeln an. Wovon die aber eigentlich leben, ist ein Rätsel.«

»Das passt! Wenn die weder Strom noch Telefon haben, wissen sie vielleicht auch noch nichts.«

»Daran habe ich auch gleich gedacht. Hoffen wir das Beste.«

Wir fuhren eine Weile schweigend, jeder hing seinen Gedanken nach.

»Die Frau lebt mit Hundertzwei alleine? Andere liegen da schon zwanzig Jahre im Sarg.«

»Stimmt, Frau Krick muss extrem rüstig sein. Einmal in der Woche bringt ihr der Kaufmann Lebensmittel vorbei. Sonst hat sie keinen Kontakt, will mit niemandem etwas zu tun haben.«

»Da sieht man mal wieder, dass die Menschen auf dem Land gesünder leben. Ich würde am liebsten ebenfalls raus ins Grüne ziehen.«

Sie sah mich zweifelnd von der Seite an.

»Dort leben doch nur schräge, verschrobene Vögel und einfach strukturierte Menschen.«

»Quatsch, das ist ein Klischee von Großstadtautoren!«

»Dass das Landleben schöner oder gesünder sein soll, ist ebenfalls ein Großstadtklischee!«

Bianca fühlte sich hundeelend. Heulend saß sie in ihrem Büro. Es behagte ihr überhaupt nicht, aber ihr Kollege hatte recht. In ihrer Eitelkeit hatte sie sich frei von Vorurteilen gewähnt, war sie doch aus tiefster Überzeugung das Gegenteil einer Rassistin, hasste eher ihre eigenen Landsleute als Menschen fremder Kulturen. Trotzdem hatte ein tief verankerter Schutzinstinkt gegenüber dem kleinen, zarten Mädchen die Oberhand über ihr der Unvoreingenommenheit verpflichtetes Polizistinnen-Ich gewonnen.

Jens hatte Recht, innerlich hatte bei ihr gegenüber Lehrer Kinkel nicht die Unschuldsvermutung gegolten. Sie hatte ihn vorverurteilt und es ihn spüren lassen.

Dazu kam noch der Frust mehrerer erfolgloser Telefonate

mit Veranstaltern von Mittelaltermärkten. Am eigenen Leib hatte sie erfahren, wie es sich anfühlte von anderen vorverurteilt zu werden, hatten die Veranstalter sich ihr gegenüber doch allein weil sie Polizistin war, ablehnend verhalten.

Schniefend richtete sie sich wieder auf. Ab sofort würde sie bescheidener sein! Sie würde sich anderen nicht mehr aufgrund ihrer Moral überlegen fühlen! Am besten verhielt sie sich ab sofort selbst nicht mehr so moralisch, ließ künftig Fünfe öfters mal gerade sein. Nur, was bedeutete das konkret? Sollte sie etwa absichtlich Fehler in der Arbeit machen? Das erschien ihr absurd.

Sie trat ans Fenster, starrte hinaus in den Regen. Plötzlich wusste sie, was zu tun war. Grimmig entschlossen setzte sie sich zurück an ihren Schreibtisch und griff zum Hörer. Die Typen von den Mittelaltermärkten würden als Erste die neue Bianca kennenlernen.

Zwei Stunden genügten Olga, um sich auch über die anderen beiden Adressen zu informieren. Beide waren ebenfalls ein mögliches Versteck, aber kein so vielversprechendes. So blieben wir bei unserer Entscheidung, es zunächst bei Lauterbach zu versuchen. Den Wagen parkten wir in einem Waldweg fünfhundert Meter unterhalb der Mühle. Der Hof war noch weiter entfernt. Wir zogen unsere Schutzwesten mit der Aufschrift Polizei über. Auf einem im Wald parallel zum Waldrand verlaufenden Weg liefen wir in Richtung der Mühle.

Wenige Minuten später sahen wir durch die Bäume das halb verfallene Gebäude. Ein Bach verließ an dieser Stelle den Wald. Vermutlich hatte er einst ein Mühlrad angetrieben. Von einem solchen war jedoch nichts mehr zu sehen. Direkt neben dem Gebäude befand sich ein Garten mit einem Bauernzaun, in dem Kohl und Kürbisse wuchsen. Vor einem aufgestellten Stein kniete eine Frau und pflanzte Herbstzeitlose ein. Dazu murmelte sie vor sich hin. Olga bekreuzigte sich.

»Das sieht ja aus wie ein Grab.«

»Vielleicht von ihrer Katze?«

»Kann sein. Siehst du außer der Frau noch jemanden?«

»Nein.«

»Dann lass uns gehen.«

Wir verließen unsere Deckung und steuerten den Garten an. Ich öffnete das Törchen, was die Frau nicht bemerkte. Wahrscheinlich hörte sie altersbedingt nicht mehr gut. In diesem Augenblick erhob sie sich mühsam, drehte sich um und sah sich zwei, in ihren Augen aus dem Boden gewachsenen, Polizisten gegenüber, was sie anhand der Aufschrift auf unseren Schutzwesten nicht übersehen konnte.

Ihre Reaktion auf unser Erscheinen war äußerst bemerkenswert. Sie erschrak sichtlich, zitterte am ganzen Körper, sank auf ihre Knie und streckte uns ihre Hände hin, als sollten wir ihr Handschellen umlegen.

»Sind Sie mir also doch noch auf die Schliche gekommen. Irgendwie bin ich froh, dass das Versteckspiel endlich vorüber ist.«

Olga starrte die alte Frau verblüfft an. Ich fasste mich schneller wieder.

»Früher oder später kommen wir jedem auf die Schliche!«

Ich fummelte möglichst umständlich meine Handschellen heraus, um sie ein bisschen schmoren zu lassen.

»Brauchen wir die? Oder versprechen Sie mir, keinen Quatsch zu machen?«

»Ich verspreche es Ihnen!«

Sie nickte eifrig. Ich steckte die Dinger wieder ein.

»Wenn Sie mit uns kooperieren, bekommen Sie mildernde Umstände.«

Olga drehte sich weg. Vermutlich sollte Frau Krick nicht mitbekommen, wie mühsam sie sich das Lachen verkniff.«

»Aber natürlich kooperiere ich! Hier liegt sie!«

Sie zeigte auf die von uns für ein Grab gehaltene Fläche. Wen zum Teufel meinte sie? Ihre Katze?

»Es war bestimmt sehr mühselig, sie dort zu begraben.«

»Was hätte ich anders tun sollen? Ich konnte Mama doch nicht einfach in der Küche liegen lassen.«

Olga zuckte zusammen, wendete sich wieder der alten Frau zu. Frau Krick sah zu ihr auf.

»Ich habe Mama nicht umgebracht! Im Gegenteil, Mama hat sich riesig gefreut, mich wiederzusehen! Nur war ihre Freude leider zu viel für ihr altes Herz. Wenn ich das geahnt hätte, wäre ich nicht unangekündigt aufgetaucht! Das müssen Sie mir glauben!

»Sie hätten Ihre Mutter trotzdem nicht einfach begraben dürfen!«

»Ich weiß, aber ich war so verzweifelt! Keiner hätte mir geglaubt!«

»Und ihre Rente haben Sie ebenfalls zu Unrecht eingestrichen!«

»Von irgendetwas musste ich doch leben! In meinen jungen Jahren konsumierte ich zu viele Drogen und schlief zu oft in feuchten Höhlen am Meer. Beides ruinierte meine Gesundheit. Wenn die Knochen knarzen und schmerzen, verliert das Leben als Blumenkind seinen Reiz. Wobei es so lustig nie wirklich war.

All die Jahre hier in der Mühle wusste ich, dass Mama Sie eines Tages herführen wird, ganz egal wie liebevoll ich mich um ihr Grab kümmere!«

Olga verdrehte die Augen. Von wegen älteste Bürgerin des Landkreises! Wir waren wegen Kiara hier. Mussten wir ausgerechnet jetzt über eine Tochter stolpern, die in die Identität ihrer toten Mutter geschlüpft war, um deren Rente einzustreichen? Wobei noch offen war, ob sie beim Tod ihrer Mutter nicht doch nachgeholfen hatte. Egal, das musste warten.

»Sie haben den Hof Ihrer Mutter verpachtet?«

»So üppig ist deren Rente schließlich auch nicht.«

»So teuer scheint mir ihr Leben hier nicht zu sein!«

»Naja«, sie senkte den Blick, »zweimal jährlich gönne ich mir eine Reise auf die Kanaren. Mit Geld und dem Komfort eines Hotels ist es dort schön.«

Olga stöhnte auf.

»Zeigen Sie uns den Mietvertrag!«

»Es gibt keinen. Meine Nachbarn zahlen jeden Monat in bar.«

Sie senkte den Blick zu Boden. Also strich sie nicht nur zu Unrecht die Rente ihrer Mutter ein, sondern unterschlug auch noch die Steuern für ihre Mieteinnahmen.

»Was können Sie uns über Ihre Nachbarn sagen?«

Frau Krick sah mich mit großen Augen an.

»Sind Sie gar nicht wegen mir gekommen?«

»Beantworten Sie einfach meine Frage! Was wissen Sie über die Leute?«

Hoffnung leuchtete in ihren Augen auf.

»Kann der Tod meiner Mutter dann nicht unter uns bleiben?«

»Wir werden sehen. Was wissen Sie …«

»Als Mieterin tritt eine Frau auf, eine attraktive Rothaarige. Aber das eigentliche Sagen hat ein Mann, ein großer, kräftiger Mann mit einem schwarzgrauen Bart. Er hat dort einen richtigen Harem um sich versammelt. Ständig springen junge Weiber um ihn herum. In der Scheune brauen sie ihr eigenes Bier. Darüber will ich nicht klagen, bekomme ich doch hin und wieder welches ab. Ihr Helles schmeckt gar nicht so übel.

Eine von den Frauen ist schräg drauf. Die läuft mit einer Armbrust durch den Wald und jagt Tiere. Manchmal entzünden sie zwischen Hof und Wald ein großes Feuer und tanzen darum herum. Die denken, ich wäre verkalkt und wegen meines Alters an die Bruchbude hier gefesselt. Ich bekomme aber mehr mit, als die glauben!«

Voller Hoffnung, es gut gemacht zu haben, und dass wir sie dementsprechend davonkommen lassen, glotzte sie uns an.

»Ist das der Mann?«

Ich hielt ihr mein Handy hin. Sie fummelte eine Brille aus ihrer Schürze, setzte sie auf und stierte das Bild an.

»Nein.«

Olga, die das Foto nicht gesehen hatte, sackte in sich zusammen. Ich grinste, hatte ich mir doch eine Auswahl an Männerporträts besorgt, um nicht den bei Evi gemachten Fehler zu wiederholen.

»Der?«

»Nein.«

»Der?«

Sie zögerte, schüttelte dann aber ebenfalls den Kopf.

»Nein.«

»Der?«

»Ja, der ist es! Ganz bestimmt!«

Wie ein Hund in Erwartung seines Leckerlis sah sie mich an.

»Danke, Sie haben uns sehr geholfen!«

»Dann vergessen wir …«

»Tut mir leid, das geht leider nicht. Aber ich lege bei den Kollegen ein gutes Wort für Sie ein. Es wird Ihnen nicht viel passieren, zumindest dann nicht, wenn Ihre Mutter wirklich vor Freude gestorben ist!«

»Soll ich Verstärkung anfordern?«

Olga sah mich fragend an. Ich zögerte, drängte es mich doch, umgehend Kiara zu suchen. Die Alte erleichterte mir die Entscheidung.

»Das brauchen Sie nicht, die sind alle weg.«

»Sind Sie sicher?«

»Ja, die haben einen alten, hellblauen VW-Bus. Sie haben meine Nachbarn um wenige Stunden verpasst. Diesmal war es anders als sonst. Bisher fuhren entweder alle miteinander los und es hing ein Anhänger hinten dran. Dann fuhren sie auf Märkte, um ihr Bier zu verkaufen und waren mehrere Tage unterwegs. Oder es waren nur wenige Personen im Auto. Dann kamen sie am gleichen oder spätestens am nächsten Tag zurück. Heute war der Bus voll, aber sie fuhren ohne Hänger los.«

Frau Krick wackelte in Richtung ihres Hauses davon.

»Glaubst du ihr? Oder will die uns reinlegen, weil du sie verarscht hast?«

»Keine Ahnung!«

Ich zuckte mit den Schultern.

»Wenn wir über die Staatsanwaltschaft gehen und ein SEK anfordern, passiert bis in die frühen Morgenstunden nichts. So lange sind wir zur Untätigkeit verdammt. Lass uns lieber nachsehen, damit wir Kiara ein Stück näherkommen.«

»Okay.«

Auf dem Weg zum Hof drehte ich mich aus Angst, hinterrücks von einem Pfeil durchbohrt zu werden, mehrmals um. Olga erging es ähnlich. So waren wir extrem angespannt, als endlich der Hof durch die Bäume zu sehen war. Der Wald reichte bis rund zwanzig Meter an die Gebäude heran, mittendrin lag eine offene Feuerstelle. Linker Hand befand sich ein großer Gemüsegarten mit einem mittelalterlichen Bauernzaun, rechts verlief eine Hainbuchenhecke zwischen dem Wald und der Ecke des Bauernhauses. Die Hecken hatten einst Vieh und Getreide vor dem Wind geschützt und ganz nebenbei Vögeln und Insekten ihr Überleben erleichtert.

»Ich renne im Schutz der Hecke zum Haus, du deckst mich!«

Olga nickte. Es würde auf diese Entfernung schwer sein, eine hinter einem Fensterladen hervor auf mich zielende Armbrustschützin zu treffen. Außerdem musste Olga viele Fenster gleichzeitig im Auge behalten, es war ein großes Gebäude. Die Hecke war unbelaubt und bot mir weder wirklichen Sicht- noch Feuerschutz. Trotzdem ging ich von Baum zu Baum zu ihr hinüber. Dort angekommen, warf ich einen letzten Blick auf die heruntergekommenen Gebäude, dann rannte ich los. Pfeile sirrten an meinem Kopf vorbei, allerdings nur in meiner Fantasie. In Wirklichkeit erreichte ich unbehelligt das Gebäude und nickte Olga zu. Diese folgte mir auf dem gleichen Weg, während ich in Richtung des Bauernhauses zielte. Auch sie erreichte unbehelligt das Gebäude.

Die Tür war nicht verschlossen. Auf die Gesetze pfeifend, drangen wir ein, wobei wir uns mit entsicherten Waffen gegenseitig deckten. Ein ums andere Mal ermahnte ich mich, die Bewohner seien vor uns geflohen. Trotzdem fürchtete ich bei jedem weiteren Raum erneut, dort auf den Schwertkämpfer oder die Armbrustschützin zu stoßen. Dementsprechend schüttete mein Körper reichlich Adrenalin aus. Letztendlich fanden wir niemanden, auch nicht im Keller und nicht in den Nebengebäuden. Wir steckten die Waffen wieder ein.

»Das hier muss Kinkels Versteck sein!«

»Sehe ich auch so.«

»Nur sieht es nirgends nach einem Gefängnis für eine Jugendliche aus.«

Der Keller bestand aus einem einzigen Gewölbe, in dem Kartoffeln, Zwiebeln, Äpfel, Gläser mit Marmelade und weitere Vorräte lagerten. Die Tür dorthin besaß weder ein Schloss noch einen Riegel. Kein Fenster des Hauses war vergittert, keine Tür besaß ein Schloss oder einen Riegel. Ein Raum im ersten Stock war eine Art Waffenkammer. Dort hingen Kettenhemden, Schwerter, Schilde und Ähnliches.

Das Innere des Hauptgebäudes war einigermaßen gepflegt, wenngleich es wie aus der Zeit vor Entdeckung der Elektrizität wirkte. Eines der Nebengebäude war halb verfallen. In der Scheune befand sich eine kleine, von einem Generator betriebene Brauanlage. In Holzkisten warteten braune Eineinhalbliterflaschen darauf, gefüllt zu werden. Ein Ölfleck und ein Satz Winterreifen deuteten darauf hin, dass die Scheune auch als Garage für den VW-Bus diente.

»Entweder war Kiara nie hier oder …«

»… sie kam freiwillig als jüngstes Mitglied von Herrn Kinkels Harem.«

»Erinnert mich irgendwie an die Manson-Family, nur ohne Rassismus.«

»Dafür mit Reinkarnations-Lehre! Informieren wir die Gießener Kollegen, damit deren Spurensicherung hier alles gründlich absucht. Zur Sicherheit sollen sie auch einen Leichenspürhund mitbringen.«

»Die werden nicht gerade begeistert sein.«

»Wenn du dem hiesigen Staatsanwalt die Ähnlichkeit mit der Manson-Family verklickerst und er spitzbekommt, dass er ein Teil des Medienrummels um Kiaras Verschwinden wird, schickt er garantiert die Fußtruppen los.«

Wir fuhren zum Essen nach Lauterbach. Diesmal fuhr Olga und ich informierte Frau Dr. Werner. Sie sicherte zu, sich mit ihren Kollegen vor Ort in Verbindung zu setzen. In Lauterbach sahen wir uns am Marktplatz um und landeten schließlich in der »Wachtel«. Auf der Speisekarte standen tatsächlich Spätzle, was mir aber riskant erschien. Ab und an ist auch ein Schnitzel mit Pommes kein Vergehen. Wir aßen schweigend. Mit vollem Bauch ging es mir besser. Olga sah mich fragend an.

»Und nun?«

»Soll ich fragen, ob die Gießener Kollegen weitergekommen sind?«

Sie nickte. Ich rief Kollegin Bach an.

»Ah Hurlebaus, bin gerade erst aufgestanden. Ich hätte Sie auch noch angerufen.«

»Das heißt, ihr habt etwas herausgefunden?«

»Ja, und zwar sehr Widersprüchliches. Die auf dem Jobcenter waren zunächst extrem zurückhaltend, um nicht zu sagen abweisend. Das änderte sich schlagartig, als der Name Karl Kinkel fiel. Die Kinkel-Brüder sind dort eine Legende. Die Beamten riefen eine pensionierte Kollegin an, die sich seinerzeit um die beiden gekümmert hat. Kaum zwanzig Minuten später kam sie, und zwar mit reichlich Kuchen. So wurde das Ganze eine vom Rahmen her äußerst nette Angelegenheit, was so gar nicht zum Thema passte.

Mama Kinkel verschwand kurz nach Karls Geburt auf Nimmerwiedersehen. Manche glauben, ihr Mann hat sie ermordet und irgendwo verscharrt, andere denken, sie ist mit einem Schwarzen durchgebrannt und lebt in einem großen Haus in den USA. Jedenfalls hörte man von ihr nie wieder etwas.

Davon erfuhren die Marburger Behörden jedoch lange nichts. Erst als Karl in der Grundschule massiv auffällig wurde, Mitschüler und sogar Lehrerinnen schlug, wurde seine Klassenlehrerin aufmerksam. Schließlich erzählte er ihr, dass sein Papa, wenn er abends besoffen nach Hause kommt, die Brüder verprügelt. Das meiste bekommt sein großer Bruder Bernd ab …«

»Der Klassiker!«

»Schon, es ging allerdings nicht ganz klassisch weiter. Das heißt, zunächst schon. Das Jugendamt wurde eingeschaltet. Die Sache zog sich hin. Das lag daran, dass Bernd bestritt, vom Vater geschlagen zu werden und auch Karl änderte seine Aussage wieder. Die Sache drohte im Sande zu verlaufen, als das Haus der Familie abbrannte. Die Jungs kamen unbeschadet davon, der Vater starb in den Flammen.

Zunächst hieß es, Karl habe das Feuer gelegt. Er äußerte wohl etwas in die Richtung, als die Feuerwehr eintraf. Da er vorher schon auffällig war, landete er in der Kinder- und Jugendpsychiatrie. Letztendlich konnte auch ein Sachverständiger nicht klären, was genau passiert war. Es handelte sich um ein altes Haus mit reichlich Holz, das noch mit Öfen beheizt wurde. Das Feuer war im Bereich des Ofens in der Stube ausgebrochen. Bernd sagte aus, wenn der Vater nach der Kneipe nach Hause kam, habe er oft noch richtig eingeheizt und manchmal die Ofenklappe offenstehen lassen. Da beide Jungs ohnehin noch nicht strafmündig waren, ließ man es auf sich beruhen.

Bernd kam in eine Pflegefamilie, entwickelte sich gut und erwarb sein Abitur. Karl kam von der Psychiatrie in ein Heim, landete aber bald wegen massiven Aggressionen wieder in der Klinik. Im Lauf der Jahre pendelte er zwischen diversen Einrichtungen hin und her, ohne je einen Schulabschluss zu schaffen. Dafür fiel er mit Körperverletzungen, Raub und Drogendelikten auf. Alle dachten, es werde mit ihm schlimm enden, als er mit Anfang zwanzig plötzlich aus Marburg verschwand.

Im Grunde waren alle froh darüber, nur die alte Dame fragte sich manchmal, was aus ihm geworden war. Eines Tages stand er unangekündigt wieder vor ihrer Bürotür. Er hatte sich selbst die Wohnung in Waldtal besorgt, brauchte dann aber von ihr Geld, um nicht erneut auf die schiefe Bahn zu geraten. Sie besorgte es ihm. Seither finanziert man ihn und lädt ihn gelegentlich vor, lässt ihn aber ansonsten in Ruhe. Ab und zu versuchte man, ihn in irgendwelche Maßnahmen zu stecken. Dort führte er sich aber so auf, dass man ihn in Anbetracht seiner Leidensgeschichte schließlich in Ruhe ließ.«

»Kurz zusammengefasst ermordete er als Grundschüler vermutlich seinen Vater und fiel auch später mit Gewaltdelikten auf. Dementsprechend sind ihm auch jetzt durchaus Gewalttaten zuzutrauen?«

»So könnte man es sagen. Allerdings haben seine Nachbarn in Waldtal ein komplett anderes Bild von ihm. Dafür, dass er dort nur relativ kurz tatsächlich wohnte und das schon etliche Jahre her ist, erinnerten sich erstaunlich viele an ihn und sprachen mit den Kollegen darüber. Alle waren sich einig, dass er ein sehr sympathischer, ja nahezu charismatischer Mensch war. Er war zu allen freundlich und hilfsbereit, kümmerte sich aber besonders um die Jugendlichen. Für die hatte er immer ein offenes Ohr, übte eine eigenartige Faszination auf sie aus. Im nahe gelegenen Wald lehrte er Jugendlichen den Kampf mit dem Schwert und ließ sie mit seiner Armbrust schießen. Das löste nicht bei allen Begeisterung aus. Von einem auf den anderen Tag verschwand er und wurde seither in Waldtal nicht mehr gesehen.«

Ich bedankte mich und beendete das Gespräch. Während des Telefonats war eine Nachricht eingegangen. Sie stammt von unserer Staatsanwältin. Ihr Kollege war informiert und nahm sich der Sache an. Bei Frau Dr. Werners Telefon ging nur die Mailbox ran. Olga und ich beschlossen, vor Ort zu übernachten.

»Ich kenne nicht weit von hier in Schlitz ein lauschiges Hotel.«

»Wenn ein Mann so etwas zu einer Frau sagt, stecken da meist gewisse Absichten dahinter!«

»Keine Sorge, in diesem Fall nicht. Es ist einfach cool.«

»Gut, dann ruf dort an.«

Das Hotel Schachtenburg hatte tatsächlich noch zwei Zimmer frei. So verbrachte ich eine weitere Nacht in Schlitz.

Wir schliefen aus und nahmen dann im Wintergarten des Hotels ein üppiges Frühstück zu uns. Wir ließen uns Zeit. Der strahlendblaue Himmel verhieß einen schönen Herbsttag. Ich sehnte mich nach einer Wanderung im bunten Wald, statt einem weiteren erfolglosen Tag Polizeiarbeit. Zu diesem Zeitpunkt ahnte ich noch nicht, dass sich an diesem Tag die Ereignisse überschlagen würden.

Bianca hatte mehrmals versucht, uns zu erreichen. Kollegin Bach hatte eine Nachricht geschickt. Sie und ihre Kollegen konnten uns heute nicht unterstützen, aber ein Leichenspürhund und die Spurensicherung waren vor Ort. Bei einer letzten Tasse Kaffee riefen wir gemeinsam Bianca an.

»Wo seid ihr?«

»In Schlitz, einem pittoresken mittelalterlichen Städtchen. Gerade sitzen wir im Wintergarten eines Boutique-Hotels bei einer Tasse Kaffee.«

Ich zwinkerte Olga zu, die ihrerseits die Augen verdrehte. Bianca seufzte.

»Da wäre ich jetzt auch lieber. Habt ihr was erreicht?«

»Vermutlich haben wir das Versteck der Kinkel-Family gefunden …«

»Von wem?«

»Der Kinkel-Family!«

»Du meinst, so wie die Kelly-Family?«

»Nein, eher wie die Manson-Family.«

»Kenne ich nicht.«

»Dann lies es nach. Manson war ein Psychopath. Er scharte eine Truppe um sich, überwiegend Frauen aus schwierigen Familienverhältnissen, die er zu Morden anstiftete. Jedenfalls haben wir vermutlich Karl Kinkels Versteck gefunden. Leider sind alle weg, wahrscheinlich wurden sie gewarnt. Nichts weist darauf hin, dass dort jemand gefangen gehalten wurde.«

»Also hat Kinkel doch nichts mit Kiaras Verschwinden zu tun?«

»Entweder das oder er hat sie ermordet.«

»Oder sie war freiwillig dort«, warf Olga ein.

»Freiwillig? Spinnst du?«

»Anscheinend ist er sehr charismatisch, kann besonders mit Jugendlichen gut. Was hast du herausgefunden?«

»Es war total frustrierend. Mehrere Veranstalter von Mittelaltermärkten blockten total. Die wollen mit dem Staat, also auch mit uns, möglichst wenig zu tun haben und wissen genau, dass sie nicht mit uns reden müssen.«

»Du bist also gescheitert?«

»Nein, die haben mich gezwungen zu lügen.«

Ohne sie zu sehen, sah ich sie grinsen.

»Du hast gelogen! Wow! Was hast du gesagt?«

»Ich habe mit unterdrückter Nummer erneut alle abtelefoniert, meine Stimme verstellt und behauptet, dass ich meine Traumhochzeit im Stile des Mittelalters gestalten möchte. Da witterten sie ein gutes Geschäft und wurden plötzlich ganz redselig. Ich behauptete, mein Zukünftiger stehe auf handwerklich gebrautes Bier, ich auf stilechte Kostüme, Krüge und den ganzen Scheiß. Außerdem würde ich mir Schaukämpfe zur Unterhaltung meiner Gäste wünschen. Fast alle nannten mir daraufhin früher oder später Sofie Schneiders Truppe …«

»So heißt die ursprüngliche Mieterin der Wohnung in Waldtal!«

Olgas Augen glänzten.

»Richtig, die Querverbindung fiel mir auch gleich auf. Jedenfalls hat Frau Schneider in ihrer Truppe einen exzellenten Schwertkämpfer …«

Wir tauschten noch einige Informationen und Hypothesen aus, dann wollte ich das Gespräch beenden. Bianca hatte jedoch noch einen Punkt.

»Was ist eigentlich mit Frau Weltke? Sollen wir sie noch weiter observieren? Oder ist sie raus?«

»Was berichten die Kollegen?«

»Sie treibt sich jeden Tag von früh bis spät in teuren Läden herum und schleppt mit dem Taxi Tüten nach Hause.«

»Obwohl sie pleite ist?«

»Ja, man könnte fast meinen, sie plant eine aufwendige Hochzeit.«

»Zieh die Kollegen ab, die wird uns nicht zu Kiara führen.«

Wir packten unsere Sachen und fuhren wieder zum Hof. Dieses Mal parkten wir nicht vorher, sondern fuhren direkt hin. Vor dem Hof und vor der Mühle stand je ein weißer Kleinbus. Wir tauschten Blicke und hielten bei Frau Kricks Haus. Im Garten stand über dem vermutlichen Grab ein weißes Zelt. Zwei Männer in den Overalls der Spurensicherung waren mit Schaufeln zugange. Sie gruben langsam, sichteten jede einzelne Schaufel Erde gründlich, um keine Spur zu übersehen. Bei diesem Tempo würde es Tage dauern, die Leiche auszugraben und zu sichern. Wir grüßten sie und wiesen uns aus.

»Seid ihr im Hof schon fertig?«

Einer schüttelte den Kopf.

»Sind dann eure Kollegen dort?«

»Nein. Die Hundestaffel sucht nach Leichenspuren. Wir sollen zunächst die Spuren hier sichern. Wenn wir fertig sind, machen wir uns an den Hof.«

»Aber warum? Die Frau liegt hier schon lange, da kommt es auf ein paar Tage mehr oder weniger nicht an! Wir suchen hingegen eine Dreizehnjährige, die hoffentlich noch lebt! Damit das so bleibt, zählt jede Stunde.«

»Anweisung der Staatsanwaltschaft«, meinte der Jüngere achselzuckend.

Der Ältere sah uns hingegen neugierig an.

»Sucht ihr Kiara?«

»Ja.«

»Meine Frau und ich verfolgen die Sache in den Medien. Ihr Verschwinden muss für die Eltern schrecklich sein.«

»Ist es auch! Können Sie uns bitte helfen?«

Er zauderte.

»Wir müssen dringend wissen, ob Kiara hier war!«

»Was braucht ihr dazu?«

»Kiara ist blond. Suchen Sie wenigstens in den Betten des Hofes nach blonden Haaren. Finden Sie eines, stellen Sie es ordnungsgemäß sicher und wir bringen es unserer KTU für einen genetischen Abgleich mit Kiara.«

Natürlich könnten wir das auch selbst übernehmen. Nur würde das jetzt, nach Einschaltung der örtlichen Spurensicherung, jede Menge Ärger mit sich bringen und im schlimmsten Fall einen Fund vor Gericht wertlos machen. Wir hätten es gleich gestern machen sollen, vor Einschaltung der Spurensicherung durch die Staatsanwaltschaft.

»Das dauert Stunden, die uns hier fehlen!«, warf der junge Pedant ein.

»Ich springe solange für Ihren Kollegen ein! Eine Schaufel Erde ausheben und Ihnen hinhalten, damit Sie diese durchsuchen, bekomme ich hin. Schließlich habe ich schon häufig in der KTU hospitiert. Meine Kollegin unterstützt Ihren Kollegen bei der Arbeit im Hof.«

Jeder Vollidiot konnte ein paar Schaufeln Erde ausheben, ohne je bei der KTU hospitiert zu haben. Aber das behielt ich für mich.

»Aber …«

»Schon gut, Alex! Ich fahre zum Hof, während der Kommissar dir hilft. So schnell kehrt die Gelegenheit, einen Kommissar herumzukommandieren, nicht wieder. Also nutze sie!«

Er zwinkerte Olga zu. Mit deutlichem Widerwillen im Gesicht fügte Alex sich seinem älteren Kollegen. Dieser holte mir einen Overall und Überschuhe aus ihrem Bus, dann zog er mit Olga ab. Kurz darauf trug ich ordnungsgemäße Schutzkleidung und hielt dem Pedanten die erste Schaufel Erde hin. Er prüfte sie akribisch. Wir arbeiteten schweigend, bis bei der dritten Schaufel mein Telefon klingelte. Die Schaufel mit rechts haltend öffnete ich mit meiner linken den Reißverschluss des Overalls und holte das Telefon hervor. Das Display zeigte Herrn Weltkes Namen.

»Sorry, aber da muss ich ran.«

Der Spurensicherer runzelte missbilligend seine Stirn.

»Hallo Herr Weltke, hier Kommissar Hurlebaus. Was kann ich für Sie tun?«

»Soeben kam eine Lösegeldforderung von Kiaras Entführern. Die wollen eine Million Euro von mir.«

»Was?«

Achtlos ließ ich die Schaufel fallen und wechselte das Telefon in die rechte Hand.

»Hey!«, protestierte der Pedant.

»Haben die Ihnen ein Lebenszeichen von Kiara geliefert?«

»In einem Filmchen hält meine Tochter erst die Stuttgarter Zeitung von gestern in der Hand, ehe sie die Schlagzeilen des Tages laut vorliest. Das dürfte schwer zu fälschen sein. Sie drohen damit, Kiara zu töten, sollte ich die Polizei einschalten.«

»Sie haben trotzdem richtig gehandelt! Ich bin auf der Suche nach Ihrer Tochter gerade einige Stunden entfernt, kehre aber umgehend zurück nach Stuttgart. Vorher informiere ich meine Vorgesetzte, die umgehend alles Notwendige in die Wege leiten wird.«

Natürlich hielt der unfreundliche Spurensicherer während meines restlichen Telefonats seine Ohren gespitzt.

»Sie lebt also tatsächlich noch?«

»Scheint so, aber das behalten Sie definitiv für sich. Sonst gefährden Sie das Leben der Jugendlichen, Ihre Freiheit und Ihren Job, in genau dieser Reihenfolge! Verstanden?«

Er schluckte, nickte dann aber.

»Tut mir leid, aber ich muss los!«

Ohne seine Reaktion abzuwarten, startete ich in Richtung des Hofes. Die Hundeführer kehrten soeben mit ihren Schäferhunden zurück zu ihrem Fahrzeug. Sie hatten nichts gefunden und beendeten ihren Einsatz. Ich bedankte mich, verschwieg ihnen aber Kiaras Lebenszeichen.

In der Tür des Hauses stehend, rief ich laut nach Olga. Zwar war ich gestern schon drinnen, trotzdem wäre die Spurensicherung sicher nicht begeistert, wenn ich zusätzliche Verunreinigungen einbrachte.

»Ja?«

»Komm runter, es gibt wichtige Neuigkeiten!«

Kurz darauf kamen beide die Treppe hinab. Olga hielt mehrere Plastiktütchen in der Hand.

»Sind das blonde Haare?«

»Ja, in dem Himmelbett fanden wir auf den Kopfkissen nur rote, schwarze und graue. In dem Raum mit den vielen Strohsäcken, in dem vermutlich mehrere Personen nächtigten, gibt es massenweise lange, blonde Haare.«

So langsam fügten sich unsere Informationen zu einem Bild. Die rothaarige Sofie Schneider und der schwarzgraue Karl Kinkel waren die Alphatiere der Gruppe. Außerdem gehörten einige weitere Frauen dazu und mindestens ein weiterer Mann, Stephen Siegel, hatte in der Gruppe eine Rolle gespielt.

Ich unterrichtete beide kurz über Kiaras Lebenszeichen, welches unsere eilige Rückkehr nach Stuttgart erforderte. Dann dankte ich dem Spurensicherer für seinen Einsatz und bat ihn, noch weitere Haare sicherzustellen.

Olga entschied, noch hier zu bleiben und mir später mit der Bahn zu folgen, damit die Haare sicher noch heute in unsere KTU gelangten.

Sobald ich im Auto saß, rief ich meine Vorgesetzte an. Sie befand sich in einer Besprechung, verließ diese aber umgehend. Die neueste Wendung des Falles stresste sie hörbar.

»Morgen soll bereits die Geldübergabe stattfinden, und wenn wir eingeschaltet werden, droht der Entführer Kiara zu töten?«

»Genau.«

»Steckt die Mutter in der Sache drin?«

»Der für die Lösegeldübergabe auserkorene Ort spricht eher für die Gruppe um Herrn Kinkel.«

»Warum? Wo soll die Übergabe denn stattfinden?«

»Bei der Grabkapelle auf dem Württemberg.«

»Wieso sollte das für eine Gruppe Mittelalterfreaks sprechen? Die Grabkapelle wurde Jahrhunderte nach dem Mittelalter gebaut.«

»So genau nehmen die das nicht. Das Weinberghäusle ist auch nicht aus dem Mittelalter, aber ein historisches Gebäude mit einer besonderen Atmosphäre. Darauf kommt es denen an.

Außerdem finden morgen im Gewölbe unter der Kapelle zwei Konzerte mit mittelalterlicher Musik statt. Beide sind schon lange ausverkauft. Die Kinkel-Family ist in der Mittelalterszene gut vernetzt, wohingegen viele aus der Szene ungern mit uns kooperieren.

Wir kennen bisher nur zwei Mitglieder von Herrn Kinkels Gruppe. Uns unbekannte Gruppenmitglieder oder auch Helfer könnten sich sowohl unter den Musikern als auch unter den Zuschauern befinden. Schleusen wir unsere Leute dort ein, riskieren wir, dass die Entführer gewarnt werden.«

»Die Entführer sind Amateure, die so etwas zum ersten Mal machen. Wir haben Profis in unseren Reihen. Also werden wir uns von denen nicht hereinlegen lassen!«

Die Profis waren von der Wahl des Übergabeortes überrascht. Das Gebiet um die Grabkapelle ließ sich leicht absperren. Die Entführer würden ihnen nicht entkommen. Wir durften bei der Besprechung zugegen sein, waren aber von den leitenden Ermittlern zu Randfiguren am hinteren Ende des Tisches degradiert, was mich durchaus nicht kalt ließ. Bianca meldete sich zu Wort.

»Als ich die Veranstalter von Mittelaltermärkten abtelefonierte, sprach ich auch mit den Zuständigen für das Stauferspektakel in Waiblingen und dem Markt im Kloster Lorch. Einer der beiden erwähnte in einem Nebensatz, dass Frau Schneider mit ihrer Truppe immer in Strümpfelbach absteigt. Damals erschien mir das nicht wichtig, da gerade kein Markt ist. Heute sieht es anders aus. Wenn wir Glück haben, sind sie in diesem Augenblick in ihrem vertrauten Quartier, nicht weit von der Grabkapelle auf dem Württemberg.«

Einer der vorne stehenden Spezialisten schnaubte und verdrehte die Augen.

»So ein Quatsch! Mit einer Geisel werden die kaum in einem Gasthof absteigen!«

Alle wandten sich von Bianca ab, einige kopfschüttelnd. Ein für seinen Zynismus bekannter Kollege saß auf Biancas anderen Seite. Ich hörte ihn etwas murmeln, woraufhin meine Kollegin knallrot anlief und aufsprang. Mit weit aufgerissenem Mund starrte sie auf ihn hinab. Ich stand ebenfalls auf, packte sie am Oberarm und zog sie fort.

»Ganz ruhig, das bringt nichts!«

»Aber …«

»Psst! Gleich, wenn wir draußen sind!«

Bianca sah das Stirnrunzeln unserer Chefin und die missbilligenden Blicke einiger anderer. Also klappte sie ihren Mund zu und folgte mir. Draußen im Flur fluchte sie lauthals.

»So ein Arsch! Am liebsten würde ich ihm mal so richtig die Meinung geigen!«

»Was hat er gesagt?«

»Dass ich mich lieber um meine Kinder kümmern soll!«

»Außer dir hat das keiner gehört. Hättest du ihn da drinnen angeschrien, hätte er bestritten, etwas Derartiges gesagt zu haben. Du wärst als hysterische Kollegin dagestanden, die aus einer Mücke einen Elefanten macht und die Arbeit unnötig aufhält. Da gibt es bessere Wege, es ihm zu zeigen!«

Es war bereits nach zweiundzwanzig Uhr, als wir in Strümpfelbach vor dem Gasthaus »Alte Eiche« parkten, einem imposanten, tipptopp renovierten Fachwerkbau.

»Der passt doch perfekt zur Kinkel-Family.«

Ich nickte. Voller Hoffnung stiegen wir die Stufen aus gelbem Sandstein zum Eingang empor. Innen dominierten altes Holz und weißer Putz. Wie um diese Stunde nicht anders zu erwarten, war die Rezeption verwaist. So gingen wir in die Gaststube.

»Wir haben geschlossen!«

Eine Frau in einer grauen Strickweste und einem karierten Rock spülte Gläser. Am Stammtisch, einem riesigen, runden Eichentisch, schlotzten drei ältere Männer ihren Trollinger.

»Wir haben nur eine kurze Frage.«

Ich trat an die Theke, zeigte meinen Ausweis und legte dann die Fotos von Herrn Kinkel und Frau Schneider vor ihr ab.

»Sind die beiden zufällig Ihre Gäste?«

»Die Frau kam gestern an. Ob er dabei war, kann ich nicht sagen. Die Frau meldete ihre gesamte Familie an, den Mann und die Töchter habe ich aber nur aus der Ferne gesehen.«

Meine Müdigkeit war wie weggeblasen.

»Sind Sie bei der Frau ganz sicher?«

»Klar, sie ist eine auffallende Erscheinung. Außerdem war sie komisch.«

»Inwiefern?«

»Schwer zu sagen, irgendwie nicht ganz anwesend. Sie füllte das Formular aus, zeigte mir auch brav ihren Ausweis, aber ich musste sie mehrfach auffordern, noch einzelne Zeilen auszufüllen und ihr mit dem Finger zeigen, wo ihre Ausweisnummer hingehört. Sie wirkte nicht unwillig, eher so, als ginge sie das Ganze nichts an. Ihre Familie wartete so lange draußen im Wagen.«

»Was für ein Auto fährt die Familie?«

»Einen blauen VW-Bus, älteres Modell.«

Die drei Stammgäste hatten natürlich die Ohren gespitzt. Als hätte er nur auf sein Stichwort gewartet, mischte sich einer von ihnen ein.

»Der VW-T3 mit Gießener Kennzeichen? Als ich vorhin draußen rauchte, fuhr der weg.«

»Wann war das?«

»Ungefähr vor einer halben Stunde.«

Mit aufeinander gepressten Lippen wechselte ich mit Bianca einen Blick. Wären wir etwas früher los, hätten wir sie locker erwischt.

»In dem Bus saßen aber nur zwei junge Dinger. Die Ältere trug eine große, dunkle Sporttasche und schleifte die weinende Jüngere hinter sich her. Sie stritten sich leise und verstummten ganz, als sie mich bemerkten. Ich glaube, die Kleine wollte nicht mit.«

»Sah die Kleine vielleicht so aus?«

Bianca zeigte ihm ein Foto von Kiara. Drei weißhaarige Häupter beugten sich über das Bild.

»Ist die hübsch!«

»Und?«

»Kann ich nicht sagen, es war dunkel und die Kleine trug einen weiten, schwarzen Mantel mit Kapuze.«

»Aber die Eltern fuhren nicht mit weg?«

»Nein, als sie die Türen öffneten, ging im Bus die Innenraumbeleuchtung an. Ich stand draußen unterm Torbogen, nur wenige Meter vom leeren Auto entfernt. Die beiden stiegen ein und fuhren davon.«

Ich wandte mich wieder an die Frau.

»Sind Sie die Wirtin?«

Sie nickte.

»Haben Sie mitbekommen, ob die Eltern noch da sind?«

»Die habe ich heute noch nicht gesehen, keine Ahnung, ob die da sind oder nicht.«

»Sind noch andere Gäste im Haus?«

»Nein.«

»In Ordnung! Sie vier schließen hinter uns die Tür ab und bleiben hier drinnen. Seien Sie bitte leise! Wir überprüfen, ob die beiden noch da sind. In welchem Zimmer wohnen sie?«

»Handelt es sich um die in Stuttgart entführte Schülerin?«

Bianca nickte, woraufhin die Wirtin die Hände vor dem Mund zusammenschlug und uns aus großen Augen anstarrte. Die Angelegenheit stand kurz davor, außer Kontrolle zu geraten.

»Welche Zimmernummern …«

»Da muss ich erst nachsehen.«

Eilig verließ sie die Gaststube.

Ich spüre seine Anwesenheit. Nach einer langen, nervenaufreibenden Jagd erfüllt mich seine Nähe mit Befriedigung. Bianca schlägt vor, das SEK zu rufen. Ich schüttele heftig den Kopf, woraufhin sie erneut den Mund öffnet. Um jegliche Diskussion zu stoppen, ziehe ich meine Waffe und entsichere sie. Die Wirtin bekommt große Augen, sackt in sich zusammen und kippt nach hinten. Mit beiden Händen klammert sie sich an der Theke der winzigen Rezeption fest. Ich nehme den Ersatzschlüssel und steige die Treppe hinauf. Um jeden Preis will ich eine Diskussion vermeiden, die ihn nur warnen würde.

Bianca flucht leise, zieht dann aber ebenfalls ihre Waffe und folgt mir. Ihre Hände zittern so stark, dass es sich auf ihre Pistole überträgt. Hoffentlich benötige ich keine Rückendeckung von ihr. Ohne den Vorfall wenige Stunden zuvor und ihre daraus resultierende Wut würde sie mir bestimmt nicht folgen. Ich schätze unser Risiko als gering ein, sind er und seine Begleitung doch die einzigen Gäste im Haus. Außerdem will ich die Sache hier und jetzt zu Ende bringen.

Die Stiege ist eng und dunkel. Ich versuche erst gar nicht, ein Knarzen der Stufen zu vermeiden, steige stattdessen lieber, als habe ich nichts zu verbergen, empor. Das Haus ist stilecht, die Zimmertüren sind uralt und besitzen keine Sicherheitsschlösser. Durch das Schlüsselloch spähe ich in den Raum. Nichts rührt sich. Vorsichtig stecke ich den Ersatzschlüssel hinein und drehe ihn behutsam um. Unwillkürlich halte ich die Luft an, aber das Schloss ist gut geölt und macht kaum ein Geräusch. Erst im letzten Moment ertönt ein leises Klicken. Sofort reiße ich die Tür auf. Mit der Waffe im Anschlag stürme ich in den Raum.

»Polizei! Sie sind verhaftet!«

Bianca folgt mir. Als ich unvermittelt stoppe, prallt sie auf meinen Rücken.

»Hey, warum …«, beginnt sie, ehe es ihr die Sprache verschlägt.

Im Bett liegt Händchen haltend ein Pärchen, ein Bär von einem Mann mit schwarzgrauem Bart, neben ihm eine schmale, deutlich jüngere Frau mit verhärmten Gesichtszügen. Er trägt einen schlichten, grob gewebten Kittel, sie ein grünes Samtkleid. In Kombination mit ihren altertümlich geflochtenen Haaren wirkt sie wie eine Zeitreisende aus einem anderen Jahrhundert. Bereits die Aufmachung der beiden ist auffällig, passt so gar nicht in unsere hektische Zeit. Noch viel weniger passen die in ihnen steckenden Pfeile. Aus beiden Körpern ragt auf Höhe des Herzens ein schwarzer Pfeil mit schwarz glänzenden Federn an den Schäften aus der Brust, gleichartige Pfeile sind durch ihre Augen in den Kopf eingedrungen.

»Was zum Teufel ist hier passiert?«

Bianca legt den Finger an die Lippen, zeigt mit den Augen auf eine nur angelehnte Tür, die vermutlich ins Bad führt. Mit der Pistole in ihrer Rechten zielt sie in Richtung der Tür. Vermutet sie, der Mörder versteckt sich dort?

Bianca steht näher an der Tür, ich bin der Mann. Also schreite ich an ihr vorbei in Richtung Badezimmer. Mit dem Fuß stoße ich die Tür auf, werfe einen raschen Blick in den Raum und gehe sofort wieder in Deckung. Kein schwarzer Pfeil zischt an mir vorbei, auch wenn ich eine schwarze, am Boden kauernde Gestalt gesehen habe. Erneut zeige ich mich, die Waffe im Anschlag.

»Polizei! Keine Bewegung!«, brülle ich.

Ich brauche einige Momente, um die Sinnlosigkeit meiner Worte zu begreifen. Dann stecke ich die Pistole in den Holster.

»Niemand drin?«, fragt Bianca, der ich den Blick ins Innere versperre.

»Doch.«

»Ist es …«

Ich höre ihre Stimme zittern, während sie es nicht übers Herz bringt, die Frage zu stellen.

»Nein!«

Sie schiebt mich beiseite, blickt an mir vorbei, reißt dann die Hände vor den Mund und stürmt Würggeräusche ausstoßend davon. Im Badezimmer kauert eine junge Frau, fast noch ein Kind, an die Wand gelehnt auf dem Boden. Ein schwarzer Pfeil drang zwischen Hals und Kinn in sie ein, aus ihrem Hinterkopf ragt die Spitze. Auf ihrem Schoss liegt eine Armbrust.

Ich zücke mein Handy und rufe unsere Chefin an.

»So ein später Anruf von dir bedeutet immer schlechte Nachrichten!«

»Stimmt, leider auch dieses Mal. Ich stehe hier vor drei Leichen. Auf den ersten Blick wurden alle mit einer Armbrust erschossen.«

»Das hat uns gerade noch gefehlt! Ist Kiara unter den Opfern?«

»Nein, aber ihre beiden uns namentlich bekannten Entführer, also Herr Kinkel und Frau Schneider. Möglicherweise war Kiara hier und ist vor rund einer Stunde mit einer jungen Frau davongefahren.«

»Wie habt ihr Kinkel gefunden?«

»Indem wir Biancas Hinweis …«

»Herr Kommissar?«, ruft die Wirtin draußen. »Wo sind Sie? Besteht noch Gefahr … Oh Gott! Oh Gottogott!«

Sie steht im Raum, ist im Gesicht weiß wie die Wand, hält sich die Hände vor den Mund und starrt auf die im Bett liegenden Leichen. Hoffentlich versaut sie uns nicht gleich den Tatort.

»Scheiße, ich muss Schluss machen! Wir sind in Strümpfelbach, im Gasthaus ›Alte Eiche‹, leite bitte alles in die Wege!«

Ich lege auf, gehe zu ihr, greife nach ihrem Handgelenk, ziehe es behutsam vom Gesicht weg und sie daran in Richtung Treppe. Sie sträubt sich.

»Kommen Sie, Sie sollten sich doch in der Gaststube einschließen und abwarten, bis alles vorbei ist!«

»Sind die tot?«

»Sieht ganz so aus. Kommen Sie bitte!«

Mit einem Ruck löst sie sich, dreht sich um und folgt mir die Treppe hinab. In der Gaststube ermahne ich sie und die drei älteren Herren eindringlich, Stillschweigen zu bewahren. Bianca tritt mit blassem Gesicht zu uns. Wir lassen die vier allein und gehen wieder nach oben.

Auf den ersten Blick sind außer den Pfeilen keine weiteren Anzeichen äußerer Gewalteinwirkung erkennbar. Neben den beiden Toten im Bett steht je ein Glas mit einem kleinen Rest Wasser auf dem Nachttisch. Ob es wirklich nur Wasser ist, soll die Kriminaltechnik klären. Bianca untersucht die Tote im Bad. Ich trete zu ihr.

»Glaubst du, sie hat sich selbst gerichtet?«

»Schwer zu sagen. Vielleicht wurde sie auch überrascht und die Täterin drückte ihr anschließend die Armbrust in die Hand, um es wie einen Suizid aussehen zu lassen.«

»Die Täterin? Denkst du an die junge Frau, die mit dem VW-Bus davonfuhr?«

»Oder an Kiara.«

»An Kiara? Das ist nicht dein Ernst! Sie ist dreizehn!«

»Fast vierzehn! Und, wie wir von ihren Mitschülern wissen, ein ziemliches Biest! Denk an Herrn Siegels letzten Tagebucheintrag!«

»Schon, aber …«

Die uniformierten Kollegen erreichen den Gasthof. Zuckendes Blaulicht dringt durch die kleinen Fenster in den Raum und schafft eine nervöse Atmosphäre. Wir unterbrechen die Diskussion, um die Kollegen einzuweisen. Noch ehe wir damit fertig sind, treffen fast zeitgleich die Kriminaltechnik, Olga und unsere Chefin ein. Die Straßen füllen sich zusehends mit Schaulustigen. Karl-Heinz gibt Frau Lansik und uns zu verstehen, dass er mit uns reden will. Wir gehen zu fünft in die Gaststube. Die drei älteren Herren haben sich aus dem Staub gemacht. Vermutlich erzählen sie gerade alles brühwarm weiter. Die Wirtin ist ebenfalls nicht zu sehen. Wir setzen uns an den Stammtisch.

»Als ich Ihren Anruf erhielt, war ich noch im Labor. Mindestens eines der Haare aus dem Hof im Vogelsberg stammt von Kiara.«

»Das passt, vermutlich war sie auch hier in der Alten Eiche ...«

Wir bringen unsere Kollegen auf den aktuellen Stand. Karl-Heinz zieht als Erster ab, um seine Leute zu instruieren. Vielleicht finden sie einen Nachweis dafür, dass Kiara hier war. Im Moment ist das allerdings zweitrangig. Wichtiger ist die Frage, ob die drei Toten eine Auswirkung auf die morgige Lösegeldübergabe haben. Wir diskutieren darüber, ohne eine Antwort zu finden. Keiner hat je etwas Ähnliches erlebt oder auch nur davon gehört. Schließlich seufzt die Kriminaldirektorin.

»Lasst uns für heute Schluss machen und zusehen, dass wir noch ein paar Stunden Schlaf abkriegen. Das Mobile Einsatzkommando sichert die Übergabe ab, ihr haltet euch zurück!«

Auf der Heimfahrt geht mir das Bild des Händchen haltend nebeneinander im Bett liegenden Paares, mit schwarzen Pfeilen in Herz und Augen, nicht aus dem Sinn. Beide müssen in Erwartung des Todes stillgehalten haben, statt zu versuchen, dem Tod zu entkommen. Handelte es sich um Tötungen auf Verlangen? Die Vorstellung, reglos liegen zu bleiben, während jemand mit der Armbrust auf mich zielt, ist unerträglich. Jeder einzelne Schuss war mit Sicherheit tödlich, aber keiner sofort und keiner schmerzlos. Wie kann jemand mit einem Pfeil in Herz oder Auge einfach liegen bleiben? Hätte er sich vor Schmerz gekrümmt, wäre es der Schützin kaum möglich gewesen, den zweiten Schuss genauso exakt zu platzieren. Erst recht halte ich es für ausgeschlossen, reglos dazuliegen, wenn der geliebte Mensch an meiner Seite getroffen wird.

Schossen zwei Schützinnen auf Kommando gleichzeitig ihre Pfeile ab? Kiara und die junge Frau? Oder waren Frau Schneider und Herr Kinkel betäubt oder bereits tot, als auf sie geschossen wurde? Aber wozu dann überhaupt noch die Pfeile? Ich seufze. Heute Nacht werde ich das Rätsel nicht mehr lösen.

Am nächsten Morgen passt das Wetter zu meiner Stimmung. Vor dem tristen Bühnenbild eines grauen Himmels treibt der Wind regenschwere Wolken übers Land. In Anbetracht des ungemütlichen Herbstwetters bereue ich meine Zusage, bis zum Überwachungsfahrzeug zu joggen. Gestern, als die Sonne schien, hatte ich mich noch darauf gefreut, durch die herbstlich-bunte Weinberge zu laufen.

Seufzend schlüpfe ich in meine Sportklamotten. Mit der S-Bahn fahre ich am Neckarstadion vorbei nach Untertürkheim. Von dort laufe ich bergauf. Anfangs führt mein Weg entlang der einzigen Straße, auf der Autos hoch zur Grabkapelle fahren dürfen. Warum wählten die Entführer ausgerechnet eine rund zwei Kilometer lange Sackgasse als Ort für die Geldübergabe aus?

Rasch muss ich wegen der Steigung keuchen. Beim Sportplatz kürze ich rechts Richtung Kleingärten und Weinberge ab. Die Umgebung ist angenehmer, dafür regnet es, und zwar nicht nur ein bisschen, sondern richtig. Tropfnass von Schweiß und Regen klopfe ich zwanzig Minuten später ans

Überwachungsfahrzeug, einem harmlos aussehenden weißen Transporter eines im Stadtteil ansässigen Autobauers. Die Kollegen lassen mich ein. Das Fahrzeug steht an der Kelter knapp unterhalb von Rotenberg. Zwei Kameras liefern erstklassige Bilder der Insassen aller Fahrzeuge, die an uns vorbei Richtung Grabkapelle fahren. Auch die Innenraumkameras der Buslinie 61 funken uns ihre Aufnahmen. Bianca trifft kurz nach mir ein. Uns obliegt es, an den Bildschirmen auf uns aus den Ermittlungen bekannte Gesichter zu achten. Oberhalb des Ortes, auf dem Parkplatz bei der Egelseer Heide, steht ein ähnliches Fahrzeug. Dort wird Olga prüfen, ob sich ein bekanntes Gesicht zu Fuß, mit dem Fahrrad oder verbotenerweise mit einem Auto nähert. Die Absicherung rund um die Grabkapelle und einen eventuellen Zugriff übernimmt das Mobile Einsatzkommando. Auch im Gebäude haben sie Kräfte. Um nicht durch die Ausladung von Konzertbesuchern die Entführer zu warnen, wurden vier weitere Stühle in die Kapelle gestellt.

Es ist Viertel nach neun und regnet nicht mehr. Um elf Uhr beginnt das Konzert, zu dem Herr Weltke mit der Million erscheinen soll. Die Entführer hinterlegten auf den Namen Martin Müller eine Karte für ihn. Die Grabkapelle ist ein Meisterwerk des Klassizismus, bietet aber nur wenigen Dutzend Gästen Platz. Die Gegend ist bei Spaziergängern und Ausflüglern beliebt. Wegen des schlechten Wetters rechnen wir dennoch nur mit einer überschaubaren Anzahl an Menschen, die am heutigen Sonntagvormittag den Weg auf den Württemberg finden werden.

»Dafür, dass das Konzert erst um elf beginnt, ist ganz schön viel Verkehr!«

»Stimmt.«

Bald schaffen wir es kaum noch, uns alle Gesichter anzusehen. In fast allen vorbeifahrenden Autos sitzen Kinder.

»Was ist da los?«

In diesem Augenblick erscheint ein Streifenwagen auf einem der Schirme.

»Scheiße! Die Kollegen wurden doch extra angewiesen, sich heute fernzuhalten!«

Mein Telefon klingelt. Es ist meine Chefin.

»Die Kollegen vom Revier in Untertürkheim sind im Anflug …«

»Das sehen wir!«

»… weil sich Anwohner Rotenbergs über zugeparkte Einfahrten und verstopfte Straßen beschweren. Den Kollegen wird wohl nichts anderes übrig bleiben, als die Straße schon unten in Untertürkheim zu sperren. Anscheinend findet ein Wettbewerb im Drachensteigen statt, bei dem die schönsten, selbst gebastelten Drachen prämiert werden. Es sind richtig hohe Preisgelder von bis zu tausend Euro ausgesetzt.«

»Was? Wie konnten die Kollegen die Veranstaltung übersehen?«

»Sie wurde nie offiziell beantragt, sondern einfach über soziale Netzwerke ausgeschrieben und wegen der hohen Preisgelder rege geteilt. Es ist nicht einmal klar, ob es sich um eine echte Veranstaltung handelt oder um ein reines Ablenkungsmanöver. Also bleibt …«

»Frau Weltkes Lover!«, schreit Bianca. Aufgeregt zeigt sie auf einen der Bildschirme. »Dort, in dem Bus, sitzt Frau Weltkes Lover!«

»Augenblick!«

Ich richte meine Aufmerksamkeit auf den Bildschirm. Der Techniker zoomt das Gesicht heran und fertigt mehrere Bilder an.

»Was ist passiert?«, fragt Frau Lansik durchs Telefon.

»Soeben fährt ein Mann im Bus hoch zur Grabkapelle, der dem Liebhaber von Kiaras Mutter stark ähnelt.«

»Was heißt ähnelt? Ist er es oder nicht?«

»Die Kollegen prüfen es gerade.«

Bianca sucht auf ihrem Smartphone das Bild von Juan, wie er sich zumindest im Chat nennt, heraus und schickt es dem Techniker. Mit einem Programm vergleicht er die beiden Fotos miteinander. Wir starren gebannt auf das Display, bis das Ergebnis erscheint.

»Mit einer Wahrscheinlichkeit von über siebenundneunzig Prozent stammen beide Bilder von derselben Person!«

»Okay, dann war es richtig, die Mutter draußen zu halten!«

Wir geben die Information an die Kollegen vom MEK weiter. Einer der Beamten trägt eine Brille mit eingebauter Kamera. Von der Bushaltestelle führt ein Fußweg in einem weiten Bogen zu der auf dem Gipfel des Württembergs liegenden Grabkapelle. Der Kollege mit der Kamera filmt alle Menschen, die auf diesem Weg Richtung Grabkapelle laufen. Wenige Minuten später taucht Juan auf. Bianca gibt den Kollegen Bescheid. Ein Beamter folgt dem Mann. Fiebrige Erregung erfasst uns. War sich Frau Weltke so sicher, dass ihr Ex-Mann die Polizei nicht einschaltet, dass sie tatsächlich die Geldübergabe durchzieht? Oder ist sie so verzweifelt?

Mit dem nächsten Bus kommt Herr Weltke. Zwischen seinen Beinen steht eine unscheinbare Stofftasche. In ihr befindet sich eine Million Euro, lauter Zweihunderter zu einem flachen Paket geformt, mit braunem Packpapier umwickelt. Ein zufälliger Taschendieb bekäme große Augen.

Minuten später sehen wir Herrn Weltke in der Übertragung der Brillenkamera, eine Stofftasche mit dem Aufdruck »Kulturträger« in der Hand. Der Beamte lässt ihn passieren, folgt ihm dann mit reichlich Abstand.

Vor dem Eingang in die Grabkapelle wartet eine Menschentraube, zu der sich Herr Weltke gesellt. Wird ihm gleich jemand die Tasche entreißen und davonrennen? Die Entführer gaben nur die Anweisung, dass er mit der Tasche voll Geld das Konzert um elf Uhr besuchen soll. Uns ist nicht klar, wie sie an die Million kommen wollen.

Die Traube drängt langsam die Stufen hinauf in das Gebäude. Als einer der Letzten tritt unser Mann mit der Brillenkamera ein. In der hintersten Reihe, ganz außen ist ein Platz für ihn reserviert. Dann bekommen wir erst einmal ausführlich die klassizistische Kuppel zu sehen. Das Verhalten des Kollegen ist unprofessionell, aber ich kann ihn verstehen. Schließlich besinnt er sich seiner Aufgabe und sieht nach Herrn Weltke. Der sitzt schräg links vor ihm in der vordersten Reihe. Der Beamte scannt die übrigen Konzertbesucher. Frau Weltkes Lover kann ich nirgends ausmachen, dafür einige Gäste in mittelalterlichen Kostümen.

Männer in braunen Mönchskutten versammeln sich. Nach einer kurzen Begrüßung der Gäste stimmen sie mittelalterliche Mönchsgesänge an, die mir selbst hier im Überwachungsfahrzeug eine Gänsehaut bereiten. Das Publikum applaudiert begeistert. Nach einem weiteren Stück gesellen sich Frauen in naturfarbenen Kleidern mit weiten Trompetenärmeln zu ihnen. Gemeinsam singt der Chor ein weltliches Stück. Die Zeit vergeht. Ich werde schläfrig. Die Nacht war deutlich zu kurz.

Schließlich endet das Konzert. Das Publikum applaudiert begeistert, wird dann gebeten, zügig die Kapelle zu verlassen, da noch ein weiteres Konzert angesetzt ist. Herr Weltke verlässt als einer der letzten die Grabkapelle. Unser Mann folgt ihm in wenigen Metern Abstand. Draußen herrscht mittlerweile ein richtiges Getümmel. Die Gäste des nächsten Konzerts warten ungeduldig darauf, endlich hinein zu dürfen, während sich jene des ersten Durchlaufs auf dem Platz am Fuße der Treppe stauen. Zahlreiche weitere Menschen fotografieren die Kapelle oder genießen die Aussicht vom Württemberg weit übers Neckartal, über die Stadt und die herbstlich bunten Hügel ringsum. Trotz des Getümmels bleibt unser Mann seinem Zielobjekt auf den Fersen. Plötzlich verschwindet Herrn Weltkes Kopf. Ist er gestürzt? Erregt beuge ich mich nach vorne, als sein Kopf auch schon wieder aus der Menge auftaucht.

»Was war das?«

»Keine Ahnung!«

Ich zucke mit den Schultern. Herr Weltke überquert langsam den Platz in Richtung des Weges, der den Berg hinab in Richtung Bushaltestelle führt. Plötzlich wird die Menge unruhig, laute Rufe und Schreie ertönen. Der Beamte drängt sich eilig durch die Menge, setzt hierzu sichtbar seine Ellenbogen ein. Vor dem Geländer, das Neckartal im Rücken, steht eine Frau. Mit der Linken hält sie Kiara vor sich fest, mit der Rechten drückt sie Kiara, die kaum kleiner ist als sie selbst, ein Messer an den Hals. Mit seiner Pistole zielt der Beamte mit der Brillenkamera in Richtung der Frau.

»Der wird doch nicht etwa schießen! Die Gefahr ist viel zu groß, dass er Kiara trifft!«

Bianca starrt entsetzt auf den Bildschirm. Um die beiden herum hat sich ein freier Raum gebildet. Das Gesicht der Frau ist verzerrt, sie brüllt etwas in Richtung einer Person, die ich nicht sehen kann, bei der es sich aber um Herrn Weltke handeln muss. Kiara weint. Die Kollegen des Mobilen Einsatzkommandos drängen den Einsatzleiter, ihnen Anweisung zu geben. Da wird mir etwas klar.

»Die will gar nicht das Geld! Die will sterben!«

Ich reiße den Techniker an der Schulter zu mir.

»Können wir von hier aus mit dem Einsatzleiter sprechen?«

Er schüttelt den Kopf.

»Eigentlich schon, aber der holt sich in diesem Augenblick bestimmt bei seinem Vorgesetzten Rückendeckung …«

»Scheiße!«

Ich reiße die Tür auf, will hinausstürmen, den Berg hinaufrennen, um den Kollegen zu zurufen, sie sollen auf keinem Fall schießen!

»Zu spät!«

Ich drehe mich um. Auf dem Bildschirm sehe ich, wie die Frau das Messer von Kiaras Hals nimmt und mit der Stichwaffe in der Faust weit ausholt. Das Engelchen mit seinen blonden Haaren, hinter dem sich die Entführerin versteckt, weint herzerweichend. Gleich wird die Frau das Messer mit voller Wucht in die Brust des Engels rammen. In diesem Augenblick wird der Kopf der Kidnapperin nach hinten gerissen. Die Frau bleibt mit grotesk durchgebogenem Kreuz rückwärts über dem Holzgeländer hängen, während Kiara zu Boden sinkt. Eine Frau, vermutlich eine Beamtin des MEK, hastet zu der Jugendlichen, packt sie und zieht sie mit sich fort. Der Beamte mit der Brillenkamera nähert sich, seine Pistole im Anschlag, vorsichtig der Entführerin. Von links kommt ein weiterer Mann mit Pistole ins Bild. Unser Kameramann stößt sein Zielobjekt mit einer Hand an, beugt sich schließlich darüber. Ein Loch klafft in der Schläfe der Frau.

Olga begleitet Kiara und ihren Vater in die Klinik. Während der Fahrt im Rettungswagen hält Herr Weltke seine Tochter eng umschlungen, Tränen rinnen seine Wangen hinunter. Kiara wirkt unbeteiligt, nahezu apathisch. Olga ertappt sie dennoch zweimal dabei, wie ein zufriedenes Lächeln über ihre Lippen gleitet. Was geht in der Jugendlichen in diesen Momenten vor?

In der Klinik wird Kiara eingehend ärztlich und psychologisch untersucht. Olga und ihr Vater warten draußen. Plötzlich stürmt die Mutter herein.

»Wo ist sie?«

»Kiara wird gerade ärztlich untersucht. Bitte gedulden Sie sich noch eine Weile!«

»Wo haben Sie meine Tochter eigentlich befreit?«

»In der Nähe der Grabkapelle auf…«

»Mama! Papa!«

Kiara stürmt herein, schließt ihre Eltern gemeinsam in ihre Arme, wodurch beide eng zusammenrücken. Ihre Mutter streichelt ihr lächelnd das Haar, während dem Vater die Nähe zu seiner Ex sichtlich nicht behagt.

»Wie schön, dass ihr mich gemeinsam abholt. Wo gehen wir hin? Können wir nicht wieder alle zusammenwohnen?«

»Aber Schatz, du weißt doch, dass das nicht geht!«

»Warum nicht? Bitte!«

Olga beschließt einzugreifen.

»Kiara, ich würde mich dir gerne vorstellen. Ich bin Kriminalkommissarin Oleg und habe gemeinsam mit Kollegen die letzten Wochen intensiv nach dir gesucht. Kannst du mir erzählen, was passiert ist?«

»Muss das jetzt sein? Sie hat doch so Schreckliches…«

»Schon gut Mama! Die Polizei hat mir das Leben gerettet, also beantworte ich denen gerne ihre Fragen. Früher oder später muss ich es ohnehin tun. Da bringe ich es lieber gleich hinter mich.«

Lächelnd streichelt sie ihrer Mutter kurz über den Unterarm.

»Herr Siegel schrieb mir einen Brief, dass er mich unbedingt sehen muss. Die junge Frau, die mir seine Nachricht überbrachte, sollte mich zu ihm bringen. Also stieg ich zu ihr ins Auto. Sie bot mir eine Cola an, die ich trank. Kurz darauf wurde ich müde und schlief ein. Als ich erwachte, war ich in einem gammeligen Zimmer mit komischen Matratzen. Die junge Frau erklärte mir, dass weit und breit niemand wohne. Sollte ich abhauen, würde sie die Hunde hinter mir her hetzen, damit die mich totbeißen. Also blieb ich. Ich musste in der Küche und auf dem Feld helfen. Sonst ließen sie mich in Ruhe. Sofie versprach, sobald Papa das verlangte

Geld zahlt, lassen sie mich frei. Dreimal machten sie ein Foto von mir mit einer Zeitung in der Hand. Die Tage schleppten sich zäh dahin. Ich dachte schon, Papa will nicht zahlen, dann ging alles plötzlich sehr schnell. Meine Entführer packten hektisch ein paar Sachen ein, dann brachen wir auf.

Wir hielten in einem Dorf vor einem alten Gasthof. Sofie ging hinein und meldete uns an. Als wir in den Gasthof gingen, hielt Angela mich fest im Arm und pikste mich unter ihrem Umhang mit einem spitzen Messer. Sie drohte mich abzustechen, sollte ich um Hilfe rufen. Angela ist übrigens die Frau, auf die ihre Kollegen geschossen haben.

In dem Gasthof musste ich bei Angela im Zimmer schlafen. Sie sagte, bald wäre alles vorbei. Gestern Abend verließ sie dann mit mir den Gasthof. Ich fragte, wo die anderen wären. Sie meinte, die seien schon vorausgefahren. Wir schliefen auf einem Waldparkplatz im Bus. Heute Morgen fuhren wir nach Stuttgart. Sie parkte bei einem Sportplatz. Beim Aussteigen zeigte sie zu der Kapelle auf dem Berg und meinte, dort warte Papa auf mich. Also ging ich mit ihr hoch. Oben warteten wir. Ich musste mit dem Rücken zu den Leuten stehen, immer hinunter ins Tal schauen. Angela war nervös, drehte sich mehrmals um, bis Papa endlich kam. Den Rest können Sie ihre Kollegen fragen. Ich bin jetzt müde.«

Sie dreht sich um, wird gleichzeitig von beiden Eltern in den Arm genommen.

»Wer außer Angela …«

»Muss das jetzt sein! Kiara hat Ihnen doch alles erzählt!«

»Aber …«

»Nicht jetzt!«

Olga lässt die drei ziehen. Frau Weltke legt eine Hand auf die Schulter ihrer Tochter, zieht diese eng an sich, der Vater trottet hinterher. Die Polizistin zieht eben ihre Jacke an, als ihr Blick an einer auf dem Boden stehenden Stofftasche mit einem Paket darin hängen bleibt. Eilig greift sie danach und rennt hinter der Familie her.

»Hallo! Sie haben das Geld vergessen!«

Die Mutter bremst so abrupt, dass Herr Weltke auf die beiden aufläuft. Ein Pfleger und zwei Patienten wenden ihnen ihre Gesichter zu. Olga überreicht die Tasche, Herr Weltke nimmt sie mechanisch entgegen, wirkt dabei abwesend. Die Augen seiner Ex weiten sich, als sie die Größe des Geldpakets in der Tasche sieht.

Kriminaldirektorin Lansik und die Staatsanwältin Dr. Werner leiten am nächsten Tag gemeinsam die Sitzung der gesamten Ermittlungsgruppe. Das Händchen haltende Paar in Strümpfelbach weist keinerlei Spuren von Gewalteinwirkung auf, außer natürlich den aus nächster Nähe abgefeuerten Armbrustpfeilen. Als diese ihre Körper trafen, waren Frau Schneider und Herr Kinkel durch K.-O.-Tropfen betäubt. Bleibt die Frage, ob sie die Tropfen freiwillig zu sich nahmen oder ob jene ihnen heimlich verabreicht worden waren. Ich tippe auf Ersteres.

Die Tote aus dem Badezimmer war bei vollem Bewusstsein, als ihr ein Pfeil von unten in den Kopf eindrang. Auf dem Abzug ihrer Armbrust finden sich nur Segmente von Fingerabdrücken ihres rechten Zeigefingers. Eine Kriminaltechnikerin, die in Größe und Statur der Toten ähnelt, demonstriert, dass die Fingerabdrücke perfekt zu normalen Schüssen aus der Armbrust passen. Hätte sie sich jedoch mit ihrer Armbrust selbst in den Kopf geschossen, müssten auf dem Abzug andere Fingerabdrücke vorhanden sein, typischerweise solche ihres Daumens. Vermutlich wusch die junge Frau sich am Waschbecken die Hände, als ihre Mörderin hinter sie trat und sie aus nächster Nähe überrumpelte.

Wir vermuten, Angela Kaiser erschoss Herrn Kinkel und die beiden Frauen in Strümpfelbach. Im VW-Bus fanden wir eine Armbrust mit ihren Fingerabdrücken und Blutspritzern von allen drei Toten. Insgesamt beging sie innerhalb weniger Tage sogar vier Morde. Die Marburger Kollegen fanden in Frau Kaisers Wohnung in Waldtal eine weitere junge Frau mit schwarzen Pfeilen in Brust und Auge. Dort begann die Mordserie, zumindest starb die Frau einen Tag vor den Morden in Strümpfelbach. Die vierfache Mörderin hat sich dem weltlichen Gericht entzogen, wurde sie doch vor der Grabkapelle von Beamten erschossen.

Die vier Morde und Frau Kaisers Tod durch Polizeikugeln ergeben gemeinsam das Bild von der Kinkel-Family als einer sektenähnlichen Gruppe, die gemeinsam aus dem Leben schied. Herr Kinkel als Guru predigte, für ein besseres Leben nach der Reinkarnation dürfe man nicht von eigener Hand sterben. Insofern übernahm Frau Kaiser vermutlich einen »Dienst« für die anderen, indem sie jene tötete, ehe sie ihre eigene Tötung provozierte.

Doch was gab den Impuls für das kollektive Sterben? Wieso entführten sie erst eine Dreizehnjährige und hofften dann lieber auf ein besseres Leben nach ihrer Wiedergeburt, als ihr jetziges Leben mit der Million zu verbessern? Wussten die Toten überhaupt von der Lösegeldforderung? Oder existiert eine Person, die die Kinkel-Family geschickt manipulierte und für ihre Zwecke einsetzte?

Schwierig ist Herrn Siegels Tod einzuordnen. Er starb durch Gift und deutlich vor den übrigen Mitgliedern der Kinkel-Family. Der letzte Eintrag in seinem Tagebuch liefert Kiara Weltke ein Mordmotiv, einer strafunmündigen Dreizehnjährigen, die von den bundesweiten Medien als bedauerliches Entführungsopfer mit Mitgefühl überschüttet wird.

Wir diskutieren gerade leidenschaftlich, wie wir weiter vorgehen sollen, als Herr Weltke mich dringend zu sprechen verlangt. Ich verlasse den Raum und gehe ans Telefon.

»Hier Hurlebaus, Sie wollen mich dringend sprechen?«

»Ja, das Geld ist verschwunden!«

»Das Geld? Sie meinen die Million?«

»Exakt die meine ich.«

»Heißt das, jemand brach bei Ihnen ein und stahl das Geld?«

»Nein, sie verschwand gestern, während meines Besuchs der Grabkapelle.«

»Aber ich habe Sie doch persönlich mit dem Geld in den Rettungswagen steigen sehen!«

»Falsch! Sie sahen mich mit einer Stofftasche, die exakt wie meine aussah und in der sich ebenfalls ein in braunes Packpapier eingeschlagenes Paket befand. Nur enthielt es keine Geldscheine, sondern Papierstreifen. Jetzt verstehe ich auch, warum die Entführer wollten, dass ich die Tasche eines bestimmten Buchhändlers für das Lösegeld benutze!«

»Sie meinen, Ihre Tasche wurde vertauscht?«

»Exakt.«

»Wann sollte das geschehen sein?«

»Mir fallen zwei Gelegenheiten ein. Als ich die Grabkapelle verließ, herrschte dichtes Gedränge. Mir wurde die Tasche entrissen, ich sah sie dann aber auf dem Boden liegen und dachte, sie habe sich nur kurz irgendwo eingeklemmt. Ich hob sie auf und lief weiter. Kurz darauf schrie mich die junge Frau an, die meiner Kiara ein Messer an den Hals hielt. Da ließ ich die Tasche fallen und beachtete sie nicht weiter …«

Wir sprechen noch einige Minuten, dann kehre ich zurück in die Besprechung und berichte den Kollegen. Die Neuigkeit schlägt wie eine Bombe ein, alle reden wild durcheinander.

»Ruhe bitte! Lassen Sie uns gemeinsam überlegen, was die neue Information für den Fall bedeutet!«

»Mindestens einer der Entführer lebt noch!«

»Hinter dem Ganzen muss ein teuflisch intelligentes und skrupelloses Hirn stecken!«

Bald dreht sich die Diskussion im Kreis und werden nur noch Argumente wiederholt, statt neuer gebracht. Kriminaldirektorin Lansik löst die Runde auf und verteilt Aufgaben.

Mit zwei Kollegen sichte ich alle Videoaufnahmen vom Einsatz rund um die Grabkapelle. Besonderes Augenmerk richten wir dabei auf Juan, den Liebhaber Frau Weltkes. Er verließ die Grabkapelle kurz vor Kiaras Vater. Dementsprechend war Juan in der Nähe von Herrn Weltke, als ihm die Tasche entrissen wurde. Als Kiara bedroht wurde, waren alle Kameras auf sie gerichtet. Wir verfügen über kein Bildmaterial, auf dem in dieser Zeit die Tasche zu sehen ist. Betrüger und Taschendiebe lenken gerne die Aufmerksamkeit ihrer Opfer und etwaiger Zeugen ab, ehe sie zugreifen. Der Dieb der Millionen-Tasche inszenierte eine perfekte Ablenkung, die trotz zahlreich anwesender Polizisten funktionierte.

Stundenlang sichte ich vergeblich Videoaufnahmen. Nirgendwo entdecke ich ein mir aus den Ermittlungen bekanntes Gesicht.

Dann verbreitet sich wie ein Lauffeuer die Nachricht, dass wir eine entscheidende Spur haben. Einmal mehr erzielte die Kriminaltechnik den Durchbruch. In dem ausgetauschten Paket befanden sich statt Geldscheinen fünftausend zurechtgeschnittene Papierstücke. Bei dem Papier handelt es sich um ein billiges, weitverbreitetes Produkt. Jedes einzelne der Papierstücke wurde auf Fingerabdrücke untersucht. Der

Täter war vorsichtig, trug, während er das Papier schnitt, medizinische Einweg-Handschuhe. Zumindest wurden die hierfür typischen Talkumspuren sichergestellt. Bei einer derart langwierigen und anstrengenden Aufgabe passieren aber leicht Fehler. Tatsächlich fand die KTU einige Fingerabdrücke, die allesamt von Frau Weltke stammen.

Während normale Menschen in Ruhe im Kreis ihrer Lieben zu Abend essen, schlingen wir Pizza eines indischen Lieferdienstes hinunter, ehe wir in zwei Teams zu Frau Weltke und ihrem Liebhaber aufbrechen. Ich bin Teil des Teams für Frau Weltke.

Um sie nicht vorzuwarnen, parken wir ein Stück entfernt und laufen die letzten Meter. Die Haustür öffnet ein Kollege mittels eines vorbereiteten Drahtes innerhalb von Sekunden. Lautlos dringen wir ins Haus ein und beziehen zu beiden Seiten der Wohnungstür Stellung. Auf mein Klingeln höre ich Frau Weltke durch die Tür rufen, Kiara solle nachsehen, wer da ist. Diese weigert sich jedoch. Schimpfend nähert sich die Dame des Hauses. Als sie die Sprechanlage abnimmt, klopfe ich laut.

»Polizei! Wir müssen noch einmal mit Ihnen sprechen!«

Nach einem kurzen Zögern öffnet sich die Tür einen schmalen Spalt, den ich sofort aufdrücke. Die Kollegen stürmen an mir und Frau Weltke vorbei in die Wohnung, während Kiara eilig in ihr Zimmer verschwindet. Etwas an ihrem Verhalten irritiert mich. Ich will ihr nach, ihre Mutter zetert jedoch los.

»Hey! Was zum Teufel soll das! Müssen Sie uns zu später Stunde derart rücksichtslos überfallen? Reicht es nicht, dass Sie meine kleine Kiara durch Ihre Unfähigkeit schwer traumatisiert haben?«

Ich strecke ihr den Durchsuchungsbeschluss hin, kläre sie über ihre Rechte auf und informiere sie, dass sie vorläufig festgenommen ist. Frau Weltke wird blass. Eine Kollegin soll sie abführen. Kiaras Mutter greift nach ihrer nigelnagelneuen Handtasche. Die Kollegin kommt ihr zuvor, öffnet die Tasche und stöbert darin.

»Fund!«

Stolz grinsend hält sie ein Bündel Zweihunderter in die Höhe. Aus genau solchen Bündeln bestand das Lösegeld. Die Nummern der Scheine sind registriert. Bald werden wir wissen, ob es sich um einen Teil des Lösegelds handelt. Frau Weltke wird noch blasser.

»Das gehört mir nicht!«

»Beruhigen …«

»Das hat mir jemand untergeschoben!«

Sie will sich auf die Beamtin stürzen, was ich durch einen gezielten Griff verhindere. Während ich ihr Handfesseln anlege, tobt und schimpft sie laut vor sich hin. Zwei Beamtinnen bringen sie fort. Ein Kriminaltechniker kommt auf mich zu, einen angebrochenen Packen Kopierpapier in den Händen.

»Genau die Marke, aus der die Papierstücke für das vertauschte Lösegeld geschnitten wurden!«

Er grinst stolz. Die Gesichter der Kollegen drücken Zuversicht aus, endlich den Fall gelöst zu haben. Wir werden von einer Mitarbeiterin des Jugendamtes begleitet. Sie ist in Kiaras Zimmer, soll sie zu ihrem Vater bringen. Die Tür steht einen Spalt offen. Ohne anzuklopfen, trete ich ein. Kiara sitzt auf ihrem Bett, schaut zu mir auf, während das Fräulein vom Amt mir einen strengen Blick zuwirft.

»Tut mir leid, dass wir euch so überfallen.«

»Steckt meine Mutter hinter meiner Entführung?«

»Einige Indizien weisen darauf hin.«

»Ich hasse sie!« Sie sieht die Dame vom Jugendamt an. »Bringen Sie mich zu Papa! Mit meiner Mutter will ich nie wieder etwas zu tun haben!«

Ohne eine Antwort abzuwarten, verlässt sie an mir vorbei das Zimmer.

»Musst du nicht eine Tasche packen?«

»Bei Papa habe ich alles, was ich brauche. Bei ihm ist ohnehin alles viel besser. Ich verstehe nicht, warum ich bei Mama wohnen musste. Wo steht Ihr Auto?«

»Draußen, ein kleines Stück die Straße hinunter. Ich bringe dich zu deinem Vater.«

»Gut.«

Im Flur zieht sich Kiara ihren Mantel ein.

»Kiara meint es nicht so, das ist der Schock«, flüstert mir die Dame im Vorbeigehen zu.

Sie eilt hinter der Jugendlichen her aus der Wohnung. Ich erinnere mich an Kiaras Verhalten direkt nach meinem Eindringen in die Wohnung. Auf dem Flur kommt eine Kollegin mit einem Fotoapparat auf mich zu.

»Kannst du mir bitte hier helfen?«

»Im Kinderzimmer? Das ist nicht dein Ernst!«

Fragend sieht sie mich an.

»Doch, ist es.«

Sie tritt ein.

»Was soll ich hier?«

Nachdenklich sehe ich mich um. Kiara hatte kaum Zeit. Unter dem Schreibtisch steht ein Papierkorb. Ich werfe einen Blick hinein.

»Hiervon ein Foto, bitte mit offizieller Nummer zur Sicherung des Beweisstückes.«

Weiter werden wir in der Wohnung nichts finden. Um das Leben einer Jugendlichen zu retten, rackerte ich die letzten Wochen bis zur Erschöpfung, schlief viele Nächte schlecht. Jetzt weiß ich, was passiert ist, noch nicht bis ins letzte Detail, aber zumindest weitestgehend. Nur werden wir es kaum je beweisen können. Viele, auch viele meiner Kollegen, werden die Wahrheit nicht hören wollen.

Normalerweise würde ich jetzt noch einmal ins Präsidium fahren. Aber das tue ich mir nicht an, wozu auch? Ein Anruf dort bestätigt meine Vermutung. Frau Weltke und ihr Lover werden hart befragt. Trotzdem bestreiten beide heftig jegliche Beteiligung an der Entführung.

Ich fahre nach Hause. Dort angekommen entkorke ich eine Flasche Enate, einen Tinto von 2009. Während ich für die Spaghetti alla Norma eine Aubergine würfele, sinniere ich, ob wir je werden beweisen können, was wirklich geschah. Das wird verdammt schwer werden, schließlich heckte ein teuflischer Verstand die Sache aus.

Die Nacht beschert mir reichlich Albträume. Mehrmals weckt mich das höhnische Lachen einer verzerrten Teufelsfratze. Ich neige nicht dazu, es mit den Allegorien zu übertreiben. Trotzdem ist mir klar, wofür die lachende Teufelsfratze steht.

Ohne Frühstück fahre ich ins Präsidium. Alle sind freudig erregt, wähnen sich kurz vor dem Ziel. Die Staatsanwältin hegt die Hoffnung die Lorbeeren selbst einzustreichen und übernimmt federführend die Befragungen. In ihrem Schatten duldet sie nur einen von uns. Bianca und Olga sind beide heiß auf die Statistenrolle.

»Ich lasse euch den Vortritt. In der letzten Zeit habe ich ohnehin massig Überstunden angesammelt. Ich frühstücke erst einmal in Ruhe.«

Bianca wirft mir einen Blick zu, als zweifele sie an meinem Verstand.

»Bist du krank? Oder ausgebrannt? Muss ich mir Sorgen um dich machen?«

»Nein, mit mir stimmt alles. Ich bin einfach höflich und lasse euch Damen den Vortritt.«

»Du und höflich? Dass ich nicht lache!«

Wortlos drehe ich mich um, winke ihr im Davonlaufen zu.

»Jetzt kapiere ich! Du hältst Frau Weltke und ihren Liebhaber für unschuldig! Deshalb lässt du uns ran!«

Bianca ist schlau. Sollte sie eines Tages ihre moralischen Scheuklappen ablegen, wird aus ihr eine exzellente Ermittlerin. Ich grinse in mich hinein, antworte jedoch nicht. Mit der U-Bahn fahre ich zum Charlottenplatz. Dort, in der Akademie der schönsten Künste, gönne ich mir ein Frühstück mit Croissant, Müsli, Ei und viel Milchkaffee. In der Stadt kursieren Gerüchte, hier treffe sich der Stammtisch der Stuttgarter Krimiautoren, aber das halte ich für Quatsch.

Am Wochenende hat man ohne Reservierung keine Chance, heute ist es nahezu leer. Schon zu lange genoss ich kein ausgedehntes Frühstück in einem schönen Café mehr. Umso stärker genieße ich es jetzt.

Um die Mittagszeit kehre ich zurück ans Präsidium. Bianca und die Staatsanwältin Dr. Werner befragen immer noch Frau Weltke, die sich anwaltlich vertreten lässt. Eine Kamera überträgt alles in den Nebenraum. Die dort sitzende Kollegin wirkt gelangweilt.

»Wie läuft's?«

»Sie bestreitet jegliche Beteiligung an der Entführung ihrer Tochter.«

»Was ist mit dem Geldbündel aus ihrer Handtasche?«

»Wurde ihr untergeschoben.«

»Gibt es keine Fingerabdrücke?«

»Geldscheine weisen viele Fingerabdrücke auf. Bisher konnte keiner ihr zugewiesen werden, auf der Banderole rund um die Scheine ebenfalls nicht.«

»Was ist mit den Fingerabdrücken auf den Papierstreifen, die gegen das Lösegeld vertauscht wurden?«

Die Kollegin grinst breit.

»Da hast du was verpasst. Sie behauptet, jemand habe aus

dem Papierschacht ihres Druckers Papier mit ihren Fingerabdrücken gestohlen, um ihr die Tat unterzuschieben. Erst vor wenigen Tagen sei jemand in ihre Wohnung eingebrochen, und zwar just zu jenem Zeitpunkt, als unsere Kollegin Walter vor ihrer Tür stand. Bianca wirkte an dem Punkt der Befragung so schuldbewusst, dass ich kurz dachte, sie hätte wirklich Beweise manipuliert. Das ist natürlich Quatsch, Bianca ist viel zu anständig für so etwas!«

»Woher hat Frau Weltke das Geld für ihre Shopping-Exzesse?«

»Sie heiratet am Freitag ein zweites Mal, und zwar einen vermögenden Mann, der ihr vorab eine auf eines seiner Konten laufende Kreditkarte schenkte, damit sie sich alles Nötige kaufen kann.«

»Damit fällt Geld als Motiv weg. Bleibt noch Rache an ihrem Ex?«

Die Kollegin nickt.

Ich bedanke mich und ziehe weiter, um mir einen Eindruck von Olgas Befragung von Frau Weltkes Liebhaber zu machen. Die ist schon vorbei. Ich finde Olga in ihrem Büro. Mit Essen vom Thai sitzt sie vor ihrem Computer.

»Guten Appetit! Wie lief es?«

»Frag nicht!«

Sie verdreht die Augen.

»So schlimm?«

»Schlimmer! Der Typ ist total unappetitlich! Als er mir ins Gesicht sagte, er habe es nicht nötig, ein Kind zu entführen, schließlich steckten ihm Frauen mit abgelaufenem Verfallsdatum wie Frau Weltke für einen Fick massig Geld zu, hätte ich ihm am liebsten eine gescheuert. Frau Weltke ist jünger als ich! Der machte sich einen Spaß daraus, mich so hinterhältig abzuwerten, dass ich ihn nicht wegen Beamtenbeleidigung drankriegen kann, ich mich aber trotzdem mies fühle. Allein seine Sprache! Die Alte hat noch einmal Frischfleisch ficken wollen, ehe sie sich an Gammelfleisch mit Geld verkauft!«

Olga schüttelt sich, ehe sie fortfährt:

»Ach ja, das war eine der wenigen neuen Erkenntnisse der Befragung. Frau Weltke will heiraten …«

»Ja, am Freitag, das hat sie Bianca bereits erzählt. Wie erklärt er sein Auftauchen beim Konzert in der Grabkapelle?«

»Er steht auf Mönchsgesänge. Dass er dorthin will, hat er Frau Weltke schon vor Wochen im Chat geschrieben. Er zeigte es mir auf seinem Handy. Die Kollegen prüfen noch, aber so ein Chateintrag lässt sich kaum fälschen.«

»Glaubst du, Frau Weltke hat ihn verarscht und in eine Falle gelockt?«

»Woher soll ich das wissen?«

Sie zuckt mit den Schultern.

»Hast du den Ausdruck des Chatverlaufs?«

»Klar.«

Olga wühlt in ihren Papieren, reicht mir schließlich den Ausdruck des Chats. Konzentriert lese ich ihn, zuerst den Teil, in dem es um die Mönchsgesänge geht, dann die Abschnitte davor und danach. Sie beobachtet mich aufmerksam.

»Was grinst du so?«

Ich sehe sie aufmunternd an.

»Du hast einen Verdacht!«

»Stimmt!«

»Jetzt spann mich nicht länger auf die Folter!«

»Ich glaube, alle beide wurden verarscht, entweder aus Rache, oder um sie uns als Schuldige zu präsentieren.«

»Im Ernst? Wer steckt dann dahinter?«

»Denk mal scharf nach! So schwer ist das nicht. Wobei …«

Völlig unerwartet kommt mir eine weitere Möglichkeit in den Sinn.

Am nächsten Tag macht Herr Weltke früher als sonst Feierabend, schließlich wartet seine Tochter auf ihn. Per Fernbedienung öffnet er das Tor zur Tiefgarage seiner gesicherten Wohnanlage. Künftig wird er oft zu dieser Stunde nach Hause kommen, jedenfalls, so lange Kiara bei ihm wohnt und sich auf seine Rückkehr freut. Er lächelt. Eine Sache, die schrecklich anfing, nahm ein gutes Ende, zumindest für ihn.

Das Rolltor ist oben, sein Tesla setzt sich in Bewegung. Beinahe lautlos gleitet die schwere Limousine durch die Einfahrt. Herr Weltke würdigt die Spiegel des Autos keines Blickes. Von ihm unbemerkt huscht eine Gestalt durch das sich schließende Rolltor in die Tiefgarage.

Routiniert fährt er auf seinen persönlichen Stellplatz, packt seine Sachen zusammen und steigt aus. Mit einem satten Ton fällt die Tür des Wagens ins Schloss, während die Zentralverriegelung ihn verschließt. Der Fahrer wendet sich in Richtung Fahrstuhl.

»Du glaubst doch nicht, dass ich dich so einfach davonkommen lasse!«

Herr Weltke zuckt zusammen und fährt herum. Er sieht sich einer Person gegenüber, die hier nicht sein dürfte. Er hasst alles Unerwartete, Unvorhergesehene. Seine Gedanken rasen, Schweiß tritt ihm aus allen Poren. Am liebsten würde er flüchten, sich im Lift in Sicherheit bringen. Aber das wird nicht klappen. Sein Gegenüber hat beide Hände in seinem Trenchcoat versenkt. Gebannt starrt er auf die ausgebeulte rechte Manteltasche. Bestimmt steckt dort eine Pistole. Herr Weltke schluckt.

»Was willst du?«

»Dir gratulieren! So einen teuflischen Plan hätte ich dir gar nicht zugetraut!«

Er errötet, wendet sich verlegen ab.

»Uns alle zu verarschen, indem du die Entführung deiner eigenen Tochter vortäuschst! Nie hätte ich es für möglich gehalten, dass du dir etwas ausheckst, das mit allen geltenden Regeln bricht!«

»Das habe ich nicht.«

Er flüstert, seine Stimme klingt heißer. Sie macht einen Schritt auf ihn zu, er weicht zurück.

»Doch, das hast du! Musstest du das wirklich unserem kleinen Schatz antun? Hättest du mich nicht einfach fragen können, ob Kiara bei dir wohnen darf?«

Ihr Ex weiß nichts zu erwidern, zieht es vor zu schweigen. Frau Weltke macht einen weiteren Schritt auf ihn zu.

»Ist dir klar, dass Kiara ein lebenslanges Trauma aus der Sache davontragen wird? Unsere süße Tochter wird leiden, weil ihr Vater sie für seine Spielchen missbrauchte! Dabei …«

»Ich habe Kiara nicht missbraucht, sondern ihr geholfen!«

Sie lacht zynisch auf.

»So redest du dir die Sache schön? Ihr geholfen? Lächerlich!«

»Es stimmt! Kiara kam zu mir, weil du zu sehr mit deinen Bettgeschichten beschäftigt warst!«

»Wo hast du Kiara eigentlich die ganze Zeit versteckt? In deiner Wohnung?«

»Quatsch!«

Gebannt starrt er auf ihre in der Manteltasche steckende Hand. Mehrfach hat diese gezuckt, als würde Karen gleich eine Pistole ziehen und ihn niederknallen. Nie würde sie es ihm gönnen, der gute Vater zu sein, bei dem Kiara lieber leben will, als bei ihrem Monster von Mutter.

»Sag schon! Wo hast du sie versteckt?«

»Nirgends! Nachdem sie ihren Lehrer vergiftete, floh sie und versteckte sich bei ihren Freunden im Vogelsberg!«

Frau Weltke wird schlagartig weiß wie die Wand, droht umzukippen.

»Vergiftet? Willst du Kiara jetzt auch noch einen Mord anhängen?«

»Es war kein Mord. Herr Siegel drohte ihr damit, ihre Machenschaften in der Klasse publik zu machen. Sie flehte ihn an, sich mit ihr zu treffen. Er konnte ihr noch nie etwas abschlagen, also tat er ihr den Gefallen und traf sich mit ihr in dem Weinberghäusle. Sie kippte ihm ein Betäubungsmittel ins Bier, um ihn außer Gefecht zu setzen. Dann schoss sie schmutzige Fotos, seine Hand auf ihren Brüsten, sein Gesicht in ihrem Busen. Damit wollte sie ihn erpressen, damit der den Mund hält. Er kam jedoch nicht wieder zu sich. Sie versuchte alles, ihn zu wecken. Als sie weder seinen Atem spürte noch sein Herz schlagen hörte, geriet sie in Panik und lief …«

»Halt deinen Mund!«

»Aber …«

»Du sollst deinen Mund halten!«

»Du musst mir …«

Ihre Hand fährt aus der Manteltasche. Er denkt, sein Ende sei gekommen, als er sieht, dass ihre Hand leer ist. Sie stürzt sich auf ihn, packt mit beiden Händen den Kragen seines Jacketts und zieht ihn zu sich her.

»Du darfst unter keinen Umständen auch nur ein weiteres Wort über Kiara verlieren!«

»Warum soll ich …«

Plötzlich werden sie von schwarz vermummten Gestalten umringt, die sie packen, auseinanderreißen und ihnen die Arme auf den Rücken binden.

»Was … was hast du getan?«

Frau Weltke antwortet nicht. Ein Weinkrampf schüttelt sie.

Draußen auf der Straße, in unserem Überwachungsfahrzeug wenden Bianca und Olga ihre Köpfe vom Bildschirm, werfen einander einen fragenden Blick zu, dann sehen sie gemeinsam mich an.

»Du hast gewusst, dass nicht Herr Weltke, sondern Kiara die eigentlich treibende Kraft war!«

»Gewusst nicht, aber geahnt. Ich möchte gerne Herrn Weltkes Befragung übernehmen.«

»Ich auch!«

Olga seufzt.

»Dann befrage ich wohl alleine Frau Weltke. Die dürfte sich von uns verarscht fühlen, nachdem sie sich von dir überreden ließ, verwanzt ihren Ex-Mann der Entführung ihrer Tochter zu überführen.«

»Ach was, sag ihr, dass wir das selbst nicht geahnt haben. Außerdem ist sie bestimmt froh, endgültig den Verdacht einer Beteiligung an einer vorgetäuschten Entführung los zu sein!«

Wir fahren zurück aufs Präsidium. Herr Weltke lässt seinen Anwalt kommen und berät sich ausführlich mit ihm. Bianca und ich sprechen währenddessen unsere Strategie zur Befragung ab. Nach etwa einer Stunde sind die beiden bereit.

»Meine Tochter ist unschuldig, das Ganze war meine Idee.«

»Also war es auch Ihre Idee, das Lösegeld gegen die Papierstreifen auszutauschen?«

»Ja, klar.«

»Woher hatten Sie das Papier, aus dem die Streifen geschnitten wurden?«

»Von meinem Büro zu Hause. Im Schrank sind einige Pakete Druckerpapier.«

»Sind Sie sich da ganz sicher?«

»Natürlich!«

Ich lehne mich zurück, sehe Bianca an und lächele. Sie seufzt, erwidert dann mein Lächeln.

»Du hattest Recht, Herr Weltke versucht, die ganze Schuld auf sich zu nehmen. Bald wird er begreifen, dass er damit nicht durchkommt.«

Ich nicke. Momentan kommt es uns nur darauf an, Herrn Weltke maximal zu verunsichern, um ihm klar zu machen, dass er besser fährt, wenn er kooperiert.

»Meine Herrschaften, dürfte ich noch einmal kurz mit meinem Mandanten alleine sprechen?«

Sein Anwalt sieht uns auffordernd an. Er zumindest hat begriffen, dass Herrn Weltkes Aussage nicht zu den Erkenntnissen der Kriminaltechnik passt.

»Der Raum gegenüber steht Ihnen zur Verfügung.«

»Wir brauchen nicht lange.«

Sie verlassen das Zimmer. Mit der Siebträgermaschine in meinem Büro bereite ich uns zwei Espresso zu, da es eine lange Nacht werden wird. Als die Tässchen leer sind, kehren Herr Weltke und sein Anwalt zurück.

»Mein Mandant macht von seinen Rechten auf Aussage- und Zeugnisverweigerung gebrauch. Er wird also nichts aussagen, das ihn selbst oder seine Tochter belasten könnte.«

Bianca nickt.

»Damit haben wir gerechnet.« Sie fixiert Herrn Weltke, dem sichtlich unwohl wird. »Kiara wusste, dass der Liebhaber Ihrer Ex-Frau zu dem Konzert in der Grabkapelle geht. Das Papier für die Streifen der gefälschten Geldbündel besorgte Kiara aus dem Drucker Ihrer Ex-Frau, daher befinden sich darauf deren Fingerabdrücke. Als wir zur Hausuntersuchung anrückten, platzierte Kiara ein Bündel Geldscheine aus dem Lösegeld in der Handtasche ihrer eigenen Mutter. Sie zog sich hierzu einen Latexhandschuh über, den wir im Papierkorb ihres Zimmers sicherstellten.

Ich weiß nicht, warum Ihre Tochter die eigene Mutter

dermaßen hasst. Das hier erzähle ich Ihnen nur, damit Sie begreifen, wie dringend Ihre Tochter Hilfe braucht. Bitte sorgen Sie aus väterlicher Verantwortung heraus für eine angemessene Behandlung Kiaras!«

Die Worte meiner Kollegin arbeiten schwer in ihm. Ich lasse sie noch einige Momente wirken, ehe ich übernehme.

»Wobei Sie Ihr Recht, über Art und Ort der Unterbringung Ihrer Tochter mitzuentscheiden, verwirkten, indem Sie gemeinsam mit Kiara deren Entführung vortäuschten und versuchten, das Ganze Kiaras Mutter anzuhängen.

Über die Unterbringung Ihrer Tochter wird ein Gericht entscheiden. Eine gute Entscheidung und darauf aufbauend, eine Erfolg versprechende Behandlung Kiaras kann aber nur erfolgen, wenn Richter, Ärzte und Psychologen Kiaras wahre Rolle kennen. Was glauben Sie, was Ihre Tochter denen erzählen wird, wenn sie sich sicher ist, dass ihr Vater dort kein Gehör findet? Wird Kiara denen die Wahrheit sagen? Oder wird sie sich dort als das unschuldige Opfer ihres Vaters präsentieren, der einen perfiden Plan inszenierte, um seine Tochter ganz für sich …«

»Ich habe nichts inszeniert! Bis zwei Tage vor der Katastrophe an der Grabkappelle hatte ich keine Ahnung, wo Kiara sich aufhält! Dann rief sie völlig überraschend bei mir an, heulte und wickelte mich um den Finger. Bis vor wenigen Minuten rätselte ich, wie es den Leuten, bei denen Kiara Zuflucht gefunden hatte, gelungen war, meine Million gegen Papierschnipsel auszutauschen. Dann hörte ich von Ihnen, dass meine eigene Tochter mich in meiner eigenen Wohnung bestahl und nebenbei die Chance nutzte, ihrer Mutter schwer eine reinzuwürgen. Da hat man einen Doktortitel und ist der Vorgesetzte mehrerer Dutzend hoch qualifizierter Fachkräfte, lässt sich aber trotzdem von einer Dreizehnjährigen manipulieren! Haben Sie eine Ahnung, wie beschissen sich das anfühlt?«

Die Dinge gehen ihren Weg. Den Eltern wird das Sorgerecht entzogen und gegen Herrn Weltke ein Strafverfahren eingeleitet. Kiara kommt in ein Jugendheim im Schwarzwald. Ich wünsche ihr von Herzen, dass man ihr dort helfen kann, schließlich ist sie nicht nur Täterin, sondern auch selbst Opfer. Von ihren Eltern erhielt sie nicht, was ein Kind für seine gesunde Entwicklung benötigt. Auch ihre Lehrer schauten weg. All das geht mir durch den Kopf, während ich im Hof hinterm Haus mein Auto von Hand poliere. Ich weiß, dass so etwas furchtbar spießig ist, aber manchmal kann ich nicht anders.

»Papa!«

Ich zucke zusammen, drehe mich dann ertappt um. Meine Tochter sieht mich derart empört an, dass ich tatsächlich erröte.

»Ich dachte, du hast deinen alten, stinkenden Diesel verschrottet!«

»Das habe ich nie behauptet!«

Mit schmalen Augen und vor der Brust verschränkten Armen starrt sie mich an.

»Wirklich nicht! Auf deine Frage habe ich nicht geantwortet. Du hast dir dann selbst die Antwort gegeben, die dir in den Kram gepasst hat!«

»Und du hast mich einfach in meinem falschen Glauben gelassen!«

»Es tut mir leid, aber ich wollte unseren Ausflug nicht mit einem Streit beginnen, sondern eine schöne Zeit mit dir haben! Und das war sie doch auch, denk nur an den Sternenhimmel über Schlitz!«

»Schon, aber trotzdem!«

»Die Karre ist zwar nicht verschrottet, aber ich nutze sie nur noch wenige Tage im Jahr für Spritztouren. Davon geht die Welt doch nun sicher nicht unter!«

Hoffentlich hat sie nicht die Unerbittlichkeit ihrer Mutter

geerbt. Mit den Augen bettle ich um Verzeihung. Lena gibt sich einen Ruck, ich atme auf.

»Okay, ich verzeihe dir, aber mach das nie wieder! Kaum etwas ist für eine Frau schlimmer, als das Gefühl, von einem geliebten Menschen belogen zu werden. Und park dein Spielzeug in der Garage, du wolltest doch für uns kochen.«

»Wird gemacht, mein Schatz. Das Essen ist quasi schon fertig.«

»Hoffentlich keine Tiefkühlpizza oder Dosenravioli!«

Ich verdrehe die Augen und fahre den Daimler in die Garage. Dann steigen wir gemeinsam die Treppen hoch. Lena plaudert aus ihrem Alltag, während ich Wasser aufsetze und den Teig anrühre. Noch ehe das Wasser kocht, klingelt es. Bianca und Olga stehen vor der Tür. Jede Kollegin streckt mir eine von Papier umhüllte Flasche entgegen.

»Wie vereinbart steuern wir den zum Essen passenden Wein bei.«

Mit einem leicht gequälten Lächeln nehme ich ihre Gaben entgegen.

»Dein Wasser kocht über!«, ruft Lena aus der Küche.

»Nehmt ruhig schon Platz, ich bin fast fertig.«

Ich eile zu meiner Tochter. Natürlich folgen die Kolleginnen mir lieber, als sich im Wohnzimmer an den Esstisch zu setzen. Während ich den zähen Teig mit der Spätzlespresse ins kochende Wasser drücke, herzen die drei Frauen einander. Olga betrachtet interessiert mein Treiben.

»Du hattest Recht Bianca, Jens kocht tatsächlich Spätzle für uns. Was gibt es dazu?«

»Selbst gefüllte Rouladen, frisch gehobelten Rotkohl und Rosenkohl. Um das Ganze abzurunden, natürlich noch einen Nachtisch.«

Eine Viertelstunde später sitzen wir am Tisch vor den dampfenden Schüsseln.

»Jetzt pack schon aus!«, drängt Bianca.

Erneut setze ich eine Leidensmiene auf. Um den gelösten Fall zu feiern, lud ich meine Kolleginnen zum Essen ein. Die beiden stellten drei Bedingungen: Ich sollte selbst kochen, meine Tochter Lena ebenfalls einladen und sie würden den Wein mitbringen. Ohne, dass darüber gesprochen wurde, weiß ich, warum Bianca die letzte Bedingung formulierte. Sie will etwas gegen meine Diskriminierung der heimischen Weine unternehmen. Mit entsprechend wenig Hoffnung reiße ich das Papier auf. Ein Acolon und ein Samtrot, beide im Barrique ausgebaut, kommen zum Vorschein. Ich atme auf, hätte es doch wesentlich schlimmer kommen können.

Eine Stunde später, als ich die selbst gekochte Crème brulée aus dem Kühlschrank hole, sind beide Flaschen geleert. Mit einem kleinen Brenner karamellisiert Olga den Zucker. Beim ersten Löffelchen des französischen Klassikers schnurrt sie vor Behagen, während sie einen Blick in die Runde wirft.

»Eine letzte Frage ist noch offen.«

»Du meinst den Verbleib der Million?«

Bianca wirft uns einen strengen Blick zu, weist dann mit den Augen auf Lena, die sofort aufspringt.

»Soll ich euch alleine lassen, damit ihr …«

»Quatsch!« Ich packe sie am Arm, ziehe sie sanft zurück auf ihren Stuhl. »Du hast uns bei den Ermittlungen geholfen und diese letzte offene Frage beinhaltet nun wirklich keine heiklen Interna!«

»Das sehe ich auch so!«

Olga sieht Bianca herausfordernd an, die sich daraufhin geschlagen gibt.

»Na gut! Ich glaube Kiara, dass sie das Geld nicht hat und nichts über seinen Verbleib weiß!«

Olga schnaubt, verschluckt sich dabei fast an ihrem Nachtisch.

»Für dich ist Kiara wohl noch immer in erster Linie ein armes Opfer! Warum eigentlich? Weil sie so niedlich aussieht? Oder schlicht, weil sie ein Mädchen ist? Ich könnte jedes Mal kotzen, wenn man mir das Märchen von der ominösen Unbekannten auftischt, die an allem schuld sein soll! Was denkst du Jens?«

»Moment!« Lena wirft einen fragenden Blick in die Runde. »Welche ominöse Unbekannte?«

»Kiara behauptet, ein weiteres Mitglied der Kinkel-Family, eine etwa achtzehnjährige Spanierin namens Querida, habe überlebt. Jene sei nur selten auf dem Hof im Vogelsberg gewesen und war für Kiara so eine Art große Schwester, da jene sie vor der Vergewaltigung durch Bernd Kinkel bewahrt habe. Kiara habe ihr daher bedingungslos vertraut. Die Spanierin habe sie angestiftet, ihren Vater zu überreden, bei der inszenierten Entführung samt Lösegeldübergabe mitzumachen. Querida sei mit Kiaras Wohnungsschlüssel in die Wohnung ihrer Mutter eingedrungen und habe dort das Papier aus dem Drucker genommen. Hiervon habe Kiara erst erfahren, nachdem Querida das Paket mit dem Lösegeld vor der Grabkapelle vertauscht hatte. Jene gab ihr ein Geldbündel samt Latexhandschuhen und den Auftrag, das Geld, ohne Fingerabdrücke zu hinterlassen, in der Handtasche ihrer Mutter zu platzieren. Die Spanierin sei mit dem Rest des Lösegeldes untergetaucht.«

»Glaubt ihr Kiara so eine Räuberpistole?«

Lena sieht von einem zum anderen. Ich habe eine dezidierte Meinung dazu, will aber zunächst die Ansichten meiner Kolleginnen hören. Bianca traut sich als Erste.

»Ich glaube, Querida existiert auf jeden Fall, entweder als reale Person oder als ein abgespaltener Persönlichkeitsanteil Kiaras. Schwer traumatisierte Kinder oder Jugendliche spalten oft eigene Täteranteile ab, um …«

»Nicht schon wieder!«, stöhnt Olga. »Du hast für alles eine Erklärung oder besser, eine Entschuldigung! Besonders dann, wenn ein Mädchen große Augen macht und unter

Tränen behauptet, sie sei misshandelt oder gar missbraucht worden! Warum will es nicht in deinen Kopf, dass einige von denen einfach durchtriebene, verlogene Luder sind? Schwer traumatisiert! Kiaras Eltern sind unfähig, aber wirklich schlimme Dinge sind doch in der Familie nicht passiert!«

Lena nickt, sieht mich dann fragend an. Ihrer Einladung folge ich gerne.

»Für Kiaras Geschichte spricht, dass sie noch Jungfrau ist, also nicht von Karl Kinkel vergewaltigt wurde, obwohl er das ansonsten bei seinen Reinkarnationsritualen mit Jugendlichen in ihrem Alter zu tun pflegte. Außerdem reichte Kiaras Einfluss kaum, die Kinkel-Family zu einer Fahrt nach Strümpfelbach zu animieren, samt allem, was darauf folgte. Für mich spricht einiges dafür, dass Kiara eine Helferin innerhalb der Gruppe hatte. Außerdem gefällt mir der Gedanke, dass eine der Frauen sich dem Gruppenzwang widersetzte, statt Karl Kinkel blind in den Tod zu folgen.«

Meine Kolleginnen stöhnen auf. Wir rätseln und plaudern noch etwas. Um elf haben Lena und Bianca es plötzlich eilig, aufzubrechen. Olga will mir hingegen unbedingt beim Aufräumen und Spülen helfen. Ich will ablehnen, spüre aber, dass ihr Angebot nur ein Vorwand ist. Neugierig nehme ich an. Als sie dann wortlos Wasser einlässt und zügig spült, bin ich enttäuscht. Was habe ich erwartet? Während ich noch darüber nachgrübele, legt sie die Spülbürste weg und stellt sich dicht vor mich. Überrascht lege auch ich Handtuch und Teller beiseite. Sie sieht mir tief in die Augen. Hitze steigt in mir auf.

»Ich habe mir lange überlegt, ob ich es dir sagen soll. Schließlich verdanke ich Frau Lansik viel. Aber ich kann nicht anders! Vor Tagen habe ich zufällig ein Gespräch zwischen ihr und der Staatsanwältin Dr. Werner mitgehört. Du bist ihnen zu vorlaut, bei nächster Gelegenheit werden die beiden dich absägen, und zwar für immer!«

Olga wendet sich abrupt ab und huscht in den Flur. Kurz darauf schließt sich die Tür hinter ihr. Ratlos und verwirrt bleibe ich zurück. Will die Lansik mich wirklich loswerden?

Plötzlich befällt mich ein unwiderstehliches Verlangen, noch eine Flasche spanischen Weines zu öffnen, nicht irgendeines Spaniers, sondern eines ganz bestimmten. Da in meiner Wohnung keine Flasche des gewünschten Weines vorrätig ist, steige ich sogar noch hinab in den Keller und hole eine.

Existiert eine mythische Kraft des Weines? Jedenfalls lösche ich alle Lichter. An meinem Panoramafenster genieße ich das sich langsam entfaltende Bouquet des Tintos, nehme dann einen großen Schluck. Langsam rinnt er die Kehle hinunter, während ich über den Wasen und die beleuchteten Hügel des Stuttgarter Ostens in Richtung Vollmond starre. Es kommt mir vor, als wolle genau dieser Wein mir etwas im Zusammenhang mit meinem letzten Fall sagen. Schon in den Fällen davor hatte ich oft wirre, mit meinen Ermittlungen zusammenhängende Träume, bei denen der schwere Rotwein eine Rolle spielte. Eingehend betrachte ich im Mondschein die Flasche. Der Tinto wurde aus Monastrelltrauben in einem kleinen Anbaugebiet des Hinterlandes von Valencia gekeltert. Vor meinem inneren Auge blitzt das Bild einer jungen Frau in einem alten Steinhaus auf, mit herrlicher Aussicht auf ein mittelalterliches Städtchen. Ich lächle, bin ich mir doch sicher, dass Querida auf Kiara in der Gegend wartet, aus der mein Wein stammt.

DANKSAGUNGEN

Zunächst danke ich Herrn Raimund Stetter für den Nachmittag in seinem Weinberghäusle hoch über dem Neckar mit Blick auf den Max-Eyth-See. Sara Wassermair und Michael Schreckenberg führten mich in Geheimnisse des Messerkampfes ein, wovon die Geschichte profitiert. Meine Frau Nicole begleitete mich zu Mittelaltermärkten, wo ich mir Inspiration nicht nur hinsichtlich ritterlicher Schwertkämpfe holte und wir miteinander Spaß hatten. Der gemeinsame Ausflug mit Freunden ins Städtchen Schlitz und nach Marburg war eher Spaß als Recherche.

Meinem Lektor Bernd Weiler danke ich dafür, dass er auch diesmal mit seinen Ideen und Anregungen meinen Krimi zu einem runderen Lese-Erlebnis machte. Mein Dank gilt auch meiner Verlegerin Frau Schäfer-Lehari und Frau Weiler, der guten Seele des Verlags Oertel + Spörer.

Jochen Bender

forschte als Psychologe bei den Kriminalisten, arbeitete im Knast und unterstützte die Polizei bei Amok-Übungen.
Mittlerweile sind von dem erfolgreichen Autor acht Krimis und zahlreiche Kurzkrimis veröffentlicht. Schreiben ist sein Weg, sich kreativ mit der Welt auseinander zu setzen. Seine Markenzeichen sind spannende Unterhaltung, ein flüssiger Schreibstil und kunstvoll ineinander verflochtene Erzählstränge.

Dieser Kriminalroman spielt an realen Schauplätzen. Alle Personen und Handlungen sind frei erfunden. Sollten sich dennoch Ähnlichkeiten mit lebenden oder verstorbenen Personen ergeben, so sind diese rein zufällig und nicht beabsichtigt.

Postfach 16 42 · 72706 Reutlingen

Titelbild: © AdobeStock_maksymbondarenko
Gestaltung: PMP Agentur für Kommunikation, Reutlingen
Lektorat: Bernd Weiler
Korrektorat: Sabine Tochtermann
Satz: Uhl + Massopust, Aalen
Druck und Bindung: CPI books GmbH, Leck
Printed in Germany
ISBN 978-3-96555-065-0

Auf der Alb wird die blutig zerfetzte Leiche eines Wanderers gefunden. Handelt es sich um das erste menschliche Wolfsopfer seit über hundertfünfzig Jahren? Wegen der politischen Brisanz werden die Kommissare Jens Hurlebaus und Bianca Walter aus Stuttgart angefordert. Der Fundort wird bis zu deren Eintreffen nur schwach gesichert. Ein Fehler, denn Demonstranten überrennen die Absperrungen und vernichten wichtige Spuren. Die hitzige Diskussion, ob es tatsächlich Wölfe waren, erfasst auch das Ermittlerteam.

ISBN 978-3-96555-022-3 / 11,95 EUR

Ein tödlicher Absturz vom Mörikefels wird zunächst als Unfall angesehen. Drei Jahre später erhält der Bruder des Opfers eine anonyme SMS. Ihre Botschaft: Es war Mord! Auf Drängen des Bruders lässt sich Kommissarin Anita Schenk auf neue Ermittlungen ein. Rasch findet sie heraus, dass ein anderer gewaltsamer Todesfall mit dem Absturz in Verbindung steht.

Dann entkommt der Bruder des Opfers beim Downhill-Biken auf dem Stuttgarter Woodpecker-Trail knapp einer tödlichen Falle. Eine Verdächtige ist schnell gefunden.

ISBN 978-3-88627-693-6 / 10,95 EUR